AF392936

ديرمافوريا

أعمال الدكتور أحمد خالد توفيق
الصادرة عن دار الكرمة

في ممر الفئران – رواية
رفقاء الليل – ١١ قصة من أكثر قصص الرعب إثارة
أفراح المقبرة – ٩ قصص من أجمل قصص الرعب والغموض
الهول – ٨ قصص من أفضل قصص الرعب والإثارة
شَربة الحاج داود: مقالات ممتعة وتأملات عن العلم وشبه العلم
خواطر سطحية سخيفة عن الحياة والبشر: تأملات ذكية
عن الحياة والبشر
كتاب المقبرة – رواية من تأليف نيل جايمان
وترجمها عن الإنجليزية د. أحمد خالد توفيق
ديرمافوريا – رواية من تأليف كريج كليفنجر
وترجمها عن الإنجليزية د. أحمد خالد توفيق
نادي القتال – رواية من تأليف تشاك بولانيك
وترجمها عن الإنجليزية د. أحمد خالد توفيق

كريج كليفنجر

ديرما فوريا

رواية

ترجمها عن الإنجليزية
أحمد خالد توفيق

الكرمة

alkarmabooks.com

facebook.com/alkarmabooks

twitter.com/alkarmabooks

instagram.com/alkarmabooks

كليفنجر، كريج

ديرمافوريا: رواية / كريج كليفنجر؛ ترجمها عن الإنجليزية أحمد خالد توفيق ـ القاهرة: الكرمة للنشر، ٢٠٢٣.

٢٧٢ ص؛ ٢٠ سم.

تدمك: 9789778625592

١ـ القصص الأمريكية

أـ توفيق، أحمد خالد (مترجم).

بـ العنوان.

رقم الإيداع بدار الكتب المصرية: ٢٣١٨٨ / ٢٠٢٢

٢ ٤ ٦ ٨ ١٠ ٩ ٧ ٥ ٣ ١

تصميم الغلاف: أحمد عاطف مجاهد

إلى جيل ناني.

«نحن فاقدي الذاكرة، الذين حُكم عليهم بأن يعيشوا في حاضرٍ أبدي سريع الزوال، قد خلَقنا أكثر الابتكارات البشرية تعقيدًا، الذاكرة، كي نخفِّف على أنفسنا معرفة حقيقة أليمة، هي مرور الزمن الذي لا يمكن تغييره، واستحالة استرجاع لحظاته ووقائعه».

جيفري سونابند

«منذ أول يوم رأيتها، عرفت أنها هي
إذ نظرتْ إلى عينَي وابتسمت
لأن شفتيها كانتا بلون الورد
الذي ينمو عبر النهر.. أحمر.. متوحشًا».

نيك كيف

١

أصابني الهلع، وابتلعت كمية كبيرة من «ذبابات النار» و«عناكب الأرملة السوداء»[1]، تفُوق ما في الجحيم. راحت قطرات زجاجية لامعة تتهشم بين أسناني، بينما «ذبابات النار» تنفجر كمصابيح الكريسماس حتى سعلت دمًا وشررًا أزرق، وبدأت نار أخرى تلتهب خلف أذنَي بثلاث بوصات، وتحفر حفرة في قاع ذاكرتي. عمر كامل يتكون من أيام.. أعوام.. دقائق.. أشهر.. قد ولى ما عدا قصاصة صغيرة، تفحمت وسقطت فوق طرف عصبي منسول، ثم تطير مع النسيم.

ديزيريه...

أحاول جاهدًا، فأرى بعض الصور المستعارة والأصوات والروائح، مرتبة من البداية إلى النهاية، تتسرب عبر الثقب البارد في مخي لتصطدم بالضوء الخابي ثم تتلاشى إلى دخان. الآخرون ينتظرون الظلام حتى يُظهروا أنفسهم. يمكنني أن أمسك بقصاصة من صورة لنصف ثانية

---

(١) هذه أسماء مخدرات كما سنعرف فيما بعد. (المترجم).

من الوعي، ثم يلتمع ضوء عبر عينَي فتتبعثر القصاصة. ذكرى تلو الأخرى تُصفر عند الحواف، ثم تتهشم عندما ألمسها.

أشم رائحة لباب متعفن، صحفًا عتيقة زحف عليها السمك الفضي، وأغلفة رطبة لمجلدات تذوب لا أذكر أنني قرأت ما بها. الرائحة الكريهة تبعث فيَّ قشعريرة فيخشوشن الجلد على مؤخرة عنقي وكتفي. يحرقني ظهري إذا انحنيت بشكل خاطئ، وأشعر بضمادات لا أستطيع أن ألمسها. معصماي وساقاي مقيدة إلى مقعد في غرفة تناسب بالضبط شكل رأسي. جدران لها لون الأظفار، وأرض خرسانية، وضوء في السقف حوله فراشة تحوم. أنا وحدي مع ثلاث آلات، اثنتان صامتتان خلفي، والثالثة تتصل بهاتف قرب الباب.

هَمْس الآلة الرجولي يدوي كأنه هدير مطر بعيد:

ـ أفتقدك يا رقاقة الثلج. أحبك كذلك. أضمك. أضمك. وماما كذلك.

إن هذه الآلات جيدة. أُقدم احترامي الكامل لمن صنعها. وجوهها منحوتة بالتفصيل، وقد زُودت بقاعدة معلومات كاملة عن السلوكيات. بدءًا بالسعال والاستنشاق، مرورًا بطرقعة الأنامل وعض الشفة السفلى والعبث بالأظفار. رائحة الكهرباء الاستاتيكية كالتي تشمها من أجهزة التلفزيون الجديدة.

ـ عندما أرجع إلى البيت. حسنٌ، أحبك يا رقاقة الثلج.

صوت الخط الهاتفي. الفراشة الملعونة والعنيدة تضرب المصباح في السقف بلا توقف كأنها لعبة بنج بونج. هنا تجلس الآلة أمامي لتقول:

ـ ابنتي مريضة وأنا أعمل ساعات إضافية.

يكلمني كأنني طفل نائم وكأنه موشك على تقبيل جبهتي. يأخذ لفافة تبغ من علبة لها مغلف ذهبي واسم فرنسي لا أستطيع نطقه. ويدوي صوت القداحة الكروم كأنها قطعة عملة سقطت على الإفريز:

ـ لم أرَها منذ ثلاثة أيام. هل تدخن؟

إنه آلة تم تصميمها لإظهار الإخلاص والتعاطف. اللذان يقفان خلفي داريا عيونهما خلف نظارات سوداء، بينما عيناه كبيرتان بنيتان تشعان الثقة مع صوته. شعره اللامع مصفف للخلف، ويلبس بزة زرقاء بلون جناح الخنفسة، ويمكنني من موضعي أن أشعر بخامة القماش ناعمة كحلق طائر وليد. لقد برمجوه كي تنبعث منه رائحة النعناع والتبغ وعطر ما بعد الحلاقة الثمين.

يخرج مجس من الدخان ليلحق بسحابة فوق الرؤوس. تذوب في الهواء بيننا، والرائحة تلدغ أنفي.

أقول له بكياسة مصححًا كلامي:

ـ لا. شكرًا.

ـ لم أكن أعرض عليك لفافة تبغ. يقال إنك تنسى أن تمضغ الطعام قبل أن تبتلعه. أنا فقط أتأكد من شيء لنفسي. هل تتذكر شيئًا عن التدخين؟ ربما غصت في النوم بعد بضعة أنفاس؟

إنَّ هز رأسي يؤلم. أشعر به يشد جلدي.

ـ هل فعلت هذا عمدًا؟ أردت أن تخفي آثارك؟

ثم تتوقف دوائره عن العمل للحظة. يتجمد الدخان فوقنا على

شكل كرة من نسيج العناكب. الفراشة تتلصص علينا، وأسمع الدم يسري في أذني.

ـ هل عندك فكرة لماذا تتكلم معي الآن؟

ـ لديَّ أجزاء من فكرة. من أنت؟

أقولها والدم يدق أعلى وأعلى، وأشعر بأنني موشك على القيء.

ـ اسمي هو المفتش نيكولاس أنسلنجر.

أصفادي لا تسمح لي ببلوغ يده الممدودة التي لفها في مادة بوليمرية تخليقية، وتبدو كجلدي أنا.

يواصل الكلام:

ـ يمكنك أن تطلق عليَّ اسم «المفتش». قل لي هذه الأجزاء.

أتذكَّر النار، لكن لا أتذكر أنني أشعلتها.

يقول:

ـ لا أتذكر. سمعت هذه العبارة من قبل.

عيناه البنيتان لا ترمشان. يبقيهما على وجهي بينما شريط من الدخان يلتف حول وجهي:

ـ لنبدأ بالكلام عن العناكب. كم منها صنعت وكم منها ما زال هناك؟

وهنا أكثر غرابة. هل هذا الأنسلنجر يعتقد أنني إله أو أن بوسعه تقييد إله إلى مقعد متحرك تحت مصباح سقف؟

يقول لي:

ـ جرِّب هذا. لقد وجدنا المجرة.

إنه محق. أنا إله. أتذكر كل شيء. الليل والظلمة والفيضانات

وسبعة أيام وملائكة تتنافس لإرضائي. فقدت أعصابي، وأهلكت ديناصوراتي الثمينة بعاصفة من نار. قلت لهم تعلموا كيف تتكيفون. بعد خلق «البلاتيبوس»[1] فككت هذا المجتمع وفضَّلت أن أعمل وحدي. هذا أدى إلى امتعاض عام، صدع دائم في المنظمة.

راح أنسلنجر يقرأ من مفكرة:

ـ فورد ١٩٦٤ ببابين، طراز جالاكسي (المجرة) ٥٠٠ حمراء، مسجلة باسم إريك أشوورث. تم إصلاحها بالكامل ما عدا الزجاج الأمامي المهشم والطلاء المحترق.

وأغلق المفكرة وقال:

ـ سيارة جيدة.

إذن أنا لست إلهًا. أنا إريك أشوورث. أتذكر كل شيء. لا. ليس هذا صحيحًا.

ساد الظلام رأسي، فزحفت داخله الحشرات. أحملق في الظلام. أتذكر كرة من نار ترتفع من البيت المحترق، والأظفار تذوب كالفضة. كومة من الرماد ترتفع للسماء. جلمود النار الغاضب يتدحرج من السماء نحوي. أجري وأشرق فتخرج العناكب وذبابات النار من حلقي. سوف تهوي حشرات أخرى من السماء في أي لحظة. حشرات مدرعة لها رؤوس صقيلة من ألياف الكربون، وعيون عملاقة تلمع كالزئبق وترى في الظلام.

---

[1] البلاتيبوس: حيوان ثديي أسترالي عجيب، يبدو كالفأر، لكنه يبيض وله منقار بطة وقدمان غشائيتان. (المترجم).

كابينة هاتف لا يحيط بها شيء، وخلف اللاشيء ظلام. سرب غير مرئي يدفن نفسه في ظهري ويمضغ جلدي بينما أنا أطلب الغوث بالهاتف من لا مكان. يضربني ضوء من الخلف. أستدير لأرى سرعوفة[1] تلبس كشرطي دورية، ارتفاعها ستة أقدام، مغطاة بالدروع، منقضة عليَّ بعينيها السوداوين. أهشمها بالسماعة البلاستيكية الثقيلة قبل أن تلتهم رأسي وتعرف كل ما أعرفه.

هذا الكلام بلا معنى بالنسبة لأنسلنجر، لكنه أقل معنى بالنسبة لي.

ـ سيارتك هي الوحيدة التي كانت واقفة خارج البيت الذي لم يبقَ شيء منه. هاجمت شرطي الدورية الذي وجدك في محطة بنزين مهجورة تكلم هاتفًا معطلًا. كنت على مسافة ساعة مشيًا من مكان الحريق.

قلت له:

ـ أنا قتلت حشرة.

آلمتني الضمادات. ترى عين عقلي الجلد المحترق بينما الجلد السليم يتقشر كأنه ورق الحائط.

الأجزاء تجتمع معًا. لقد فهمت. تنكمش مبتعدة ثانية. أحرك إبهامي وأحاول أن أتذكر طريقة تحريكها. الآن تذكرت. الآن أتذكر كيف تحركت الأمور ثانية بثانية.

إن قدمَي ومعصمَي مقيدة إلى إطار فراش، وأنا محاط بالأكياس والأنابيب والصناديق التي تُصدر صوت «بيب». هناك آلة تلبس

---

(١) السرعوفة: هي ما يسميه العامة «فرس النبي». (المترجم).

الأبيض وتأمرني بامتصاص قطعة ثلج وتقول إنني سأكون بخير. لقد قطعوا الجلد عن ساقي ليغطوا به ظهري. آلة أخرى في ثياب بيضاء تسألني وتريني صورًا أخلق قصصًا لها. أرسم صورًا وأحل ألغازًا وأتبول في أقداح. تعطيني الآلة مفكرة وتقول إن الكتابة ستساعد ذاكرتي. الآلة الأولى تدس محقنًا في أنبوب. أشعر بالسائل يتدفق في ذراعي، لكن لا أرى هناك إلا قطعة قطن وشريطًا لاصقًا. أنسلنجر يجلس بجواري.

يحاول عقلي أن يعيد تشغيل نفسه. يحرق البرق عش الذاكرة فيجعل منه رمادًا. ذكور النحل تسقط على ظهورها وتركل الهواء بأقدامها.

يقول أنسلنجر:

ـ هذا هو الوقت الذي سنرهقك فيه، ونلعب معك لعبة الشرطي الطيب والشرطي الشرير. هذه هي القواعد وليست طريقتي في العمل. لا تبدو بحالة طيبة. نَم قليلًا ثم نواصل الكلام.

ويمضغ أنسلنجر لفافة التبغ.

ـ كنت أبحث عنك أو عن شخص مثلك لفترة. كنت قد بدأت أعتقد أنك أسطورة حضرية. لا تفهم هذا بشكل خاطئ، لكني فعلًا سعيد لأنني وجدتك أخيرًا.

٢

ضوء ساطع البياض يحيط بي، بلا ظلال. لا بد أن الجدران تبعد ثلاثة أقدام عن أناملي أو ثلاثين. غريزتي الأولى تقول إنني في جهنم، غريزتي الثانية تقول إن الشيطان لا يحبني، والثالثة تقول إن بوسعه أن يوفر لي ثيابًا أفضل. يتكلم بسرعة طلقات الرصاص كأنه كان يسخر مني عندما كنت في غيبوبة.

ـ لن تكلم أحدًا عن قضيتك ما لم أكن معك. ليس الشرطة ولا أنسلنجر ولا أحد. لو سألك أي طبيب عن شيء لا علاقة له بعلاجك فلتبقَ صامتًا. نفس الشيء مع أي عامل أو ممرضة. هم بالذات. لا تكلم أحدًا ما دمت أنت هنا، وعندما تخرج افعل الشيء ذاته. كل من تتكلم معه يمكن استدعاؤه لسماع شهادته، أو الأسوأ يمكن أن يشوا بك. هل أنا واضح؟ هل وصلك كلامي؟

يتكلم من دون أن يتوقف للتنفس أو ليسمح لي بالإجابة.

ـ تقول لهم إنك لا تتذكر أي شيء. لهذا عندما تبدأ الكلام سوف يتهمك الادعاء بتذكر أشياء منتقاة، وسوف ينزع أحشاءك ببطء

أمام المحلفين. هل تعلم أنهم حاولوا جعلك تتخلى عن حقك في طلب استشارة؟

ـ لا.

أحاول أن أجمع الكلمات معًا، لكنها تتكوم بسرعة جدًّا. الثواني القديمة تتهشم تحت ثقل الثواني الجديدة.

ـ نعم فعلوا هذا، لكن لم يكن بوسعك أن توقع باسمك، بل إنك لا تتذكره أصلًا. كان من الممكن أن تسوء الأمور أكثر. تذكَّر ألا تكلم أحدًا عن القضية. قل لي إنك ستتذكر هذا.

ـ سأفعل.

ـ قلها.

ـ سأتذكر.

ـ تتذكر ماذا؟

ـ لن أتكلم مع أحد بصدد قضيتي ما لم تكن أنت معي. قضيتي. إن لديَّ قضية. كسرت إشارة حمراء، أو قبضوا عليَّ ومعي رأس مقطوع في كيس ورقي. أخاف أن أسأل.

ـ دفعنا بأننا غير مذنبين وغير أبرياء[1]. القاضي حدد لك كفالة قدرها خمسون ألف دولار بسبب الاعتداء على شرطي الدورية، وقد كلفت ضامنًا بتولي هذا الأمر. إنه مدين لي بهذه الخدمة، وإلا ظللت أنت هنا لأنه لا يوجد حساب مصرفي لك. سوف يطلق سراحك عصر اليوم.

____

(١) هذا هو أقرب تفسير لتعبير «Plead no contest» القانوني. المتهم لا يزعم أنه بريء، لكنه كذلك لا يعتبر نفسه مذنبًا، وهو وضع قانوني يمهد لحل وسط. (المترجم).

ـ إذن أنا ذهبت إلى المحكمة فعلًا.

ـ لقد قضيت وقت استدعائك للمحكمة على مقعدك المتحرك، عيناك مفتوحتان ولعابك يسيل.

ـ وأنا قابلتك من قبل؟

ضغط على فكه كأنه موشك على ضربي، وقال:

ـ نعم. لقد التقينا وطلبت منك أن تُطبِق فمك، لكنك نسيت هذا على الفور. سمعت أنك تلقيت زيارة من المفتش أنسلنجر.

ـ نعم. حسبت رجال الشرطة أناسًا آليين. رجل طيب، أنا معجب به. المزيد من صوت الدم يتدفق في أذني.

ـ كُف عن الإعجاب به، وكُف عن مقاطعتي. الآن الأخبار السيئة هي أن المدعي العام سوف يقنع المحلفين بأنك صنعت المخدر الذي تعاطيت جرعة زائدة منه. خليط من الميثامفيتامين وعقار الهلوسة «إل إس دي». يقول المستشفى إنه كاد يقتلك، وإن صحتك على المدى البعيد في خطر داهم. لقد توقف قلبك، واعتبروك ميتًا لمدة ثماني ثوانٍ. هل تعرف ما هي ذبابة النار؟

ـ هي حشرة تتوهج في الظلام، تصيبك بصدمة كهربائية عندما تشق بطنها.

ـ خطأ. بل أقصد المخدر الذي يجتاح كل «لوس أنجلوس»، ويزحف عبر الساحل، ويتوغل إلى داخل البلد طيلة العام الماضي. يعتقدون أنك من صنعته.

تتعلق جملته الأخيرة في الهواء بيننا، فيصير عليَّ أن أمسك بها.

يقلب عينيه ويواصل الكلام:

ـ ربطوا بينك وبين المختبر الذي انفجر. وقد فحص رجال أنسلنجر المكان المحترق مائة مرَّة على الأقل. سيكون لدى المدعي العام جبل من الأدلة للمحلفين. لن أعرف ما وجدوه قبل أربعة أو خمسة أيام. على كل حال يمكن أن أضمن لك أنهم سيوجهون إليك اتهامًا. معنى هذا أنك ستعود إلى السجن حتى موعد المحاكمة. ماذا يمكنك أن تقول لي؟

ـ لا شيء. أقسم إن عقلي خالٍ تمامًا.

ـ من هي ديزيريه؟

اسمكِ يجعلني أشعر بتنميل كأنه سهم مخدر، فيوقع أفكاري في طريق الصيادين.

ـ لا أعرف.

ـ أنت تقول هذا طيلة الوقت، لكنك لا تساعدني. ديزيريه. عليك اللعنة يا ديزيريه.

يقولها وهو يقرأ صورة من مستند، ثم يسألني بصوت رتيب:

ـ هل يدق هذا أي جرس في ذاكرتَك؟

يتسارع نبضي، وأشعر تحت الضمادات كأن سربًا من اليرقات يفقس تحت مزارع الجلد. لا شيء أستطيع عمله سوى أن أنتظر حتى تكون ندوبًا.

يقول لي وهو يجمع أوراقه:

ـ أمامك أسبوع إذن. أفضل ما يمكنك عمله هو أن تعرض التعاون. أريد أن أعطيهم أكبر قدر من المعلومات يمكنك أن تعطيني إياه. مع مَن كنت تعمل؟ مَن الموزعون؟ مَن الموردون؟ كل شيء.

وإلا فعليك أن تعتاد هذا المكان لمدة عشرين عامًا أخرى. لو لم أقدم لهم عرضًا قبل محاكمتك، فلن يساعدك ما تتذكره عندما تبدأ المحاكمة.

وينهض ويقول:

ـ اخرج من هنا.

ثم يُسقط بطاقة عمل في حِجري:

ـ سأكون على اتصال بك.

أقول له:

ـ انتظر.

ثم لا أجد سوى الخواء. الأفكار تغادر رأسي وتحوم حول ضوء السقف قبل أن تعود إلى رأسي ثانية.

ـ أين أذهب عندما ينتهي هذا؟

إنه هادئ. أنظر إلى معصمي. الضمادات على ظهري مبتلة بسبب الإفرازات من تحتها. للحظة أنسى أنني لست وحيدًا في زنزانتي.

يقرب وجهه من وجهي ويقول:

ـ هل أبدو لك كمندوب شركة سياحية؟ هل هناك على صدري بطاقة اسم؟ هل هناك ملصق عن جزر الكاريبي على الجدار؟ يتكلم أسرع مما يسمح لي بقول شيء. وهزُّ رأسي مؤلم، لذا أنظر إلى ساعدي.

ـ معك كمية طيبة من المال في الظرف. لا تكن مقتصدًا أو بخيلًا، وتمتع بخمسة أيام الحرية هذه.

يدق على باب الزنزانة، فأنتفض من الضوضاء. يدوي أزيز ثم ينفتح الباب. يقول لي:

ـ تَفَقَّد بطاقتي. الاسم هو «موريل». هذا اسمي ما دمت لم تسأل. في المستقبل تأكد من أنك تعرف من تتكلم معه. كلِّمني عندما تستقر في مكان ما.

يغلق الحارس باب زنزانتي، فيَثِب قلبي. أسمع خطوات موريل عبر الأبواب التي يدوي أزيزها كذباب في رأسي، يُحلِّق حول أضواء ذاكرتي. إنه لا يتعب، لكن لو تركته يرهق نفسه لربما تساقط على شكل نمط واضح قابل للتفسير. أنظر إلى يدي نحو ساعة آملًا في أن أقرأ كفي لأعرف سنِّي. لو كانت المرآة المعدنية فوق المرحاض دقيقة فأنا ضباب بشري. صورتي صورة ضبابية لوجه لا ملامح له.

تدوي ضربة كالرعد على باب الزنزانة فأثب مذعورًا. تنزلق صينية ورقية ملفوفة في السلوفان عبر فتحة في ارتفاع الخصر. أربع شرائح من السمك وبسكويتة وقدح بلاستيكي من عصير الفاكهة في درجة حرارة الغرفة. تضربني الرائحة عندما أمزق السلوفان كأنها رائحة شاحنة قمامة في فصل الصيف. أتخلص من شرائح السمك في المرحاض، وأتنفس في فجوة مرفقي حتى يزول الغثيان. البسكويت والعصير يريحان معدتي.

أنظر إلى الجدران البيض وأحاول تذكُّر شيء ما غير الثواني التي تمر، محدقًا في البياض اللانهائي أمامي، والأسمنت ينظر إليَّ بالمثل. أحشر هذه الثواني في مفكرتي، وآمل في المزيد.

۳

يراهن كلب الصيد بكل شيء على هذه الخدعة. لكن كلب البولدوج لا يبتلعها. تكوم كلب الصيد الآخر والدوبرمان. وتظاهر أربعة الكلاب بأنهم لا يلاحظونني، وجلسوا ساكنين حتى لا ألاحظهم.

يأتون من الجدران مع المهرجين المصنوعين من مخمل أسود. أمرر أناملي فوق ورق الحائط الذي لم يزُل لونه، أبحث عن فتحات. أدق الجدار بحثًا عن تجاويف. أتفقد إطارات الصور والمصابيح وفتحات التهوية، وأبحث على الكومود عن أسلاك أو أجهزة تنصُّت. أتأهب للقتال مع مهرجي السيرك واسعي الأعين المقطبين، وأبحث عن أجهزة ميكروفون أو عدسات دقيقة. أثبت المصباح ثماني مرات. أفك وجوه المفاتيح بقطعة عملة، لكن لا أجد شيئًا.

زنزانتي الجديدة في الغرفة ٦٢١ في فندق «طائر النار». مكان يشبه السجن كثيرًا، فلا أصدق أنني حر. حارس العقار يلبس قميصًا يدل على أنه محارب قديم في فيتنام، ويمارس عمله خلف آلة

الحسابات. خلفه مجموعة هائلة من المفاتيح تتدلى من مسمار فوق مضرب بيسبول حُفر عليه رقم ٩١١. هناك تلفزيون صغير فوقه لافتة تقول:

لا زوار بعد العاشرة مساء.

لا تلكُّؤ أمام الفندق.

لا فكة لآلات البيع.

فقط التعامل نقدًا ولا استثناءات.

النزلاء خليط من رجال ونساء، مدمنين يتعافون أو يتنكسون ومن بين هذين. بعض الأبواب لا يُفتح أبدًا، وبعضها لا يُغلق أبدًا. تجار المخدرات والعاهرات يعملون أربعًا وعشرين ساعة سبعة أيام أسبوعيًّا، وبعضهم هارب جاء لتوِّه من محطة الحافلات. أضواء الردهة احترقت، لذا أتحرك مهتديًا بالوهج الأزرق الذي يظهر تحت الأبواب.

غرفتي فيها مغطس في الركن وفراش وكومود وجهاز تلفزيون صغير أبيض وأسود، وإنجيل ومجموعة ورق لعب وقطعة صابون، مع رائحة كريهة لكل نزيل سابق تجاهل وجود صابون. لكن على خلاف الزنزانة هناك نافذة تكشف الشارع تحتك. أفتح النافذة لأسمح للهواء الطلق بالدخول والرائحة الكريهة بالخروج. أنظر إلى الرصيف، ثلاثة طوابق تحتي فأسمع من يهمس: «اقفز!». أتصلب وأحاول سماع الصوت ثانية، ثم أتماسك.

أجلس على الفراش وأمامي دور من لعبة السوليتير. أعرف القواعد لكن لا أذكر أنني تعلمتها قَطُّ. صفوف الأرقام والصور تجعل رأسي

يتألم، وأشعر بضماداتي تدغدغني. مفكرتي تنتظر المجموعة التالية من الثواني المنسية، والتي شعرت بأنها قريبة مني في الساعة الماضية. ضربة رعد تجعل ورقة السبعة تطير. قلبي يضخ الحرارة لضماداتي فيتدفق الدم في جلدي الجديد. بلا إنذار من صوت أقدام، تتحول دقة مهذبة إلى قبضة قوية تدق إلى باب يتهشم بينما تتطاير المفصلات وشظايا الخشب، ويدخل رجال الدورية قادمين من الظلام. رجال حشرات، لهم أعين سود عملاقة يصوبون الإبر الموجهة بالليزر إلى صدري. ينتظرون أوامر الملكة عبر السماعات المثبتة في آذانهم.

هذه المرَّة هي مجرد دقة. الآن أنا وجهًا لوجه مع اثنين من نزلاء فندق «طائر النار» ربما يحتاجان إلى اقتراض قطعة صابون مني أو يرغبان في قتلي.

ـ هل عندك دودة شريطية[1]؟

يسألني بكلمات ناعمة منسقة بعناية كبندول ساعة جيب.

ـ لا. ولماذا يكون عندي؟

يقول لي:

ـ شيء أكلته.

وينظر إلى اليسار كأنه يقرأ أوراق اللعب من فوق كتفي:

ـ أو أن «الزعيم» يسيطر عليك تمامًا. أو أنك في جدول الرواتب الخاص به.

يميل بذقنه نحو مرافقه، وهو رجل فارع الطول نحيل يتدلى شعر مشحم على كتفيه، لوجهه لون لطخ النيكوتين، وعيناه خاويتان خاليتان من الدم كالصور الفوتوغرافية القديمة، عينان تظلان ثابتتين لوقت طويل جدًّا، وقد تجمدتا على لوح فضي، بعدما امتص ضوء الفلاش الروح مما خلفهما:

ـ صديقي يمكنه أن يشم الديدان الشريطية. يعتقد أنك حامل للعدوى. أحيانًا يحدث هذا مع النزلاء الجُدد.

يظل مرافقه صامتًا. يلبس معطفًا يصل إلى الركبة، ولا يشعر بحرارة الجو ليلًا. يمكن أن تعلِّقه مع النواطير في حقل قمح، ويمكن أن يكون من لحم ودم.

ـ صديقك مخطئ.

أبدأ في غلق الباب عندما يقول:

ـ اسمي جاك.

ويمد يده عبر الفتحة، فتقبض يده اللحيمة على يدي. كفه زلقة تشي بحياة لا عمل فيها ولا استحمام. عندما يطلق سراح يدي يكون مرافقه قد خطا داخل الغرفة، وهو يتبعه.

يُصدر مرافقه الصامت صريرًا من بين أسنانه، ويمرر إصبعًا على حلقه. الهدوء. يفتح التلفزيون على قناة خالية، فتصم الضوضاء الاستاتيكية أي محاولة للتنصت. تغلفني العاصفة الثلجية على الشاشة. ينتفخ قلبي كأنني أصغي إلى أوركسترا.

يقول جاك:

ـ إنه كالموسيقى. إن الضوضاء الاستاتيكية عمرها مئات ملايين

السنين. تحلِّق في الفضاء منذ ما قبل الزمن. بقايا الانفجار الأعظم هي أجزاء من سيمفونية بداية الكون.

يبتسم ويقول:

ـ أحب أن أقرأ.

ثم يفك قميصه:

ـ سأريك أنني نظيف. لا ديدان شريطية. لا أحد يتنصت.

ـ لا أهتم بذلك. عليك أن تخرج من هنا.

ـ لو لم تهتم فمن المؤكد أنك تخفي جهاز تنصت.

يفك جاك قميصه ويدور لأرى صدره العاري. شيء مفزع قد أصاب «عذراء جوادالوب»[1]. لقد صار لونها أزرق كالكدمات، والتفَّت حول ضلوع جاك، لكن وجهها وجسدها والهالة حول رأسها قد امتلأت بالقروح الناتجة عن حروق السجائر، بعضها بدأ يلتئم فصار كبقع صدئة، والباقي صار دمامل رطبة يحيط بها الجلد المحترق.

يفعل مرافقه الشيء ذاته. يعلِّق معطفه على مقبض الباب، ويرفع القميص ليكشف عن صدره وظهره. هناك قروح متناثرة كذلك. يلتمع ضوء التلفزيون من خلفه كأنه ضوء الشمس عبر ستارة نافذة ورقية. أرى شبكة عنكبوت من الأوردة والشرايين تحت ضلوعه. قلبه ينبض بين سحب الرئتين. يعيد إسقاط قميصه فيعود الظل على الأرض إلى موضعه.

ـ ماذا حدث لكما يا فتيان؟

ـ الحشرات. هي في كل مكان.

غرفهم موبوءة. إنهما يُؤكَلان حيَّين. لكنهما يسألانني عن الديدان الشريطية. ذكرى أخرى تحاول التجسد ثم تذوب على الفور.

يسألني جاك:

ـ حسنٌ؟

أرفع قميصي وأدور دورة كاملة، وأقول له:

ـ ما زلت لا أعرف ما تريد.

ـ الناس تأتي هنا وترحل فلا يعطوننا فرصة. أحيانًا يكون النزلاء الجدد متصلين بديدان شريطية. يأتون، يسألون عن هذا وذاك، أو يقدم إليك أحدهم شيئًا خطأ، و«الزعيم» يسمع هذا كله، فيعود شخص ما للسجن. لكنك نظيف.

ـ لقد خرجت لتوِّي من السجن.

ـ ماذا حدث لك؟

ـ حريق.

ـ ابقَ نظيفًا متواريًا. لو دخلت الحشرات تحت جلدك لباضت. أعطِنا عينة بول.

هنا يُخرج مرافقه قدح قهوة فارغًا. أسأله إن كان يحاول اجتياز اختبار ما.

ـ لا. لكن شخصًا ما في مكان ما يحاول ذلك. أنا أمد الناس بما يحتاجون إليه. وماذا عنك؟

ـ تناولت جرعة زائدة في ذات الوقت الذي احترقت فيه.

ـ الأمور ليست على ما يرام معك، أليس كذلك؟

ـ أقول إنني لست نظيفًا. لو تبولت هنا سوف يعود أحدهم إلى السجن. أعدك بهذا.

ـ إذن هات سيجارة.

ـ أنا لا أدخن.

ـ خمسة دولارات.

ـ لِمَ؟

يتفقد الغرفة، ثم يقول:

ـ لأنها معك.

كان على حارس العقار أن يعطيني غرفة أفضل في فندق «طائر النار». إنها أوسع، وفيها صور ومغطس.

ـ وماذا أحصل عليه في المقابل؟

قال جاك:

ـ أنت تفهم الآن. ربما استطعت مساعدتك. عمَّ تبحث؟

ـ أبحث عن كل ما فعلته قبل أن أصحو في السجن. سأتبول في أي قدح في أي وقت، وأعطيكما عشرة دولارات مكافأة لو أمكنكما معرفة ذلك. لو لم تستطيعا ارحلا حالًا.

يقول كأنه يتكلم أثناء النوم:

ـ لن تحتاج إلى هذا. جئت كي أرحب بك. أقدم لك نفسي، وأثبت أنني محل للثقة. أعطيك بعض كلمات التحذير. أطلب منك معروفًا كصديق، لكنك تتعامل بلا لياقة. هل ضربتك؟

ـ هيا. ارحلا.

ـ هل ضربتك؟ هل سرقت ذاكرتك؟

لا يتحركان.

ـ الآن ماذا تنتظران بحق الجحيم؟

ـ قلت عشرة دولارات لو عرفنا كل ما قمت به. لقد اتفقنا. أؤكد لك، وأنا عند كلمتي.

تمر دقيقة ثم أخرى. لا صوت سوى أزيز التلفزيون. جاك يتناسى تأهبي للقتال. إنه يشعر بفضول لمعرفة كل شيء سبق اليوم الأخير في حياتي، وسوف أدفع له كذلك. مرافقه الشبيه بشجرة الفاصولياء يخط أشياء في مفكرة أخرجها من جيبه. يمزق الصفحة ويناولني إياها. يقول جاك:

ـ هأنتذا. هناك مسرح في وسط البلد. عليك أن تذهب إلى هناك.

ـ أي مسرح؟

ـ لو ابتعدت عشرين مربعًا عن بابنا فستجده. بجوار بار اسمه «فورد». ادخل ولسوف تسترد ذاكرتك. انزع قابس كل شيء عندما تعود. يمكنك سماع الكهرباء وهي غير ثابتة. لو بوسعي فعل أي شيء آخر لجعل إقامتك سعيدة في فندق «طائر النار»، فلا تتردد في الاتصال بي. في حفظ الله.

خطُّ شجرة الفاصولياء جميل وواضح جدًّا:

تكلَّم مع رجل العملات. اسأل عن ديزيريه!

٤

السجن يتحرك معي؛ صندوقًا غير مرئي يحيط بي في كل خطوة، ومع كل دقة ساعة. رجل مكسيكي يلبس سترة بنية وقبعة رعاة بقر، لم يدخن طيلة مشيه عبر خمسة مربعات سكنية، يشعل لفافة تبغ الآن. امرأة تنتظر عند محطة الحافلات وتعيد طي جريدة لم تكن تطالعها. أحدهم يمر بي، فأعدُّ.. ألفٌ.. ألف.. ألفان.. ثلاثة آلاف، قبل أن أنظر إلى الخلف. لو لم يكونوا يراقبونني فهم يراقبونني. كل شخص هو رجل المظلة الذي يراقبني، وهو كل شخص. كل سعلة أو عطسة أو ابتسامة تعني كل شيء ولا شيء. العلامات في كل مكان.

داخل المسرح الذي يحمل اسم «٢٤ ساعة فتيات عاريات حقيقيات»، تقول اللافتة المعلَّقة فوق واجهة تعرض أجزاء جسد من اللاتكس:

توجَّه إلى رجل العملات للحصول على الفكة.

عند نهاية الممر بين المقاعد، خلف صف تلو صف من صناديق الفيديو البرتقالية والوردية التي تظهر عليها نساء عاريات يبتسمن،

يجلس رجل العملات، كتلة هائلة من اللحم بشعر إلفيس بريسلي، وقميص حريري رُسمت عليه ببغاوات وأشجار نخيل.

ـ هل من مساعدة أقدمها لك؟

ـ أريد فكة.

ـ أي نوع؟

ـ أريد أن أمنعهم من ملاحقتي [1].

لا يقول رجل العملات شيئًا. يلبس حبلًا من ذهب حول عنقه مع ساعة من ذهب بحجم عجلة القيادة.

ـ أنا هنا من أجل ديزيريه.

إذ أحاول أن أحطم الصمت، أجعله أطول. يعقد رجل العملات ذراعيه، ويئن المقعد من تحته بسبب تغير بسيط في الوزن.

ـ ومن قال إنك ستجد ديزيريه هنا؟

ـ جاك وشجرة الفاصولياء قالا لي هذا.

تمر نصف دقيقة أخرى، ويطلب عشرين دولارًا مقابل أربع عملات من النحاس على كل واحدة علامة ×××على جانب، وعلامة «دولار واحد» على الجانب الآخر. أريد أن أسأله عن باقي مالي، لكن لا يبدو أنه راغب في التفاوض. لو كان يتقاضى رسوم نقلي عبر النهر إلى ديزيريه، فأنا لن أتناقش كذلك.

يقول لي:

ـ كابينة رقم ٤.

____

(١) هنا يلعب على تماثل لفظة فكة (Change) مع لفظة «التغيير». إنه يريد فكة، لكنه كذلك يريد تغيير وضعه. (المترجم).

يدوي صوت جرس، وأدخل بابًا دوارًا خلفه.

الكابينة رقم ٤ مظلمة، لها رائحة المني والعرق والأجساد والمطهرات والتبغ. أحاول ألا أتنفس من أنفي، وأشد كُمي إلى أعلى وأنا أغلق المزلاج خلفي. أضع قطعة من العملة في عداد عملات هناك كالذي تجده خارج السوبرماركت. ينفتح شباك صغير ليغرق الكابينة بضوء من غرفة وردية في الجانب الآخر.

تظهر راقصة مجردة تتدلى لفافة تبغ من شفتيها المصبوغتين الحمراوين، وترقص بلا اكتراث بالإيقاع القادم من فوقها. يحيط بها رجال وحيدون أضنتهم الرغبة، وهي تعرف هذا. رغباتهم تضرب الزجاج بينما ابتسامتها السائلة تخترقه.

ـ ديزيريه؟

ـ هل عندك شيء لي يا صغيري؟

هناك قطع ورق. بقشيش تم تثبيته بشريط تحت النافذة.

أزجي ورقة «جاكسون»(١) لها. أنا في مصرف من مصارف الجحيم. تدور حول نفسها، ثم تدفع لفافة لي عبر الفتحة. أريد هواء نقيًا وحمَّامًا. أريد أن أبدل ضماداتي وأحرق ضماداتي القديمة.

يُصدر صندوق العملات صوت «بيب». ترمي لي الفتاة بقبلة بينما الشباك يغلق. ويختفي الضوء الوردي. خارج الكابينة ينتظر رجل ومعه ممسحة ودلو ماء، به ماء متسخ يتوارى فيه رأس الممسحة، ويتوهج بضوء النيون الأزرق والوردي من أعلى.

---

(١) ورقة عليها صورة الرئيس «أندرو جاكسون»، أي ورقة بعشرين دولارًا. (المترجم).

٥

الصوت الهامس قال لي:

ـ ابتلِع!

عندما ولى الهمس، وكذلك القرص الأزرق، قررت أن أشحذ أفكاري بلعبة سوليتير.

الألوان الزرقاء والحمراء تنعكس بين صور البنات والأولاد والشايب، كأنه انعكاس الشمس على زاحفة استوائية ما. خطوط سود تطفو فوق الألوان عندما أنظر إليها مباشرة كأنها قطعت من الهواء بحد موسى. أرقد على ظهري، وأحدق في ورقة ملكة القلوب اللامعة، وأشم رائحة الأسفلت المبتل يتسرب عبر نافذتي. رائحة مطر الصيف يرتطم بالشارع.

يد تحت قميصي، وكف تضغط على صدري. أتأرجح وأمسك بالهواء. أنظر عبر الستائر فلا أرى مطرًا. سماء صحراء بلا سحب وشمس العصر. أرقد من جديد، وأشعر بيد حبيبة تهدهدني لتنام مع دقات قلبي.

إنها أنتِ يا ديزيريه.

أشعر بشعرك على عنقي. أناملك ووجهك على صدري. لمستك تَسري عبر جلدي عندما آخذ شهيقًا عميقًا بطيئًا. جسدي كسيجارة تتوهج أكثر مع النفَس الطويل. يدك صغيرة دافئة لها أطراف أنامل حادة وثنيات ناعمة في الكفين. تذيب آلام صدري التي لم أعرف أنها موجودة حتى توقفت. ألم حملته أيامًا، ربما طيلة حياتي، وقد تلاشى الآن. لو كان بوسعي وقف الشمس الغاربة لأبقيت هذه اللحظة عدة أيام.

يندفع الدم إلى مخي. العث يزحف إلى حيث الضوء الدافئ. تنفسكِ أثناء النوم يمسح وجهي وينفخ الرماد عن ذكرياتي.

✳ ✳ ✳

سماء بلون الذباب الميت. ملاءة من السحب متصلة تحملها ريح دافئة لها رائحة الاستاتيكية والأزهار. عرق على وجهي وظهري. أشعر بالقيظ في ثياب الأحد وكأس باردة في يدي. صوت الثلج ودوي الرعد من بعيد كأنه انهيار صخور في الجبل.

✳ ✳ ✳

الصورة المتحركة تهتز، وكل ثانية أكثر ألفة من التي سبقتها، حتى يصير تدفق الذكريات سلسلة متصلة من اللحظات، ويدك مستريحة على معدتي، وجسدك ملاصق لي.

✳ ✳ ✳

عشب رطب من تحتي. جذع شجرة لها لحاء جاف كالصخر يضرب ظهري. أشم الكمثرى تنضج فوق رأسي. الأفق يضيء

٣٤

باللون الأزرق، ثم يأتي الرعد. أعدُّ الثواني بين الاثنين بينما الهواء يملأ رئتَي. أشم رائحة الأزهار والبراعم والخضرة التي لا وجود لها من تحتي. لا أستطيع أن أراكِ، لكن ساقك فوق ساقي، وأشعر بجسدك يتنفس ملاصقًا لي.

الزجاج يلمس شفتي. أذوق السكر والليمون ومذاق المعدن في الصنبور ومكعبات الثلج. أغمس إصبعي لأنزع بعوضة ضلت طريقها إلى سطح السائل.

يدق مطر حار البراعمَ المخملية البيضاء فيسقطها على الأرض. كل قطرة تضرب جلدي وأنتِ هنا بجواري، كأنها تخترق جسدك لتصل لي. الثواني بين توهج السماء وصوت الرعد قد ولت. ينهال طوفان من المطر وبراعم الكمثرى فوقي. تحت بذلتي ينتصب الشعر على ساعدي. تنفجر الكأس في يدي، ويصير الكون أبيض.

أنا أعمى.

أنا أحدق في الشمس، لذا أُبعد عينَي.

حشدٌ من الناس بثياب سود يحيطون بتابوت ينزلونه إلى الأرض. أنا ألبس نظارة سوداء، لكن ما زالت الشمس تتعب عينَي وأنا ظمآن، كأنه يمكنني أن أشرب كل المطر في السماء. أزهار تغطي القبر، ومجد الصباح في كامل نضارته. بتلات الأزهار مغموسة في السماء القاتمة وتغسل قممها في أزرق المساء، أشعر بها كشرائط من مخمل بين أناملي، أو كأنني حيوان قارض رقيق.

ثلاثة أقراص في كفي. غجريات، صنعتها من أمجاد النهار في حديقتي. ضوء النهار يشحب تاركًا الحرارة والظلمة تزحف على

صوت سيمفونية صراصير الليل. مع أول ضوء يتوهج لذبابات النار أعرف أن الوقت قد حان لابتلاع الغجريات.

يلتمع الضوء على السماء، وأجد أنني أحدق في قلب المجرة. النجوم دانية حتى ليمكنني أن أمسكها بكفي. تَسبح بين الأشجار، تلتمع مع صوت غناء الوطاويط الصامت. أرى شكلها الخارجي قبل أن تنزع نجمًا من متناول يدي. النجم السوبرنوفا يتوهج عبر معدة الوطواط قبل أن يتحول إلى ثقب أسود يرفرف في الظلام، ويعود الغناء من جديد.

يتبع ذبابات النار لولب من الضوء. تصنع نسيجًا بين الأشجار وهي تتحرك. تنتهي خيوطها عندما تلتقط الوطاويط النساجين من الهواء. إحداها تهبط على ذراعي. واحدة تهبط على صدري. ثم تحلق بعضها. وكلها مربوطة لي بحبال من البرق. خيوط الضوء المتقاطعة تمتزج لتصنع شبكة تحيط بي.

صراخي يجعل الأضواء أكثر سطوعًا. لا أريد أن أتوقف، ولا أريد ذلك. لو كانت كل حلقة في سلسلة الحياة بهذا الجمال، فلسوف أموت انبهارًا بالجمال لو رأيت السلسلة كلها مرَّة واحدة، وأصير حلقة فيها بينما تمتد السلسلة من نهاية الأبدية إلى النهاية الأخرى.

جميل. هذا هو كل ما بوسعي قوله. جميل جميل جميل جميل. يمر دهر كامل لكن الكلمة ما زالت بعيدة جافة، لا تتناسب مع معناها.

تهدأ ساعة الرب الرملية فيصير صوتها كالهمس. أتبع أمجاد الصباح وبراعم الكمثرى والعشب المبتل والليمون الحلو والكهرباء. كل هذا يصير سلسلة واحدة، والسلسلة تقودني لكِ. جلدكِ الشاحب

يلتمع في الظلام، ويداكِ تتركان آثارًا باهتة عندما تتحركين. شعركِ بلون خيط غزل من عَجلة من نار.

٭ ٭ ٭

العشاق يمسكون بأيدي بعضهم، والأطفال يرمون قطع العملة في النوافير. فنَّانو الشارع يؤدون فقراتهم، ويغنون ويمشون على الزجاج. فنانو البانتومايم يقلدون الأغبياء. النساء يرسمن على وجوه الأطفال. شاب بلا قميص يلبس سراويل عسكرية ويصفف شعره كالموهوك، ومعه قبعة مليئة بأوراق المال عند قدميه، يقذف المشاعل في الهواء، ثم يبتلع أحدها ويقذف سحابة نار في الهواء. على بُعد مائة قدم منه هناك صبي أشقر في السادسة عشرة من عمره يتملص للفرار من قميص بلا أكمام.

تجلسين بين نافخ النار وفنان الهروب، على صخرة بجوار النافورة، وأمامكِ يوضع منديل صغير.

ـ هل تريد معرفة حظك؟

ـ حظي ممتاز حاليًّا. شكرًا لكِ.

تمدين يدكِ لي. يداكِ جافتان مشققتان، ولهما أظفار بلون الدم الجاف. أنامل عجوز، ووجه فتاة شابة.

ـ كدت تموت وأنت صبي. كنت تجلس تحت شجرة عندما ضربها البرق.

لا تعرفين اسمي، لكنكِ تعرفين كل شيء عن الزجاج المتفجر وبراعم الكمثرى من خطوط كفي.

ـ كيف تعرفين هذا؟

٣٧

لا تردين. تمررين إصبعكِ الملطخة بلون الدم على كفي.

ـ حسبوا أنك ستصاب بمرض قلبي إذ تشيخ، لكنك بخير. تُجلسينني بجواركِ على النافورة.

ـ أنت تؤمن بالخرافات فيما يتعلق بالأشجار. الضوضاء تفزعك وأنت تشعر بظمأ دائم. إنه لا يزول.

ـ ومستقبلي؟ هل ترينه؟

ـ أنت ثمِل.

ـ لست ثمِلًا. ليس بالضبط. قولي لي المزيد. تحملقين وأنتِ تحملين كفي في الضوء.

ـ أبواك كانا متدينين جدًّا، وفقدت أحدهما، الذي كنت أقرب إليه.

ـ أنتِ تنزلقين. هذا كلام غامض.

ـ كان هذا أباك. كنت قريبًا منه، لكنه مات في حادث.

٭ ٭ ٭

أبي قال لي إن بوسعه أن يجعل النجوم تنزف. وضع الحامل الثلاثي في الفناء في ليلة صيف. شربنا الصودا معًا، وأكلنا الفيشار في إناء من الألومنيوم. كانت النجوم وذبابات النار ضوءنا الوحيد، والصراصير وتنفُّسنا الصوت الوحيد. كانت لأبي رائحة عطر ما بعد الحلاقة وسوائل تحميض الأفلام. سألني إن كنت أرغب في التقاط صورة، فوافقت.

فتحت غالق الكاميرا، فانطلق سلك من الضوء عبر السماء وتوهج ثم خبا. هل سيظهر هذا في الصورة؟ فقال أبي نعم. تلتمع الحشرات المضيئة في الحر كأنها تنعكس في صفحة ماء

رقراق. هل يمكنك أن تلتقط لها صورة؟ يقول أبي إنه سيساعدني على ذلك.

كنت أحب العمل في الضوء الأحمر في غرفة أبي. كان قد حوَّل القبو إلى معمل تحميض به أضواء أمان وأماكن لتخزين محاليل الإظهار والتثبيت. كانت الغرفة المظلمة هي المشروع الوحيد بيني وبين أبي. آخر ما بنيناه معًا قبل هذا كان مذياعًا من قطعة سلك وبلورة. حسبت أننا نحتاج إلى أنابيب، لكن أبي قال لا، الإشارات في كل مكان، وكل ما عليك هو أن تنصت. بقايا هذا المشروع موجودة بجوار كومة مجلات يتجمع الغبار عليها. أكاد أسمع صوته وهو يقول: الإشارات في كل مكان.

عملنا معًا. وكان أبي ينقل الصور بين أوعية التحميض، بينما أنا أشطفها وأعلِّقها على الحبل لتجف. كانت النجوم تسطع في صور أبي أكثر منها في الحياة. كان يلتقط صورًا للنجوم ويطيل فترة التعريض، فكانت النجوم تنزف على شكل أقواس بشكل يجعلني أشعر بدوار، كأن أبي كان يصور دوران الأرض ذاته.

كانت صور ذبابات النار تظهر مسارات ترتعش كأنها كتابة بيد شيخ، لكن لو ظلت في مكانها أكثر من ثانية. كانت بقع النور تتسرب إلى الفيلم كأنها أضواء سيارة تحت مطر غزير، وكانت المسارات تتوقف في الهواء إذا انطفأ نور ذبابات النار للحظة. فقدت نفسي تحت الأضواء الحمراء، ورُحت أتتبع مسار ذبابة نار في متاهة من نور. نسيج العناكب الكهربائي يتلوى في مرآة بمدينة الملاهي.

* * *

نسيت هذا كله.

قلت:

ـ لقد دخلت الصورة. بكم أدين لكِ؟

ـ المبلغ الذي تعتقد أن ذاكرتك تساويه.

مسارات الضوء تخرج من قلادة عنقكِ، من الأطفال الذين يركضون ومعهم عصي مضيئة حول النافورة.

أفرغ جيوبي في صندوق السيجار الذي تحملينه.

ـ هل ستكونين هنا غدًا؟

ـ ربما.

ـ حسبت بوسعكِ أن تخبريني بالمستقبل.

ـ هل ستبحث عني حتى لو لم تكن متأكدًا من وجودي هنا؟

ـ نعم. سأفعل.

ـ إذن ابحث عني غدًا، ربما تجدني.

يثب كلب من النافورة، فيصرخ الصِّبية. تحت مصباح الشارع ينفض نفسه ليجف. يبدو لي انفجار القطرات المضاءة من أعلى كأنه ميلاد الكون، كأنها مائة مليون ذبابة نارية فقست في الوقت ذاته وحلَّقت خارجة من العش مكتملة النمو. يضحك رجل بلا سيطرة على نفسه، ويمسح النيران من على كأسه، وينفضها عن شعره. فتنحدر إلى ممر جانبي كأنها شلال من اللهب. يجعلني المشهد واهنًا. يضع الرجل عويناته، وأتساءل: هل يعرف أن الذي قبله هو بداية الكون؟

تقولين:

ـ هذا أوتو.

مرحبًا يا أوتو.

ـ وأنا إريك.

وأعطيكِ يدي مرَّة أخرى.

ـ سرني لقاؤك يا إريك.

أسلاك سوارِكِ الفضية تلقي وهجات في الهواء عندما تصافحينني.

ـ أنا ديزيريه.

✳ ✳ ✳

بعدما تَفتَّح قلبي ليصير بحجم الكون، وراح كل الحب منذ الانفجار الأعظم حتى الهمسات الأخيرة يتردد في صدري لعدة أيام، يصير الكون سجنًا عملاقًا عندما تموت العاصفة في النهاية. تنكمش المجرات لتصير في حجم العضلات خلف ضلوعي وهدف القناص إلى يسار عمودي الفقري. الليل المؤرق واليوم التالي له، لهما ثقل الرصاص. أشعر كأنني أموت.

حسبت أني افتقدتُكِ يا ديزيريه. لا أدري إلى أي حد.

٦

أي حركة خاطئة سوف تمزق جلدي حتى مركز جسدي.

سوف أتهاوى على شكل شرائح كما تتقشر طبقات الدهان الهشة. عينان تحتكان بالمحجرين، وأسمع أصوات صراخ لوح الكتابة عندما أرمش. أرقد ساكنًا لكني أشعر بدوار الحركة.

لدغة لفخذي من الداخل. أُبعد الملاءات وأُثب على قدمَي. تدور بي الغرفة. أعتقد أن هذا رأسي الذي يدور، ثم أعتقد أنه ليس هو. أغلق عينَي فيسوء الأمر أكثر. أسرع أسرع. الاصطدام سوف يهشم النوافذ ويُسقط السقف ويبعثر عظامي المهشمة، كأنه النرد ترميه الآلهة. أتماسك لكن الدوران يبطئ. أتمسك بالجدار لحفظ توازني، وأخدش جلد ساقي.

أزحف على قدمَي ويدَي في مستوى الحشرات للمرَّة الثانية. إما أنني لم أرَ هذه، أو هي جديدة، أو أن الحشرات التي ملأت غرفة جاك قد جاءت بالأوتوستوب على ثيابه، وأفرغت بيضها على سجادتي وملاءاتي. أصغر من إبهامي وبلون ظلها، تتوارى في

السجادة المبرقشة بجوار سلك المصباح، كأنها بقعة من دهان قديم. لقد تركها رجال أنسلنجر ذوو الحقائب السود في مكان واضح.

تشعر الحشرة بالحركة، وتهرع لتتوارى في الركن، لكني أسجنها تحت مرطبان فارغ وأضع ورقة ملكة القلوب تحتها. تبدو كصخرة ناعمة سوداء تضرب الجدار غير المرئي بلا جدوى.

هناك ندوب وخدوش على المنضدة. إنها عمل أيدٍ يائسة مسلحة بالموسى والملاعق وأنابيب الزجاج والقداحات. في الدرج تركوا أستكًا مطاطيًا ومسمارَي ضغط وقلمًا جافًا بلا غطاء نفد حبره. بعض مشابك الورق وموسى ثلمة. أجذب المرطبان فتهرع العينة للحافة، لكني أعيدها بورقة اللعب. برغم حالة دوار الشراب التي أعانيها يداي ثابتتان. أثبتها بمشبك ورق من أول محاولة.

يطن قرنا استشعارها. خيطان أسودان أطول منها. محاولة للهرب أو محاولة أخيرة لنقل المعلومات إلى باقي المستعمرة. أقطعهما عن الاتصال بحد الموسى.

عبر المدينة سوف تتحول شاشة المخبر إلى الانفجار الكوني الأعظم كما تراه حشرة، وصوت الاستاتيكية الشبيه بصوت موقد اللحام.

لتذهب إلى الجحيم يا أنسلنجر.

سيبقى الرأس سليمًا حتى أعرف ما رآه وما سمعه. أقشر أجنحة الحشرة وهي تقاوم. أفككها قدمًا بقدم وجناحًا بجناح. أحطم قشرتها لأرى محتويات القلب. أفك رأسها وأقطع جسدها إلى شرائح أربع مرات، لكن لا أجد ما يفيد. لا ماس كهربائيًا، لا شرر، لا شيء يتصاعد

منه الدخان، لا مقاومات ولا ترانزستور، لا بلورات ولا أقطاب ثنائية ولا ملفات ولا ميكروتشيب. فقط أحشاء رطبة. مَن صنع هذه الأداة بارع ويمكنه صنع أجهزة أخرى.

❉ ❉ ❉

الرجال ذوو المظلات يلوحون للحافلات ويتكلمون في كبائن الهاتف. يطوون الصحف ويضعون أجهزة اللاسلكي في آذانهم. أنسلنجر يقتفي أثري. أنسلنجر يريد إعادتي إلى السجن. أنسلنجر لا يبالي بي، بل هو يريد ديزيريه. يريد حبيبتي ديزيريه. يبحث عن راقصة الستربتيز خلف الزجاج. أبدل السيناريوهات في ذهني وأرقب الانعكاسات في واجهات المتاجر. ينحني صبي ويربط حذاءه. القدم اليسرى معناها: انكشف أمرنا، تراجعوا. القدم اليمنى معناها: هلم. يقولها للقناص المنتظر على السطح، ونقطة الليزر التي تشبه ذبابة النار مرسومة على مؤخرة رأسي. ينتظر الإشارة كي يجذب الزناد ويغلق الكون.

❉ ❉ ❉

اللافتة تقول «فورد». الأضواء تغمر شاشة التلفزيون العملاقة خارج الجدار. بالداخل قد تكون السجادة رمادية أو خضراء أو سوداء. الضوء الشاحب لا يساعد على تمييز أي شيء. اللطخ على منضدة البلياردو، ربما تكون بقع بيرة أو دم. هناك صندوق موسيقى عليه إشارة «خارج الخدمة» فوق الزجاج. قميص الساقي عليه كلمة «لو».

ـ أعتقد أنك «لو».

يمسح كأسًا بمنشفة رمادية، وينظر إليَّ كأنه كشطني من على حذائه حالًا. أقول:

ـ هل أنا كنت هنا من قبل؟

يقول:

ـ لو لم تكن تعرف فقد حان وقت الانصراف. ماذا أقدم لك؟

ـ المعتاد.

على شاشة التلفزيون الصامت المعلَّق فوق البار تتسابق السيارات القديمة. كرات البلياردو تتصادم على المائدة الملطخة بالبيرة والدم. «لو» خامل مصمم على مسح الكأس بالمنشفة الرمادية. ترتجف يداي. يهبط شيء على وجهي فأصفعه وأتوقع أن أرى حشرة مهشمة على أناملي. لا شيء سوى بريق العرق. أخرج ورقة بعشرة من جيبي حتى يخدمني «لو» بدلًا من التخلص مني.

يقول:

ـ ويسكي جاك وكوكاكولا. مشروب جيد للمبتدئين.

الزبائن لديهم أطباق واقية تحت كؤوسهم. يضع «لو» كأسي على خشب عارٍ، فتُصدر الكأس صوت ارتطام عاليًا. يعاود تنظيف الكأس بالمنشفة المتسخة.

ـ هل هنا هاتف بالعملة؟

يستجيب بهزة من ذقنه. في الخلفية، هناك لافتة تشير إلى ممر صغير، تقول «حمَّامات وهاتف».

* * *

الخط المباشر الخاص بأنسلنجر يلقي بي في هاتفه.

٤٥

ـ حاول أن تسيطر على نفسك. أنا أفعل ما بوسعي، لكن كُف عن اقتفاء أثري. كُف عن زرع أجهزة التنصت في غرفتي.

وقبل أن أضع السماعة أضيف:

ـ من فضلك.

يقول شخص واقف خلفي:

ـ كنت أفضل حالًا فيما مضى يا إريك.

أحاول تذكر هذا الرجل. أذكر ثيابه وسرواله الكاكي وقميص الجولف، لكن لا أذكر وجهه. معه صبي يلبس ثيابًا واسعة. هناك قشور كأنها إصابات الملعب تغطي أنفه الذي يسيل منه المخاط. شعره معجون كأنه نام وسط القاذورات. ينظر إلى أنامله ويحرك شفتيه في صمت. ليس صبيًّا، بل هو أصغر مني بعام أو اثنين. رأيته من قبل يربط حذاءه في زقاق جانبي.

يلمسه الرجل المجهول برفق على ظهره وهو يمر بي قاصدًا دورة مياه الرجال.

ـ هل تَقابَلنا من قبل؟

يسألني:

ـ ألا تعرفني؟

أحاول أن أدفع الدم في رأسي حتى لا تتوارى الذكرى. هنا تطبق أنياب كلب كهربائي على ضلوعي من الخلف. أرى السحب وأشم براعم الكمثرى للحظة قبل أن تصير قدماي شمعًا. أنا على ظهري، أتقلب لكن قدمَي لا تطاوعانني. ذراعاي منملتان وتحرقان كأنما هما نائمتان. يجب أن أحترس من كأس الليمونادة المهشم. كل ما أراه

هو حذاء الرجل وقصبتا ساقيه. يسيل اللعاب من فمي فلا أستطيع التحكم فيه، لكن الحذاء يبدو غاليًا لذا يجب أن آخذ حذري.

يقول:

ـ كيف حالك الآن؟

التنميل في ذراعي يزداد ألمًا مع المزيد من عض الكلب. أشعر بقطرات المطر الحارة على وجهي قبل أن أسقط فوق العشب الرطب. لا أرى في مجال إبصاري سوى الرِّجل المصنوعة من الكروم لمنضدة اللعب. أشم الصيف والقذارة والفيشار من البار ورائحة المرحاض الكريهة وبراعم الكمثرى والليمونادة ولحاء أشجار يحترق وجلدي المحترق. ثم لا شيء.

٧

العشب يدمي طاقتي، أنفي وعينَي، بينما المطر ينهمر على خدي. القطرات تتسلق شعري وأذني وتنساب تحت ياقتي. لا مطر هنالك. الخنافس تزحف من الطين لتمزقني. تبحث عن الجلد الرقيق الثمين، تبحث عن الأنسجة الرطبة داخل فمي وتحت الضمادات. إشارات قرون الاستشعار تنبعث من ذَكر إلى آخر بسرعة خفقة الجناح، حتى يسمع العمال الإشارة. الحفارات ذات الأقدام الست تغوص عبر الوحل كي تلتهم غضاريفي بفكوك كالصلب، حتى لا يبقى سوى عظامي الهشة، فيدق عليها المطر الساخن. تذكرين اسمي فتُضعف الضوضاء الاستاتيكية صوتك. وهج. ألف... ألفان... ثلاثة آلاف. رعد. هز إصبعك. ليس لديَّ أصابع. الناس الأخرى لديها أصابع. أنا عندي حذاءان. هز رباط حذائك. لا شيء. لا أستطيع الفرار من الجيوش التي تهاجمني عبر الباب المهشم الذي لا أراه. افتح عينيك.

أنا مربوط بالحزام في مقعد جانبي في سيارة «ميني فان». الغريب الذي يلبس قميص جولف هو من يقود.

ـ هذا ما نسميه مخالفة السرعة في وادي سيمي [1].

يمد يده إلى وجهي. إبهامه على خدي، ويفتح بأنامله عينَي.

ـ هل أنت هناك؟

يترك وجهي ويمسك بعجلة القيادة.

ـ السؤال هو: هل يمكنك عمل هذا ثانية؟

تطرقع أناملي. يذوب تحكمي الحركي وأنا أحك كفَّي ببعضهما. صوت من خلفي يصرخ مطالبًا بالآيس كريم. إلحاح طفل آتٍ من رجل كبير.

يقول السائق:

ـ سوف نحضر بعض الآيس كريم.

ثم لي:

ـ ماذا حدث للرجل الصلب الذي كنت أعرفه؟ منذ أسبوعين فقط كنت عقلًا صافيًا وتصميمًا، الآن أنت حطام يرتجف.

ما زال طعم المعدن في فمي. لا يستطيع لساني الحركة، ولا أقدر على البلع. ربما أختنق بلعابي نفسه. النوافذ مرفوعة، والمكيف يطرد عطر الليمون الخفيف وبراعم الكمثرى مع الهواء البارد.

ـ آيس كريم.

ـ اجلس يا بني.

أينما كنت فهو مكان بعيد عن موضع فندق «طائر النار». نمر

---

(١) يشير إلى قصة رودني كينج الزنجي الأمريكي الذي اعتدى عليه رجال الشرطة وصعقوه بالصاعق الكهربائي (Taser)، لأنه خالف قوانين السرعة في وادي سيمي. ويعني بهذا أنه وابنه صعقا بطل القصة من الخلف. (المترجم).

على البيوت التي رأيتها من بعيد عبر نافذتي. تبدو صناديق كخلايا الحشرات بلون الرمل، ولها أسقف حمراء خلف أسوار حديدية. تغطي التل كأنها إوز بري. القمة، جماعات من المكسيكيين يقلمون أسوار الأشجار كل نصف ميل. أكثر الألوان نضارة هو العشب الذي لم تُوضع عليه ملاءة في نزهة قَطُّ، ولم يُوضع عليه مقعد أو تُلعب فوقه مباراة بيسبول. لا أشم أي شيء.

يقول الرجل:

ـ آسف بسبب الصدمة. ابني يحب ألعابه، وأنا أؤمن بالعنف في الهجوم.. أنت تعرف هذا.. هذا ابني.. أنت قابلته كثيرًا من قبل.

يقيس رد فعلي صامتًا.

ـ لا شيء؟

لا شيء.

يواصل الكلام وأنا مشلول ويجب أن أسمع:

ـ لا تخدعن نفسك. إنه يعرف كل شريان كبير وكل حزمة عصبية ونقطة ضغط في الجسم البشري. يمكنه أن ينزع أحشاء أو يُشرح ويتخلص من رجل بالغ في القمامة خلال أربعين دقيقة. إنه ما زال طفلًا في أمور كثيرة، وسوف يظل، لكنه مولَع بالأعمال التي لا يجسر محترفون كثيرون على القيام بها. إنه أسطورة في بعض الدوائر. أنت الأفضل. أليس كذلك يا توتاج؟

يقولها للمرآة.

ـ أحبك.

ـ أحبك كذلك يا بني. ها نحن أولاء.

ثم يوقف السيارة أمام مجمع متاجر له نفس لون الرمال المميز للبنايات المحيطة به. ويقف في المنطقة الزرقاء. الفتى الأبله يفتح بابي. توتاج. يفك حزام مقعدي ويمسك بذراعي ويوقفني على قدمَي. أنا دمية مغطاة بالريش في قبضته.

ظلال الليل تنزف كبقع من الحبر حتى تغطي الأرض. هواء الصحراء يبللها ويلون السماء بلون أزرق غامق، بلون بتلات مجد الصباح. صوت ساعة بالخارج يوشك على أن يصيبني بالدوار. أنظر إلى قدمَي وأترك توتاج يجرني. قدماي ما زالتا منملتين، ولا أريد أن أجازف بالسقوط فوق ظل مبتل.

يتركني حارساي في ساحة طعام مكشوفة أمام دار سينما. أسمع أزيز الكهرباء في مصباح نيون. عندما يعودان يحمل الابن قمعًا يلتهمه، ملطخًا وجهه بالآيس كريم، لا يشعر بالعالم.

يقول الرجل:

ـ اسمي وايت. يسمونني مانهاتن، لكن أنا من روشستر. سوف أكرر كلامي. السؤال هو: هل يمكنك عمل هذا ثانية؟

ويمسد على شعر ابنه مرَّتين، ثم يضع يديه أمامه وهو لا يبعد عينيه عني.

ـ أنت سوف تجعلني أمرُّ بهذا كله من البداية؟

لا أستطيع الكلام، ولا يبدو لي هزُّ رأسي فكرة طيبة.

يقول توتاج:

ـ تقاسم.

ثم يقدم ملعقة من الآيس كريم إلى أبيه. يلتهم وايت ملعقة من ابنه، ثم يواصل الكلام:

ـ كلانا يعمل لذات المنظمة، أو كنا بما أنك أخذت إجازة بلا إنذار. من ضمن اهتماماتنا سلسلة من الكيماويات والتصنيع. أنت تعتبر نفسك رئيس قسم الأبحاث والتطوير. يجب أن أضيف أنني أعمل تحت إمرة مستر هويل.

يدس توتاج ذراع دمية جندي من البلاستيك في الآيس كريم. يقول وايت:

ـ هذا وضعك في مكانة عالية جدًّا كما تفهم. حققت لنا ولنفسك الكثير من المال، وكنا مسرورين حتى هذه الكارثة الأخيرة.

ـ ولمن يعمل هويل؟

ويسيل خيط لعاب على أصابعي المنملة. أمسح ذقني بأصابع لا تشعر.

يقول وايت:

ـ هذا سيستغرق وقتًا أكثر مما ظننت. هويل لا يرأسه أحد. هو أول وآخر حلقة في السلسلة، وكل شيء يخصه. هو آخر كلمة في المنظمة، منظمته، وأنت قد صرت في قائمته السوداء. أكثر الناس كانوا سينالون استمارة ٦ [1] لو كانوا في موقفك، لكنك تملك مظلة ممتازة، لذا نحن مستعدون للتفاوض.

____

(١) في الأصل (Pink slip)، أي: قصاصة وردية، وهو الإجراء الأمريكي لإنهاء خدمة الموظفين. وتعبير «ينال قصاصة وردية» معناه الفصل من العمل. (المترجم).

كلماتي معجونة معًا كالصلصال:

ـ لقد ظفرت بانتباهي التام.

يقول ويبتسم:

ـ سخرية. أشعر كأن إريك القديم قد عاد. هناك تلك النار التي أشعلتها، وهذا ليس اتهامًا لنكون واضحين. لا أنا ولا هويل نعتقد أنك فعلت هذا عمدًا. إن إجراءاتك الاحتياطية كانت مثالية للمنظمة كلها. لا أحد ينكر أن هذا حادث. لكن تبقى حقيقة أن المختبر كان مسؤوليتك، والنار اشتعلت في ورديتك.

ـ لا بد أن هويل يملك تأمينًا.

ـ هو كذلك، لكنه ليس كذلك. الأمور ليست بهذه السهولة. بالإضافة إلى فقد أشيائنا الثمينة، سواء الخام أو أدوات التصنيع، هناك مشكلة الملكية الفكرية، العمل الذي استأجرناك لتقوم به وبالتالي هو لنا، دعك من أننا متأكدون أنك مسؤول بشكل ما عن تقلص مواردنا في هذا الموضع، وأنا هنا كريم معك. أما عن وضعك القانوني، فنواجه مشكلة خرقك لاتفاقك على السرية مع المنظمة. هذا يعرض هويل لأكبر خطر، وبالتالي يلقي بأعظم خطر عليك.

ـ هل هذا تهديد؟

ـ نعم. هل تريده مكتوبًا؟

ـ لم أقل أي شيء لرجال الشرطة.

ـ لكنهم سألوك.

ـ لم أُجِب.

يقول وايت:

ـ أعرف أنك لم تفعل، وإلا لكان توتاج قد حكم عليك بالإعدام. لكنهم سألوا برغم هذا، وسوف يواصلون السؤال، أو سيقايضون بين مستقبلك وإفشاء سر المنظمة.

أغرس أظفاري في راحتي وأعض شفتي، حتى يخترق الألم الكهرباء.

ـ لا أعرف أي شيء، ولا يمكن أن أقايض بما لا أعرفه. كلماتي واضحة وصلبة. أُمرر لساني على أسناني. أشعر بمذاق الدم.

ـ لا تقلق. لقد تأذى مخي كثيرًا، لذا يمكنك أن تنسى أن أقول أي شيء. أعتقد أن هويل لن يستعمل الحريق كطريقة لتخفيض الضرائب لو كنت أفهمك جيدًا، ولستُ في وضع يسمح لي بتعويض هويل أو المنظمة عن الضرر الذي تقول إنني مسؤول عنه.

ـ الشرطة تقول هذا كذلك، فلا أظنه محل جدل.

ـ جميل. إذن ما الذي نناقشه الآن؟

يقول وايت:

ـ شيء من شيئين، أولًا تقول إنك لست قادرًا على التعويض عما حدث للمختبر. لكنك مخطئ. أنت من أعلى موظفينا راتبًا، كذلك أنت مدمن عمل وتعيش حياة متوسطة النفقات، لذا أحسبك قادرًا على تعويض الخسائر، ولذا أعتقد أن بوسعنا الانتظار حتى تخرج من تأثير الحادث، ثم تفتش عن مدخراتك التي استثمرتها.

ـ ولو لم أستطع؟

ـ هناك موضوع البحث والتطوير. أنت تملك بعض حقوقنا الفكرية.

ـ لا أملك حقوق أي شيء فكري.

لعابي كأنني كنت أشرب من علبة معدنية. أشعر بكهرباء تحت الضمادات. لو كنت قد آذيتها وأنا أسقط فلن تلتئم مزارع الجلد.

ـ أنا أعرفك منذ فترة يا إريك، ولديَّ ثقة بك.

يقف، ومن دون كلمة يساعدني توتاج على الوقوف.

ـ عليَّ أن أتأكد من أنك ستعوض خسائرنا، وفي الوقت ذاته تحتفظ بأسرار تجارتنا.

ـ ما عملي أنا؟

ـ تذكر، وأبقِ فمك مغلقًا.

ـ هذا بالضبط ما قالته الشرطة والمحامي الخاص بي. سوف تتفاهمون معًا. هل تريد أن أقدمكم لبعض؟

ـ أنا أرى إريك القديم من جديد. ثق بي، سوف تُحل الأمور أسرع مما تتوقع.

ـ أريد العودة.

ـ العودة إلى أين؟

سواء كان أنسلنجر هو من يقتفي أثري أو وايت، فلا أريدهم أن ينقلوني إلى الفندق.

نقود السيارة في صمت. كُتل من الفراش حول مصابيح الشارع تلقي ظلالًا بحجم النسور على جدران الجص المحيطة بـ«فيستا

إيكرز» و«شادي بوان». البيوت بنفس اللون بعد الغروب. لم ينظر إليَّ وايت قَطُّ ولا إلى ابنه. لو كان توتاج متيقظًا فهو يتفحص مؤخرة رأسي.

يقول وايت:

ـ ها نحن أولاء.

قلت له «أي مكان»، لذا يعيدني إلى فورد.

ـ فلنشرب القهوة باللبن ذات مرَّة.

٨

تسبح الذكريات طافية نحو النقطة المضيئة في الظلام كسحابة غبار حول نجم محتضر. أرى أنماطًا في هذه الأشكال، وفجوات بين الأجنحة وقرون الاستشعار. الشفرة في الأنماط حقيقية كما هو جلدك عندما ينضغط إلى جلدي، والشفرة تخبرني أنني عدت صبيًّا من جديد.

منذ أمس ضاعفت جرعة المخدر، وأرغمت نفسي على السقوط من السماء وسط اللهيب، لكن الأمر يستحق عندما أشعر بذراعيكِ حول صدري، وأنفكِ وشفتيكِ على عنقي. يستحق الأمر أشعر بقبلة الكون تنبثق من معدتي وعبر قلبي إلى رئتي.

جاك كان على حق. أسمع صوت التيار الكهربائي في الأسلاك. فككت كل المصابيح، لكن التيار يطن كسرب جراد غاصب مسجون في أذني. يمكن أن أمشي في الغرفة معصوب العينين، يقودني صوت التيار ومذاق الصدأ الزنخ. أضع منشفة تحت الباب، وأغطي القابس بالوسائد، لكن الصوت مُصر على اقتحام نومي.

* * *

ابتعت قطعة من «الكون»، وقد تم طحنه لغبار وخُلط بالكحول في زجاجة بلون المولاس. تقول الزجاجة «سم» فوق الجمجمة الحمراء والعظمتين و«زرنيخ» تحت.

ـ براز فئران.

أبي ركع على أرض القبو في غرفتنا المظلمة، والتقط خرزة من الصلصال الأسود بين إبهامه وسبابته.

سمعتها في الليل. خدوش مخالبها وجر ذيولها كحبال من جلد فوق سقفنا. نقطنا الزرنيخ فوق قوالب سكر، ولطخنا أقراص الفوار بزبد الفول السوداني. وضعنا الطُّعم في علب فطائر من الألومنيوم على سقفنا وفي القبو. بعض الفئران أكلت السكر، وبعضها أكل الأقراص الفوارة، فانفجرت من الداخل لتخرج أحشاؤها من أفواهها الميتة. جربت بنفسي، وراح فضولي يجرب ابتكار أنواع جديدة من السموم. عرفت أن الزرنيخ عنصر واحد من ٩٨ ذرة تُشكِّل الكون كله. هذا الجزء من الكون هو الذي قتل الأفعوان وجعل الناس يتشنجون قبل موتهم.

بينما كان الصِّبية في سني يقصون العشب للناس أو يبيعون الصحف، كنت أنقل أكوامًا مشعرة من اللحم من سطح دارنا أو القبو. جاء موسم العواصف، وراحت أمي ترتجف خوفًا من فكرة أن تسجن تحت الأرض مع فأر ميت أو حي أو قبيلة منها.

علَّمني أبي موضوع صفارات الإنذار. كانت وظيفتي أن أفتح كل نافذة في دارنا عندما تدوي، وأُبقي المدخل للقبو مفتوحًا. كل ثانية بين وهج السماء ودوي الرعد. ألف.. ألفان.. ثلاثة.. تمثل ميلًا

يفصلك عن غضبة الرب. ربما تغمر الفيضانات المقاطعة التالية، أو تحترق الولاية التالية. ثم.. ستة آلاف.. ثلاثة آلاف.. ألف. قبل أن تزيح المزلاج وتهمس طالبًا الرحمة يكون كل شيء قد انتهى.

أنت لم تسمع ضوضاء ما دمت لم تسمع صوت جنود السماء بأحذيتهم العسكرية الثقيلة يركلون بابك بأقدامهم، وينزعونه من مفصلاته، وينزعون بيتك من أساساته. هم لا يقرعون الباب ولا يطلبون أوراقًا رسمية. ينزعون أكبر شجرة في أرضك، ويحرقون المنصهرات، ويحرقون التلفزيون والراديو وخطوط الهاتف، ويتركونك ميتًا.

أحيانًا يدوي صوت رعد ليس رعدًا، بل هو باب ينغلق بقوة تجعل النوافذ وإطارات الصور تهتز. لم يكن أبي وأمي يرفعان صوتيهما قَطُّ. الغضب خطيئة. لو لم يصرخا فلا خطيئة. الثمل خطيئة. الشرب ليس كذلك. الشرب لا يجب أن يجعلك ثملًا، كذا قالت ماما، لذا كانا يشربان سرًّا وكلاهما يخفي ذلك عن الآخر. بعد عصر من احتساء الخمر سرًّا لا يثملان ولا يتشاجران. يتكلمان كالفحيح عبر أسنان مطبقة وأوردة عنق محتقنة. أين أبي؟ ماذا نأكل في العشاء؟ هل لي أن أرى التلفزيون؟ هذا هو السؤال الخطأ الذي يدوس على سلك التوتر. الانفجار بملعقة خشبية ليس غضبًا بل هو نظام، بالتالي هو ليس خطيئة.

عندما نتناول وجبة صامتة لا تسمع سوى ارتطام الفضيات بالأطباق. غضبهما كان ملموسًا مثل تغيرات الطقس. بين صوت وعاء القهوة والصمت عددت.. ألف.. ألفان.. ثلاثة آلاف.. قبل أن ينفجر طبق أو ينغلق باب بلا إنذار. والمقت الهادئ يهشم بيتنا.

في ضوء القبو الأحمر أنا وأبي نسمع صفارات الإنذار. أركض لأعلى وأفتح النوافذ وأتناول جهاز المذياع. كان أبي قد رحل عندما عدت. أفتح الأبواب التي تقود إلى الخارج وأنادي أبي. صوتي كان همسًا متواريًا في الزئير. صوت حركة قطار حولي.

وقف أبي يلتقط صورًا لشجرة الكمثرى في فنائنا، ويتجاهل أصوات الإنذار، والريح وصوت القطار. على بُعد تفككت قطعة من السماء وهوت إلى الأرض وهي تجر السماء خلفها. ضربت الأرض كشرارة سوداء عملاقة، ورأيت بيتًا يتلاشى متحولًا إلى شظايا. السماء تحاول أن تسترد الشرارة السوداء إلى مكانها. طيرت صناديق البريد والكلاب وكل شيء وأي شيء لتتمسك بالأرض. لوح لي أبي بيده، ثم هرع إلى القبو.

ركعنا في القبو المظلم الأحمر الخالي من الفئران، بينما كلاب الريح وجنودها تمزق وتعوي في كل مكان. مزقت داخل البيت إلى شظايا، وكادت تنتزع البيت نفسه. انتزعت الأبواب من مفاصلها. دقت الباب علينا في جنون كي نفتح، وراحت تمطر رؤوسنا بغبار الأسفلت. اهتزت الأضواء الحمراء ثم انطفأت، ثم انفجرت في مطر من شرر أبيض. لم نسمع أصواتنا بسبب الصراخ، لكننا لم نتحرك ولم نسمح لها بالدخول.

٩

الأنقاض تمطر في عينَي. أحاول أن ألتقطها، لكن لا أجد شيئًا. المنزل لا يهتز، ولا أحد يركل الباب. أنا في فندق «طائر النار». مطر القاذورات ليس سوى سرب من الحشرات الشبحية تلتهم جلدي بمليون فك غير مرئي. هناك من استبدل بجمجمتي أخرى ليلًا، وهي كبيرة جدًّا على وجهي، لكنها ضيقة على مخي. العظام في كتفَي وكوعَي وركبتَي تتذبذب داخل عضلاتي كمفصلات صدئة. أشرب من الصنبور حتى لا تقدر معدتي على المزيد، لكن ما زال حلقي مليئًا بالقطن، وأربطتي مليئة بالنشارة.

قد تتحول الحلاقة إلى جراحة عين، فيداي ترتجفان بشدة. شيء يخترق قدمي العارية. مخالب دقيقة وذيل جلدي وردي. تنزلق يدي فتسقط الموسى في الحوض، وتنطلق طبقة من الرغوة، ومعها دم طازج. لقد مضغت الحشرات لوح القاعدة تحت الحوض. ألتقط جوربين متسخين، وأدس أحدهما في ثقب الفئران وأمسح ذقني بالآخر.

* * *

يجلس جاك وشجرة الفاصولياء معًا كأنهما حبيبان قديمان. يطالع جاك الجريدة. شجرة الفاصولياء يجلس يحدق في التلفزيون كالمسحور، وعلى رأسه سماعتا أذن.

لا يرفع جاك عينيه عن جريدته:

ـ أنت تحب، أليس كذلك؟

أخرج فكة من جيبي لآلة القهوة. لربما لمحني أنظر إلى صاحبه. يقول:

ـ هو لم يتكلم منذ مات مايلز ديفيز^(١).

تهدر آلة القهوة كأنها بلدوزر.

ـ لا تتعب نفسك.

يهبط قدح من الورق المقوى وخلفه دفقة ماء ساخن.

ـ هل وجدت ديزيريه؟

الجريدة في يده قديمة. الصفحة الأولى تتكلم عن هجمة أمريكية بالصواريخ ضد ليبيا.

ـ نعم. شكرًا.

ـ وأنت واقع في الحب. هل أنا محق أم لا؟

ـ بالتأكيد. نوعًا.

ـ بالتأكيد أنت كذلك. الرائحة تفوح منك؟

يطوي الجريدة ببطء وتصميم، حتى يستطيع واحد آخر قراءة عملية مطاردة القذافي.

____

(١) عازف وملحن جاز أمريكي أسود، تُوفِّي في عام ١٩٩١. (المترجم).

يقول:
ـ إنه جميل. كل مرَّة تكون كأنها الأولى. لا شيء مثله.
ـ نعم.
ـ والتيارات الكهربائية؟
يقولها بنفس الصوت الرتيب المتودد:
ـ هل تهددك أم تزعجك فقط؟
مذاق القهوة كغسول الصحون الذي تم غليه في إطار سيارة قديم.
ـ لا يمكنك معرفة ما بداخل الجدار إلى أن تستطيع سماعه. أميال من السلك تطن بالتيار الكهربائي. خطوط كهرباء ومحولات وموجات راديو وميكروويف ورادار. هل عندك رقائق ألومنيوم؟
ـ لا أعرف. لم أبحث.
ـ كُن يقظًا وإلا عبثت هذه الاتصالات داخل أذنيك. تسمع كل مكالمة هاتفية وبرنامج حواري ولا يمكنك أن توقفها، كأنك إله كلي المعرفة لكنه مجنون في الوقت ذاته. هذا الحب سوف يصيبك بالجنون.
ـ سآخذ حذري.
ـ الحذر للسياح. أنت تجاوزت هذه النقطة. لقد قلت إنك غارق في الحب.
ـ سأحضر بعض رقائق الألومنيوم وأصنع خوذة واقية. قل لي حجم قبعتك وسوف أعطيك واحدة. هل يساعدك هذا؟
ـ لا، ولا سخريتك وعدم اعترافك بالجميل.
ـ يجب أن أرحل.

ـ أحاول أن أساعدك يا ٦٢١. كل ما لم تذكره بعدُ نسيته لسبب. دعها ترحل. ألم القلب لا يقارن بالضوضاء في رأسك.

وأكون على الباب بينما هو يصرخ:

ـ أنا الصديق الوحيد لك.

❊ ❊ ❊

ما يطلقون عليه رداء ليس أكبر من مريولة طفل بلون منظف المراحيض موضوعة على ركبتَي. الممرضة الأولى تزنني، والثانية تقيس ضغط دمي، والثالثة تنصت إلى قلبي، والرابعة تسألني عن الأدوية التي يجب أن آخذها ولم أفعل. أتخيل أنهن يبنين تماثيل من ثلج بين المرضى، وهن يضعن علامات على ذات اللوح المشبكي، ويقلن إن الطبيب آتٍ حالًا. دقيقتان على مدى ساعتين.

فتاة ترقد أمامي، وأنبوب في ذراعها وأنبوب في أنفها، الضمادات حول رأسها تغطي عينها اليسرى. امرأة تجلس بجوارها وتمسك بيدها. بجوار مطفأة الحريق يرقد رجل على نقالة ذات عجلات، إما أنه شريد أو ميت أو كلاهما. الدم من وجهه وصدره يغطي الملاءات ويزداد قتامة. وأنا أراقبه. يجب تمزيق هذه الملاءات عن جلده.

نحن في مجال رؤية طاقم المستشفى. دَمُنا.. مريولاتنا.. ضماداتنا. لكننا غير مرئيين. تتكشف الدراما العظمى لحياتنا هناك فوق التل في خلايا النحل المصنوعة من الجص. هناك من ارتبط أو قضى نهاية الأسبوع في جنازة أو زفاف. هناك من فقدَ ماله في لعبة. هناك من صبغت شعرها أو من ضاجع إحداهن أو أفرط في الشرب. هذه

٦٤

التفاصيل الدنيوية تبدو مستحيلة غير واقعية بالنسبة إلى ما مر بي في الثماني والأربعين ساعة الأخيرة.

فندق «طائر النار» رائحته عفنة بسبب أبخرة الإنسانية الحبيسة في صندوق من طوب، ينز منه البول والعرق والمني والدم. بيوت بلون الأطراف الصناعية وسط تلال خضراء في «شادي بوان». ما شممته في تلك التلال كان لا شيء، لا رائحة كريهة ولا رائحة مطهرات، لكنها رائحة اللاشيء. أعرفها لأن رائحة اللاشيء تملأ كل مكان هنا. الكل يحاول تغيير أو إخفاء رائحة الأحياء الذين يكافحون للعيش. ينتظر الموت في مرطبان مليء بالفورمالين نصف عارٍ ووحيد تمامًا.

يفحصني الدكتور ستانلي من دون أن ينظر في عيني. يخاطب اللوح المشبكي أو الضمادات:

ـ أرى أنك في حالة أفضل بكثير مما كنا آخر مرَّة.

يكبرني بأربعة أعوام. تفاحة آدم لديه تتمدد كيدٍ ممسحة وتبرز من مؤخرة عنقه.

ـ كيف تشعر؟

ـ أنا بردان.

هناك ستار إلى يساري ورجلان خلفه يتكلمان. أحدهما يستعمل صوته لأول مرَّة منذ غنى له الموت تهويدة النوم. الموت غنى له لينام. وهناك مسعف صفعه ليصحو، واستخرج حنجرته الجافة من الوحل والأعشاب. الصوت يطالب بالانصراف.

يقرأ الدكتور ستانلي من اللوح المشبكي:

ـ هنا حرارتك طبيعية. الحمى والرجفة قد تكونان علامتين على المضاعفات. منذ متى تشعر ببرد؟

ـ منذ جلست هنا بثيابي الداخلية أنتظرك.

لا يقول شيئًا. تبرز تفاحة آدم وهو يبتلع.

يأتي عامل من وراء الستار. إنه ضخم، وجلده أسود يلمع بلون أزرق عندما يضربه الضوء. يملأ كوبًا ورقيًا من صنبور، ثم يقول للصوت:

ـ سوف تنصرف بعد لقائك مع طبيب آخر.

يقول الصوت:

ـ كان هذا حادثًا. لا أريد طبيبًا آخر.

يتفحص الدكتور ستانلي ضماداتي، فأقول له:

ـ إنها تدغدغ وأنا أسعل كثيرًا.

يقول:

ـ هناك علامات التهاب مبكرة. هذا لا يُطمئن. بعد أن نقوم بالغيار سوف أصف لك مضادًا حيويًا أقوى.

ـ هل أنا أتناول واحدًا الآن؟

ـ ربما كانت هذه هي المشكلة. هل تتناول سوائل كافية؟

ـ ما هو الكافي؟

ـ إريك، أنت تجازف بطرد المزارع الجلدية. كُف عن الخمر واشرب ماء أكثر. الحروق كهذه تفسد توازن السوائل في أنسجتك. كيف حالك عدا هذا؟ هل ذاكرتك طيبة؟

ـ نوعًا. صعب أن أقول.

تقول ممرضة ضخمة للصوت:

ـ الأمر ليس بيدي. علينا الإبلاغ عن هذا، لذا ابقَ في مكانك.

يطلب الصوت قهوة.

يكتب لي الدكتور ستانلي بعض الستيرويدات، والمزيد من المضادات الحيوية والمسكنات.

✳ ✳ ✳

بثور متماثلة تظهر من السقف حيث تتوارى الكاميرات.

لم أرَها أول يوم. أنظر طويلًا إلى الكروم فوق رأسي، هنا تسيل الغرفة. العامل الذي يحمل دلوًا رماديًا وممسحة جعل البلاط زلقًا، من ثَمَّ تنزلق قدمي فأوقع على الأرض ملصقًا فوضويًا عليه نسوة عاريات وشطآن استوائية، خليط غريب من نشرة سياحية ومرجع طبي.

ـ هل تحتاج إلى مساعدة؟

لقد ضايقت رجل العملات.

ـ كنت هنا أمس.

ـ دعني أثقب بطاقتك. العرض العاشر مجاني.

لا أعرف عمَّ يتكلم.

ـ ليست معي بطاقة.

ربما جاء قميص رجل العملات من ملاءة سرير كبيرة. يسكن للحظة قبل أن يناولني بطاقة بيزنس أو شيئًا ما يحل مشكلتي. عيناه على وجهي كنقطتَي قناص، بينما تراقب بثور الكروم كل حركة لي. قرون الاستشعار تدغدغ عنقي وأذنَي. في البداية حسبته العرق، إلى أن فقدت الحشرات تماسكها فسقطت على الأرض، ثم تحاول

٦٧

تسلق سروالي الجينز. أنحني لأجمع صناديق الفيديو ولأمنع نفسي من صفع وجهي في جنون.

يقول لي:

ـ لا تقلق عليها.

ـ لا مشكلة.

ـ اتركها في مكانها.

يعتقد أنني جُننت، لكنه لن يرميني خارجًا، يعرف أن معي مالًا.

ـ هل ديزيريه تعمل؟

ـ بالتأكيد، ما دمت أنت هنا.

ويبدل عشرين دولارًا بأربع عملات.

ـ كابينة رقم ٤.

* * *

تظهر بقعة خضراء من الضوء من صندوق العملات لكابينة ٤. أُسقط العملة في الصندوق وأسحب الفكة إذ ينزلق الزجاج.

ـ إذا سحبت عملتك سحبت أنا شيئًا آخر.

أنسلنجر يقف هناك، والضوء يأتي من خلفه في النافذة الوردية، بشعره الأسود الشبيه بالشاشة الفضية، وربطة عنقه المخططة بخطوط رفيعة جدًّا. قميصه بذات لون عينيه العنبري، وسترته خضراء تميل إلى الأسود، وعلى ذراعه معطف يشبه شعر الجِمال.

يقول:

ـ تعالَ. أنا لم أسحب مسدسي منذ عامين. لو سحبت أي شيء فسأطلق عليك الرصاص في حلية حزامك. ماذا تفعل هنا؟

٦٨

المال في يدي كجورب متسخ. أريد أن أنكمش وأفر في شق، لكن ليس هنا، ليس في هذه الشقوق.

ـ الأطباء طلبوا عينة سائل منوي، والمجلات في المستشفى لا تساعدني كثيرًا. منذ متى تعمل هنا؟

ـ ومنذ متى قررت أن تكف عن التعاون معنا؟

ـ الصراصير تخبرك بهذا؟ ما كان يجب أن تصغي إليها. إنها تكرهني لأنني ذكي. لقد دخلت دورة المياه ونظفتها من أنابيب المخدرات وكسرات الخبز. قتلت أحدها، لذا تحقد عليَّ المستعمرة كلها. هي مزرعتك، فلا بد أنك تعرف هذا كله.

ـ أين كنت يا إريك؟ أسمع صوت صراصير الحقل في البريد المسموع منذ يومين.

ـ تعرف أين أنا. جواسيسك في غرفتي ويزحفون على ثيابي.

يقول أنسلنجر:

ـ لا أعمل بهذه الطريقة. أنا لا آتي إليك، أنت تأتي إليَّ.

ـ يا للحظ. لقد دخلت مكتبك حالًا، أم أن ابنتك هي التي تعمل هنا؟

ينظر إليَّ ببرود الثلج، وعيناه الدافئتان صارتا زجاجيتين. ليس غاضبًا ولا مستمتعًا. ينظر إلى منتصف جبهتي فلا يجد خلفها أي شيء يفيد.

ـ اذكر ابنتي مرَّة أخرى، هلم، اذكرها مرَّة أخرى!

أصوات تصل عبر الحائط تئن من اللذة، لكنها تبدو لي كأنها توشك على الاحتضار. البذاءات تنطلق كنوع من التودد.

يصيح أنسلنجر وهو يدق على النافذة إلى يساره:

ـ هات مجلة.

أسمع الباب ينفتح والرحيل المسرع لزبون محبط.

يقول:

ـ تكلمت مع محاميك.

ـ إذن أنت تعرف أنه لا ينبغي أن أتكلم معك.

ـ أعرف أنه من المفترض أن تتعاون، لكنه لم يسمع أي شيء منك هو الآخر. خلال أيام سوف يصله عدد من المجلدات، كل واحد منها أَسْمك من العهد القديم. كل قطعة زجاج وُجدت على بُعد مائة ميل من الحريق مذكورة. لقد أجرينا اختبارات سمية على التربة والماء. كل شيء. كل شيء ضدك. تسجيل السيارة يدل على أن المكان المحترق عنوانك. لكن هل تعرف مَن صاحب المكان؟ هل تعرف مَن المسؤول قانونًا عما جرى هناك؟ ربما هو وايت وربما لا.

يقول:

ـ نحن لا نعرف. هناك شركة قانونية لها صندوق بريد خاص في نيفادا. مسار الأوراق يتوقف في مكان ما في جزر التمساح.

ـ أنا لا أختبئ. أنا أحاول التذكر وأحتاج إلى وقت.

ـ متى وصل المحلفون إلى قرار فسيكون من المتأخر أن تعرض عليهم شيئًا. قل لي شيئًا مفيدًا أو قله لموريل.

ـ ماذا لو كان مستخدمي السابق لا يريد أن أتكلم؟

ـ إذن لديكم مستخدمون؟

اللعنة.

ـ هل هناك من هددك؟

ـ أقول «ماذا لو»؟

ـ لو قلت لنا من هددك فسنعرف من تعمل لأجله.

يلبس أنسلنجر المعطف المصنوع من شعر الجَمل.

ـ ما دمت قلت هذا فأنت تتعاون، ونحن راغبون في حمايتك.

ـ هل معك بطاقة؟

ـ لا.

يُصدر صندوق البطاقات صوت «بيب»، وتظلم الكابينة رقم ٤. يبطئ قلبي وتتوقف يداي عن الرجفة. لا يمكن أن أرحل بعدُ.

أضع عملة أخرى في الصندوق فتعود الراقصة عبر الزجاج. دمية جنس منفوخة كجائزة نلتها في كرنفال. ترقص كأن النافذة لم تُفتح قطُّ قبل هذا. لو أطلق أنسلنجر الرصاص على وجهي فلسوف ترقص لجثتي الميتة بلا فارق. أناولها المال فتضغط راحتها على الزجاج كأنها تزورني في السجن. أضغط بكفي على كفها مبادلًا تحية السجن هذه وأبتلع الحريق في حلقي. عندما أدرك أنها تراني أريدها بقوة. تخبو الأضواء.

تلوِّح لي الراقصة. تهبط النافذة كمقصلة بطيئة. إنها تتذكرني. لا تغضبي عليَّ من فضلك يا ديزيريه.

١٠

الفارق بين رجل أُخلي سبيله ورجل محكوم عليه بالإعدام قد يكون بوصتين من باب الحمَّام المغلق أو تردد لحظة واحدة. الفارق بين هذين الرجلين والشمبانزي هو ٢٪ من الجينات، والفارق بين النسيج السليم والنسيج السرطاني قد يكون أقل. كل رجل وكل حشرة مخلوقان من نفس الجزيئات الستة والحمض النووي، ونفس الذرات الخمس. ذَرة من هذه تصنع الفارق بين مخدر «السبيد» وأدوية البرد، بين مذيب الطلاء والـ«تي إن تي». كل عمل يتميز بنواياه، وكل نية تتميز بعملها. الفارق بين القبول والاغتصاب قد يكون كأسًا واحدة أو كلمة واحدة.

كل شيء في الكون هو كل شيء آخر. الإنسان قاتل وقرد وصرصور وسمكة زينة وحوت. والشيطان ليس سوى ملاك أراد المزيد.

نحن ملعونون لكن كُتب علينا أن نطلب أقرب شيء لا تبلغه أناملنا. تركنا الأشجار ووقفنا على أرجلنا الخلفية، ومددنا أيدينا

وتعلمنا كيف نبري العصي فالصخور، ثم تعلمنا الصراخ فالكلام. لقد نشأنا على الرغبة، والحاجة جعلتنا نتطور، لذا تطورنا ونحن نرغب. نريد المزيد من الطعام والنار والذرية. آلهة أكثر، آلهة للحصاد والنار والخصوبة. ذات يوم قال الرب الواحد: لا مزيد. لا مزيد من الآلهة الأخرى. وَلَّت مليون سنة من طلب المزيد وهبطت تسع دوائر تحت الأرض. تأخر هذا مليون سنة. لقد تشكلت طبيعة الإنسان على عدم القناعة.

لا أحد يكتفي بشيء. أغنى رجل في العالم يحاول أن يكون أغنى. كل واحد يعمل في أحد المكاتب باهتة اللون يعرف هذا. كل من يدفع رهنًا على بيت باهت يعرف هذا. ينفقون ما لا يملكون على أطفالهم الباهتين الذين لهم مستقبل باهت. كل كأس أو قذفة نردٍ أو نظرة ثانية لامرأة، تهمس للرجل في أذنه بأن يطلب أكثر، عندما لا يصغي إلى إلهه أو عندما ينظر إلى حيث لا ينبغي له.

قضيت حياتي أعطي الناس ما هو أكثر. أنا كيميائي.

امرأة تحمل مشعلًا في ذكرى حبها المفقود وزوجها لا يعرف. رجل يفقد طفلًا أو زوجة أو أخًا، ربما هي غلطته وربما لا. الناس تحمل ما خسرته طيلة حياتها.. فقدان وظيفة.. صداقة.. زواج.. سُمعة.. حياة شخص محبوب. هناك من يشعرون بالحسرة طيلة ساعات يقظتهم، وهناك من يشعرون بها أثناء النوم.

تخيل لو دار الزمن بالعكس، وأن حسرتك تلاشت. تخيل أن تدرك الحقيقة العارية أن ما يجعلك سعيدًا سوف يتم مهما كان مستحيلًا. تخيل أن بوسعك من جديد أن تحتضن حبيبتك التي فقدتها، أو طفلك

الرضيع. تخيل ما ستشعر به في هذه الثواني من المعرفة. تخيل أن هذه الثواني تمتد لأيام.

لو استطعت أن تبتاع لحظة الاثنتين وسبعين ساعة هذه بثمن البنزين، فهل تفعل.. هلم.. جرِّب.. الرب لا يرفض هذا.

كما قلت: أنا كيميائي، وإنني لأتذكر كل شيء.

١١

عمودك الفقري يحتك في طرف أنفي، والجلد المنحدر من لوحَي كتفيك يلتهم شفتَي، لكن ذراعَي تخترقان فجوة في الهواء عندما أحاول أن ألفهما حولك. يسقط قلبي بفعل ثقله الخاص ويهوي في بئر صدري السوداء العميقة. أتماسك، وأشعر بك ثانية. دفقة دافئة من تلك البئر تعيد قلبي إلى وضعه الصحيح، ومن جديد أنت في جانبي.

تسقط البطانية من النافذة، وتلتمع أضواء الشارع عبر المرآة. تتوهج الغرفة ٦٢١ كأنها سطح القمر. غرفة أخرى تحل محل غرفتي عندما أغمض عينَي. أغلق.. أفتح.. أغلق.. تتبادل الغرفتان المكان، ويتغير مجال إبصاري كأنه قنوات التلفزيون. أنا في غرفة نومك.

قابلتك، والآن أقف في غرفتك. الذكريات تختلط مع الأحداث الرابطة التي لم أعُد أجدها. قابلتك واختطفتني الكائنات الفضائية أو غسلت المخابرات المركزية مخي، وهأنذا أقف الآن في غرفتك. هذا الزمن معبأ في محقن أو ميكروفيلم حبيس في مرطبان في قبو

تحت الأرض، تحرسه مجسات الحركة وأسوار كهربائية، لكنه ليس في رأسي.

يقابل انعكاسي في المرآة أطراف أناملي بأنامله هو، كما في لوحة مايكل أنجلو التي تُظهر آدم والرب. تتقوس المرآة كالبلاستيك. كأنني في السادسة من عمري ألعب. تتلاقى كفانا فيُشوه كلٌّ منا صورة الآخر عبر الزجاج السائل. أنا أطير فوق شيء ما، ربما مخدر صنعته أنا. لقد صرت أكثر جرأة وأفضل.

يقول انعكاسي:

ـ أما زالت هناك؟

لم أرَ شفتيه تتحركان وسط تعرجات صورة المرآة، لذا لست واثقًا.

ـ يجب أن أتوارى هنا.

لا يقول انعكاسي شيئًا، لكن أوتو فعل. أشقر يلبس الجينز وقميص رجبي ونظارات سميكة كزجاج حوض السمك. يجلس على وسادة في الركن. ينظر إلى أنامله ويحرك يده ببطء أمام وجهه، لكنه إذ يبدأ الكلام لا يتوقف.

يقول لي:

ـ الفتاة مخيفة. صديقة ديزيريه السمراء قصيرة الشعر هناك، كنت معها، ربطتني بالأصفاد التي تثبتها قطعة ثلج كبيرة. قلت لنفسي إن هذا رائع. كل شيء كان عظيمًا حتى مدت إصبعها إلى موضع حساس من جسدي، وأنا لا أرتاح لهذا لكن لم أقدر على عمل شيء. أريد أن أمنعها لكن ـ دعني أقُل لك ـ

أسماء الشوارع الفنلندية لا تصلح ككلمات أمان[1]. أعطتني أقراصًا، لكني لم أستطع أن أشعر بشفتَي، كما لم أستطع النطق بحروف. وكانت أقوى مني، لذا ظللت في قبضتها ساعتين ونصف الساعة أنتظر حتى يذوب الثلج. في النهاية أُبعد جسدها العاري عني وأفتش عن حافظتي، فأكتشف أنها هشمت أحد أظفار يدها التي كانت تفحصني بها. أنا خائف أرغب في الفرار، لكن لا أريد أن أمزق أحشائي. ثلاثة أيام من الزبادي والبرقوق والتهديدات بالقتل عبر آلة الرد على المكالمات. لم نتعرف بعد كما يجب. أنا أوتو.

ـ أنا أعرفك.

ـ وأنت إريك.

يقف ويقدم لي يده. أعتقد أنه يبحث عن عويناته. تصيبني الدهشة، لكنه يقف على أحد جانبَي المرآة. نتصافح.. لحمه وعظامه.

يضرب المرآة بإصبعه الوسطى. يهتز السطح كملاءة من مطاط، وتنفجر انعكاساتنا لتصنع رقائق حلوى منثورة بلون ضوء القمر.

ـ انظر إلى هذا.

يقولها ويضرب بقبضته على الجدار. تظهر دوائر متداخلة حول الصور وإطار النافذة. تتموج كأنها سرير مائي.

---

(١) في هذه العلاقات الماسوشية الغريبة القائمة على التعذيب وإحداث الألم، لا بد من كلمة أمان يقولها الطرف المقيد حتى يعرف شريكه أنه لم يَعُد يتحمل وموشك على الموت. واضح هنا أن كلمة الأمان كانت اسم شارع فنلندي صعبًا، وأن الرجل كان لسانه ثقيلًا فلم يستطع لفظها مما جعله يخضع للعذاب فترة طويلة جدًّا. (المترجم).

ـ إريك. ما هذا؟

تستقيم الجدران من جديد وتتجمد كأنها في صورة، عندما فتحتِ أنتِ الباب.

أنتِ سلويت في مدخل الباب. لكن بوسعي أن أرى عينيكِ برغم الضوء الذي يغرق عيني.

أقول:

ـ فقط أكلم أوتو.

ـ تعالَ إلى الخارج. هناك شخص يجب أن تقابله.

ـ ثانية واحدة.

تقذفين لي بقُبلة في الهواء وتغلقين الباب.

يدق قلبي بسرعة لمرآكِ. يغني قلبي مع صوتك ولا أريد أن أغادر الفراش. لا أريد أن أبعد جلدك الشبحي عن جلدي.

قال أوتو:

ـ هذا الصنف جيد. هل هناك شيء يجب أن أعرفه عنك؟

ـ تعرف الكثير.

ـ استرخِ. أنا أعرف ديزيريه منذ كنت مراهقًا. كانت أفضل صديق لي منذ كنت جروًا صغيرًا. أنقذتني من ثلاثة إخوة وخمس أخوات ولا أب.

ـ قصة محزنة.

ـ لكنها نموذجية.

ـ وهل أنت نظيف؟

ـ هل تعني الديدان الشريطية؟ أنا نظيف. ديزيريه تتأكد من هذا.

وأسقط أوتو سرواله ورفع قميصه، ولم يطلب مني أن أرد المجاملة.

سألته:

ـ ما معنى هذا؟

ـ فقط ما قلته.

ـ ما علاقتك بها؟

ـ أنا وأنت بيننا بيزنس. أكوام من المال عليها اسمانا.

وربط حزامه وقال:

ـ كُف عن تشمم مؤخرتي وتكلم الإنجليزية.

ـ هل أنت الآن أو كنت على علاقة جنسية مع ديزيريه؟

ـ لا، ولم أقترب من هذا. لها ساقان جميلتان، أقر لها بهذا، لكنها ليست طرازي. إنها ترعاني وأنا أرعاها. لو أردتَها تَحرَّك، لكن عليك أن تخفي الغيرة. سوف تعكر تفكيرك. كما أنها لا تعرف أنك من صنع هذا الصنف وأنت لن تخبرها أبدًا.

وضرب المرآة فعادت الاهتزازات الفضية.

قال:

ـ هذا جيد.

ـ هل ترى ما أراه؟

ـ نعم. ماذا تطلق عليه؟

ـ ماذا تعني؟

ـ صانع القبعات المجنون[1].

ـ لا أفهم.

ـ أفضل بضاعة في التاريخ لا تنجح من دون اسم جيد. لو وجدت نفسك ضائعًا فعليك بأليس.

ـ شكرًا للنصيحة.

ـ هل يمكنك عمله من جديد؟

ـ هذه كانت تجربة. كنت أجرب شيئًا مختلفًا.

ـ خطأ سعيد الحظ. هل يمكنك تكراره؟

ـ بالطبع، فقط لم أتهيأ له بعد. ذاكرتي مغطاة بالصدأ.

كنت أستعمل زجاجات الماء التي يستعملها الرياضيون كأقماع فصل. في محلات الخردة وأسواق الشارع وجدت أطقم كيمياء عتيقة تصلح. لم يعودوا يصنعون هذه الأشياء ثانية بسبب الأشخاص على شاكلتي.

ـ دعني أُرِك شيئًا.

وتناول أوتو شمعة من خزانة الثياب.

كان هناك خمس منها ولم تُشعَل من قبل. تم تجويف أسفلها. أخرج منها لفافة من المال سميكة بحجم معصمه.

ـ يمكنني أن أصلح أمرك، أحضر لك ما تريد من أجهزة، وأبقيك آمنًا منعزلًا.

____

(١) من شخصيات «أليس في بلاد العجائب» الشهيرة. المراد أن هذا سيكون اسم صنف المخدر الجديد. (المترجم).

قلت:

ـ أعد هذا.

ـ هذا ليس لها. إنه ملكي.

ـ هل تحتفظ بمالك لك؟

لم يقل شيئًا وراح يطوح باللفافة.

قلت:

ـ هل هي لا تعرف أنه هنا؟

ـ لا، هي لا تعرف، وهذا ليس كل المبلغ.

ـ أنت في أمان إلى أن تشعل هي هذه الشمعة.

ـ لن تفعل. أصغِ.

ووضع اللفافة في يدي وقال:

ـ سوف أدفع لك ثلاثة أضعاف تكلفة ما تبيعه، ربما خمسة أو ستة أضعاف.

ـ يجب أن أذهب هناك.

لا أذكر المناسبة، ولا أذكر أسماء ولا وجوه أي واحد هناك. أذكر فقط أصدقاءك يتعاطون المخدر الذي عرفوا أنني جلبته، ولم يعرفوا أنني صنعته.

بحثوا عني حتى تواريت في غرفتكِ، وفعلوا الشيء ذاته عندما عدت إلى المجموعة. من أين حصلت على هذا؟ هل يمكنك جلب المزيد؟

كانوا يصنعون دوائر بأيديهم المتشابكة، ويلمسون وجوه بعضهم، ويتكلمون عن جمال الكون وعن وجود الله في كل شيء. لقد

بدأوا يقدرونني بشكل دارويني أنا ومساهمتي. بدأت قامتي تعلو وسط المجموعة. ودنوت أنتِ مني أكثر. صرتِ تلمسين كتفي أثناء المحادثة، أو تميلين عليَّ، أو تمسكين يدي وأنتِ تلقين كلمات الوداع في نهاية الأمسية، بعدما احترق «صانع القبعات المجنون» خلال ثلاثين دقيقة.

ضغطت بأنفكِ على عنقي:

ـ هل ستبقى؟

قلتُ:

ـ سوف أبتعد قليلًا.

لففتِ ذراعيكِ حولي، فقلتُ:

ـ سأعود حالًا. فقط سأحضر بعض النبيذ.

ازداد احتضانكِ لي وقلتِ:

ـ لا.

ـ أعدكِ. فقط أعطيني دقيقة.

ـ كم من الوقت؟

ـ نصف ساعة.

ـ خذ أوتو معك للضمان.

ـ هل سيبقى كذلك؟

ـ لا تكن سخيفًا.

قبَّلتني، وطوال القبلة عاد «صانع القبعات المجنون».

* * *

قال أوتو وهو يلبس ثياب بائعي المزادات:

ـ لو كنت تتابع الأخبار، فحوادث الضبط تحدث دومًا في المدن الداخلية. لو كنت تصدق أرقام تجارة المخدرات، وكنت تؤمن أنها فعلًا مشكلة مدن داخلية، فإن شوارع أحياء الأقليات وأحياء اللاتينيين يجب أن تعج بالتجار، وكان الزبائن سيقفون في طوابير كطوابير الخبز في ألمانيا الشرقية.

قال:

ـ القذارة الكبرى تمر من هنا. وأنا أعني كبرى.

لقد اقتادني إلى الضواحي. بيوت بلون الجلد، وسيارات نصف نقل بيضاء، وقوارب عند مداخل البيوت.

ومد يده في المقعد الخلفي وأخرج لفافة نسيج صوفي في حجم جذع شجيرة، ووضعه في حجره. تحت طبقتين من النسيج المضاد للماء كانت قوالب للأوراق المالية. كانت ملفوفة في البلاستيك وسطحها العلوي كله «جاكسون»[1].

ـ هذه المرَّة هي ليست ملكي. أنا محطة في الطريق.

ـ أغلِق هذا.

ونظرت عيناي بحكم الغريزة إلى مرآة الرؤية الخلفية. كلُّ كَشافَي سيارة كانا مصدر ذعر.

ـ الآن.

ـ كلها عشرينات، غير متتابعة وغير معلَّمة. لقد تحققت.

وأغلق الحقيبة الخارجية والداخلية وقال:

____

(١) أي من فئة العشرين دولارًا. (المترجم).

ـ وزن هذا الشيء خمسة وثلاثون رطلًا. هل تريد أن تعرف كم هذا؟

ـ لا.

ـ ليكن. أنت الشخص الوحيد الذي أخبرته بهذا. يجب أن أنقله الليلة، ولسوف يعدُّونه حتى آخر ورقة. سترى هذا.

ـ سأنتظر بالخارج.

ـ استرخِ. سوف تحب هؤلاء القوم.

وقفنا مرتين أو ثلاثًا. بعض التفاصيل أكثر حدة من غيرها، وكلها تتفق معًا. البيوت كانت متشابهة، بجدران بيضاء وأبسطة بيضاء ورسوم أطفال على الثلاجات. في كل زيارة كان شخص ما يقدم لنا بيرة خفيفة وجلسة على الأريكة أمام تلفزيون عريض الشاشة، وأنا أنتظر إلى أن يبدل أوتو حقيبة بأخرى.

أصدقاء أوتو يقودون سيارات «ميني فان» بها مقاعد أطفال وأرضية مغطاة بأكياس الطعام السريع وأدوات الرياضة. لديهم قوارب و«جت سكي»، وهناك ملصقات على سياراتهم تدل على أحزابهم السياسية، أو تفوُّق أبنائهم الدراسي. لديهم بطاقات ائتمان ذهبية وبطاقات تدل على الطيران المنتظم وأندية الجولف وألعاب الفيديو وحمَّامات السباحة.

يحكون قصصًا محزنة عن لعبهم الكرة في المدرسة الثانوية، أو غزواتهم الجنسية في الكلية، أو الحفلات الموسيقية التي حضروها، وكم يشربون من خمر. عن الشعر الطويل أو القرط الذي كان عندهم. عن الدراجة التي كانوا يسابقون بها أو الفرقة التي كانوا يعزفون فيها.

التفاصيل مختلطة ضبابية. ما يبقى حيًّا هو حجم الحقائب الغليظة التي كان ينقلها أوتو، والرهانات على ألعاب الفيديو، ومصافحتنا لبعضٍ لدى العودة. لقد صرنا في بيزنس واحد.

* * *

كنتِ ترمقين القمر من فنائك الأمامي عندما سطع ضوء السيارة «الجالاكسي» عبر شعرِكِ كأنه مشعل.

ـ كان هنا أكثر من نصف ساعة.

وأمسكتِ بسوار حزامي وجررتني لكِ:

ـ حسبتك لن تعود.

ـ كنت أحسبكِ عرافة.

ـ الناس تخبرني بمصيرها. أنا أصغي فقط، أعطيهم بعض التفاصيل فيملأون الفجوات الفارغة. يحسبون هذا كله عملي، لكنهم في الحقيقة يصدقون ما يريدون تصديقه.

ـ لا بد أنكِ بارعة إذ تكسبين عيشك من هذا.

أمسكتِ بيدي وجذبتها خلف ظهركِ لنصير مقيدين لبعض، وداعبِ طرف أنفكِ وجهي، وكان باردًا فلثمته.

ـ لقد لثمت أنفي.

ـ كان باردًا.

ـ هل تحاول إغوائي؟

ـ ستعرفين ذلك.

ـ الآن؟

ـ نعم. قوة إرادتكِ ستذوب لو قررت أن أغويكِ.

٨٥

ونظرت إليكِ لفترة طويلة قدر وسعي، لكنكِ بدأت في الضحك. تراجعت لكنكِ أطبقتِ شفتيكِ على شفتَي. تركتني بعد لحظة ونظرت إلى السيارة «الجالاكسي» حيث كان أوتو.

ـ أوتو. ابقَ.

قلتها وقبَّلتني ثانية.

ـ أنت كذلك لا تقلق، سينام على الأريكة.

أذكر يدي على ظهركِ الغارق بالعرق وهمسكِ لي:

ـ ابقَ ساكنًا.

فعلت ذلك لكنكِ لم تقدري عليه، وهمستِ باسمي. ضاع في علامات الأسنان التي تركتها على صدري، وشربت النبيذ الأسود من فرجة ظهركِ. احتضنتكِ حتى أخبرني تنفسكِ أنكِ نمتِ، لكنكِ برغم هذا لم تتركيني.

١٢

تضاءل التيرانوسورس [1] إلى كومة مختلطة، وفقدَ أرجله بعد عقود من تدريب السكارى على الرماية. رقد جسده الذي ثقبه الرصاص في كومة من الخرسانة المهشمة وسط الطلقات الفارغة والزجاجات المهشمة وطاسات إطارات السيارات، بينما هيكله المصنوع من حديد التسليح ينضج تحت شمس الصحراء. أفرغ أوتو مثانته في فك الوحش الميت المتجمد.

ـ ماذا تظنه كان هنا؟

وغيَّر وقفته ليغرق الوجه والعنق وهو يتكلم. شممت الرائحة الكريهة فتحركت عكس اتجاه الريح. على بُعد خمسين قدمًا من أوتو كان حمَّام سباحة فارغ أمام غرف الموتيل الخالية.

قلت له:

ـ محطة بنزين.

----

(١) الديناصور المعروف باسم «تي-ركس». ما يتكلم عنه هنا تمثال ديناصور من الخرسانة بُني بجوار حوض سباحة. (المترجم).

أغلق زمام سرواله وقال:

ـ يبدو لي كحمَّام سباحة.

واتجه إلى فجوة الخرسانة التي امتلأت حتى النصف بالأعشاب.

ـ حمَّامات السباحة يكون فيها ماء.

قال وهو يتفحص الحافة بخطورة كأنه يحقق في سقوط طائرة:

ـ هذا حمَّام بالتأكيد. كان هذا المكان «موتيل» من نوع ما.

ـ أنا أحسدك على الرؤية بهذا الوضوح يا أوتو.

ـ الديناصورات أكلت كل السياح، قبل أن يتخذها السكان المحليون هدفًا للرماية فانقرضت.

وفك الزمام من جديد وتبول فوق طبقة من الوحل تحت.

ـ ثم صار المكان بيت دعارة.

ـ ما الذي تفعله؟

ـ أحدد منطقتي.

كنا على الطريق منذ ثلاث ساعات نقاوم حرارة صحراء موهافي. لقد تم دهان السيارة «الجالاكسي» بثماني طبقات من دهان المصنع القرمزي. كانت تعمل جيدًا مع عداد سرعات لم يمشِ أكثر من ثمانية آلاف ميل، فيما عدا أجهزة التكييف. كنت قد أحضرت حقيبة مليئة بزجاجات الماء وواقي الشمس وقمصان إضافية أغرقت أربعة منها بالعرق.

هناك لافتات عبر الصحراء تحذر من مخاطر الفيضانات وراكبي الأتوستوب. كان هناك إطار سيارة مغمورًا في الطين حيث توقفنا، وهناك لافتة تقول «موقف حافلات» بحبر أحمر. امتد الطريق إلى

الأفق في الاتجاهين من دون أحد قادم. كل من ينتظر حافلة هنا سيموت وهو ينتظر.

قلت وأنا أنظر إلى ساعتي:

ـ لا أحب أن أتأخر.

أغلق أوتو زمامه وقال:

ـ استرخِ يا صاحبي، نحن على بُعد أقل من أربعة أميال. فلنمرح قليلًا.

ـ نحن على بُعد أربعة أميال لكننا لن نمرح. أريد أن نتحرك. هل انتهيت؟

ـ ربما. أريد أن أتشمم المكان بعض الوقت.

قلت:

ـ ربما وجدت مرحاضًا حقيقيًّا. سوف أُجري مكالمة هاتفية.

ـ من أين؟

كانت هناك محطة بنزين بجوار الموتيل. كانت هناك أربع مضخات على جانبها يبدو أنها انتزعت من الأرض بواسطة صياد ديناصور مجنون يركب سيارة نصف نقل. لم يُزِل أحد لافتة «صودا باردة مثلجة» على حافة الطريق السريع، برغم أن هناك من كتب بعلبة سبراي على النوافذ: «للبيع». كانت كابينة الهاتف على كل حال غير تالفة، والسماعة على الجهاز، ولا يُوجد شرخ في الزجاج، كأنما تم تركيبها هنا صباح اليوم.

قلت:

ـ ها هو ذا الهاتف. هناك.

ـ مهجور.

ـ أنا لا أريد تغيير الزيت. لَوِّح لي عندما تنتهي من الشم.

اتجه أوتو إلى غرف الموتيل الخرِبة، وصاح:

ـ راقِب الديناصورات!

* * *

فتحت الباب عنوة فبددت الصمت الذي خيم على الصحراء. سمعت الدم يتدفق في أذنَي ثم أزيز الأسلاك وصوتكِ المبحوح.

ـ هل أيقظتكِ؟

ـ كله تمام. كنت «أعسُل» قليلًا. كيف كانت مقابلة العمل؟

ـ سوف تبدأ خلال نصف ساعة. لست قلِقًا. كيف العمل في المنتزه؟

ـ العمل بطيء وسط المدينة. لأي وظيفة تجري هذه المقابلة؟

ـ الاستشارة قصيرة الأمد. عمل معملي لا أريد أن أثير مللكِ به.

ـ لا، هذا ممتع. يمكنك أن تقول لي.

رباه. اتركي الأمور وشأنها.

ـ لا أعرف طبيعة العقد بدقة. هل ستعملين حتى ساعة متأخرة؟

ـ لا. كنت آمل أن أراك. هل ستعود؟

ربما. لا أعرف إلى أين أنا ذاهب ولا من سأقابل، وهل أُجري المكالمة التالية من السجن أم أثناء العودة بسيارتي. طيلة المسافة ظلت السيناريوهات تتلاحق في ذهني بلا توقف. أوتو كان شرطيًا مصدر معلومات. كان يعمل لدى كيميائي منافس. يحب أن أواجهه. يجب أن أتركه. كل فكرة تكشف عن بلاهتها في لحظة طفوها للسطح.

٩٠

أقول:

ـ ربما تتطلب الأمور أن أقابل شخصًا ما غدًا. سأجد فندقًا أبيت
فيه الليلة ثم أعود عصر غدٍ.

يذيبني إلحاحكِ:

ـ لا، تعالَ الليلة هنا، ويمكنك أن تنطلق صباح غدٍ.

ـ تريدين أن أعود مرتين إلى ريفرسايد في يوم واحد؟

ـ أريد أن أراك.

ـ أنا كذلك أريد أن أراكِ. سأعود بأسرع ما يمكن.

ـ أرجوك. لن أؤخرك. أعدك بهذا.

الشعور بأن هناك من يريدني إلى هذا الحد كان غريبًا عليَّ.

ـ سأفعل ما بوسعي، لكن عليَّ الذهاب الآن.

قلتِ:

ـ لحظة! ما لون عينَي؟

ـ هلمَّ. لا تفعلي هذا.

في هذه اللحظة صار السلك الذي يمتد من الصحراء إلى فراشكِ
غير واضح، وصارت كل كلمة موجة في المحيط الذي صار موجة
عالية على بُعد آلاف الأميال. تكلمت بسرعة وسمعت استيائي يهوي
فوقكِ من على بُعد.

قلتِ:

ـ أنا آسفة. لكني أفتقدك. سأراك متى عدت. اتفقنا؟

ـ عيناكِ خضراوان.

ـ تخمين طيب.

وسمعتُكِ تبتسمين عبر الأسلاك.

ـ أخضر مائل إلى الزرقة.

ـ تبدو لي كأنك تقرأ الكف.

كنت قد أخذت صورة فوتوغرافية من ثلاجتِكِ وأسقطتها في حقيبتي قبل أن أرحل. لقطة لكِ وأنتِ تضحكين في مكان ما ذي شمس دافئة، وهناك مشروب عليه مظلة في يدك، لكني لم أُرِد ذلك. مثلما حدث في ذلك اليوم وأنا أكلمكِ في الهاتف، يبدو وجهكِ أقرب وأقرب إلى البؤرة وأنا أحتضنكِ هنا بجواري.

ـ هناك بقعة لون أخضر مائل إلى الزرقة في عينكِ اليمنى. نتوء صغير على قصبة أنفك. خصلة من شعرك تسقط دومًا على عين واحدة. ولديكِ شامة على الخد الأيمن، عند زاوية ابتسامتك.

ـ أنت تملك ذاكرة ممتازة.

قلت:

ـ ذاكرتي شنيعة. لكني أتصوركِ عندما أسمع صوتكِ.

ـ سأساعد موضوع الذاكرة هذا.

ـ تملئين الفجوات؟

ـ نعم. هذا ما أجيده.

ـ ما دام سيكون بوسعي أن أراك.

ـ في عقلك أم في السجن؟

ـ كلاهما.

تنهدت. الموجات التي اجتاحت الأسلاك غسلتني بالسَّكينة.

حطمت أنتِ الصمت:

ـ أنا أفتقدك... تعالَ الليلة لو استطعت من فضلك.

ـ سأحاول. أفتقدكِ أنا الآخر.

تبادلنا الوداع. أصغيت إلى الطنين الاستاتيكي للخط الصامت لدقيقة قبل أن أضع السماعة. فتحت بوابات الفيضان الزجاجية فأغرقتني أميال الصمت.

* * *

كان البيت مهجورًا. لقد أُلقيت فيه القمامة. سُكن. بِيع. أُعيد احتلاله. تم غزوه. هُجر. سُكن من جديد. انتظرت أنا وأوتو في الرواق على بُعد أربعة أميال من الطريق والفندق الشبح. كانت السماء تبدو أكبر، مساحة من الأزرق اللامع، وسحب كثيفة حتى إنني لم أفهم كيف تظل في السماء.

قال أوتو:

ـ الأمر مؤكد.

قالها كطفل يقنع نفسه أنه لا يوجد شيء مخيف تحت الفراش.

ـ ستعرف عندما يأتي أحد. ولن يدخلوا بسهولة.

قلت:

ـ لو كان الفدراليون آتين فلا يهم إن كانت الأمور مؤكدة.

ـ لا أتكلم عن الفدراليين. أتكلم عن الذين يبحثون عنك وهم مغتاظون منك. أتكلم عن اقتحام البيوت والانتقام.

ـ أوتو، مع مَن تعمل؟

شخص يدعى «هويل» كان يدير كل شيء. سلسلة الإنتاج، سلسلة التوزيع، وكل من فيهما. كانت كلمة هويل نهائية. لم يكن يريد

عقار الهلوسة. عقار الهلوسة لا يجعل الناس يريدون المزيد من عقار الهلوسة. هويل كان يريد الشيء الذي يوقظ الرغبة الغافية في المزيد. يوقظها بعنف. لم يلقَ أوتو هويل قَطُّ، لكنه يعرف من يعرفه، وهو من كنا ننتظره.

هبت رمال الصحراء من عجلات السيارة «الميني فان» البيضاء. أعرف هذه السيارة برغم أنني لم أرَها من قبل. ذاكرتي حبيسة حلقة مفرغة لأنني أتذكر أشياء لم تحدث بعد. ترتيب الأحداث يخلط أحداث أمس مع الأحداث التي سبقت الحريق. هنا والآن يختلطان مع هناك وعندئذ. لثوانٍ يقف وايت وتوتاج في غرفتي في فندق «طائر النار» والنار تلتهم كل شيء، بينما أرقد وذراعاي حولكِ في لا مكان. تمر اللحظة. كل نغمة في الذاكرة ترتب نفسها من ضوضاء إلى سيمفونية.

دنا وايت على قدميه. أوتو توارى. ابن وايت جلس في مؤخرة «الميني فان» المفتوحة وبقع الآيس كريم على قميصه والمخاط يسيل من أنفه، كان يلعب بقاطعَي سلك.

ـ اسمي وايت.

لقد تقابلنا.

ـ أنا إريك.

ـ أعرف.

ـ هل لك اسم أول؟

ـ يطلقون عليَّ «مانهاتن». وايت اسم مناسب. معلوماتي أنك كيميائي يا إريك.

ـ أنا كذلك.

ـ ما أريد معرفته هو: لماذا؟

ـ هلا أوضحت أكثر؟

ـ لماذا قدت سيارتي كل هذه المسافة لأقابلك؟ لماذا يحتاج إليك عملنا بينما هناك مائة شخص يمكنهم عمل نفس الشيء؟ فيمَ أنت أفضل منهم؟

ـ لا أعرف من هم يا وايت، لذا لا أعرف إن كنتُ أفضل.

ـ سمعت أنك فتحت نافذة إلى السماء.

ـ هذه كانت تجربة.

ـ هل هذا ما تريد أن أقوم به؟

ـ ما أريد عمله هو شيء لم يقُم به أحد من قبل.

ـ سؤالي من جديد هو: لماذا؟

ـ لا يمكن أن أخبرك. ربما هي أسئلة لم يُجِب عنها أحد عن الله منذ كنت طفلًا. فقط أعرف أن لديَّ التركيز والصبر، ولا توجد أشياء كثيرة يمكن أن تشغلني بهذه الطريقة.

ـ لسنا هنا لنشغلك أو نحل مشكلات طفولتك. نحن هنا للكسب، ونريد عمل ذلك بشكل سري. أنت هنا لتبني مختبرًا لنا، ولسوف ندفع لك بسخاء.

ـ كذا تقول. تعالَ نلقِ نظرة.

فتح وايت ثلاثة مزاليج على الباب الأمامي. بدا المكان كأن أسرة

انطوائية عاشت هنا عقدًا من «الأجورافوبيا»[1]، على علب البيرة والعشاء المجمد والسجائر والتلفزيون، وفي النهاية طردتهم قبيلة من القردة الثمِلة تركب كاسحات جليد.

سألت:

ـ ما هذه الضوضاء؟

لم أعرف كنه القادم، لكن شعرت كأنه إصبع تنزلق على زجاج رطب. آلاف منها.

ـ أي ضوضاء؟

ـ هل هنا صندرة؟

نظر إلى السقف وقال:

ـ بالطبع. وطاويط. لا تقلق فهي لا تؤذي.

ـ وقذرة كذلك.

أصر وايت على أن البيت يمنح الوحدة، بينما اعترضت بحاجتي إلى فصل الغاز عن الموقد والتدفئة لأني لا أريد نارًا مفتوحة. أردت معرفة توزيع الدوائر الكهربائية كي أغلق البرايز فلا أستعمل سوى القليل الذي أريده.

قال وايت:

ـ هذا يبدو لي مبالغًا فيه.

سألته:

ـ كم حادثًا اضطررت إلى مداراته؟

---

(١) الأجورافوبيا: هو خوف الأماكن المفتوحة والزحام. (المترجم).

ـ القليل. هذه لعبة أرقام، والحوادث جزء من المجازفة.

ـ هي لعبة أرقام عندما تتركها للهواة أو الصدفة.

وأشرت إلى البرايز في مستوى الأرض:

ـ انظر إلى هذا.

ـ نعم، هي برايز. ثم؟

ـ هي ليست موصلة بخط أرضي. لو أخذت منها تيارًا قويًّا تنطلق منها شرارة. لهذا ترى علامات الاحتراق هذه. يمكن أن يكون لديك شرر أو أبخرة، لكن لا تجمع الاثنين معًا.

ـ تريد أن تعيد توصيل الكهرباء إلى البيت. ليس هذا رخيصًا.

ـ كبداية. الدرس الثاني هو الإيثر. سوف نستعمله بكميات ضخمة، إنه شفاف بلا رائحة سريع الاشتعال.

ـ ما المشكلة؟

ـ ليس غير قابل للاشتعال، بل سريع الاشتعال[1]، وكذا أبخرته. سوف ينفجر.

ـ سمعتك يا إريك. بحق المسيح أصلح الوصلات.

ـ لا يحتاج إلى شرر، إنه أثقل من الهواء، لذا تتراكم الأبخرة عند مستوى الأرض. معظم حرائق المختبرات تحدث عندما تبلغ الأبخرة بريزة في جدار فتشتعل ذاتيًّا. تعرف الباقي. كنا في حاجة إلى وقت وخامات. كل هذا يجهله وايت، لكن قائمة

---

(١) استعمل لفظة قابل للاشتعال (Inflammable) فسمعها وايت «Unflammable» بمعنى «لا يشتعل». (المترجم).

الأجهزة لم تكن جديدة بالنسبة إليه، لأنه ومنظمته كانوا يوفرونها لفريقهم من الهواة مجانين الحرائق.

قال وايت:

ـ لدينا من يعملون معنا، ورجالنا لديهم رجال يعملون معهم، أكثرهم مهربون.

واحد من مهربي هويل في أسفل السلسلة تمامًا فلا يعرف أحد اسمه، استعمل رخصة مزيفة قدمتها إليه الشبكة كي يشتري أشياء معينة. استعمل الرخصة كذلك لدخول ملهى ليلي، وتعثر بفتاة حلوة. قام بالعمل الخطأ مع الفتاة الخطأ ولم يقبل كلمة «لا» كرد مقنع، حتى جاء رجال الشرطة يسحبونه بتهمة القيادة تحت تأثير الخمر، فوجدوا جالونين من اليود الخاص بالمستشفيات في سيارته. وجد نفسه في الحجز مع ثمانية فتوات موشومين كأنهم «كنيسة سستين»[1] حية. وقد رفض أن يستحم طيلة أربعة الأيام السابقة للمحاكمة، ولم يستدعِ أحدًا.

أجرى صفقة فأطلق المدعي العام سراحه، وقد ثبتوا دودة شريطية لضلوعه.

صاح وايت في اتجاه السيارة:

ـ هاتِ الحقيبة يا بني.

وثب الصبي وهو يجر حزمة بلاستيكية كبيرة. كان يجرها في

---

(١) كنيسة سستين: الكنيسة التي رسم مايكل أنجلو لوحته الشهيرة على سقفها، والمقصود أنهم رسموا الوشم بكثافة على أجسادهم، ومن الواضح أنهم اغتصبوه أو كادوا. (المترجم).

كبرياء، فراحت تضرب الأرض محدثة ضوضاء كجوزة هند ملفوفة في منشفة مبتلة. كنت غير راغب في النظر، لكني كنت أكثر حكمة من أن أشيح بعينَي.

بدا الرأس كالمومياء الملفوفة في الشاش الجراحي، وإفرازات لها ألوان مختلفة بين الأصفر والأحمر والبُني. كان الجسد ملفوفًا في طبقة من سلك مزارع الدجاج.

ـ سوف نتخلص من جثته عندما ننتهي، هنا. توتاج ملأ معدته بالصخور ليغوص. سوف يلتقط سمك القط لحمه بعدما يمزق الشبكة. هناك سمك قِط في حجم الكلاب في بعض هذه البحيرات. لا تطلب سمكًا في أي مطعم من هنا حتى نيومكسيكو.

۱۳

يمكن أن أقول إن الحشرات المتنصتة تسخر مني، لكنها ليست مبرمجة لذلك. منطق السخرية لا يبرر تكلفة تصميم شيء كهذا. بالعكس هم يسجلون كل شيء بكاميرات حساسة للحرارة وميكروفونات تسجل الحركة. إنها مبرمجة لتلتهم صمغ ورق الحائط والشحم ولقيمات الخبز، لتتبرز فوق السجادة وتلقي بيضها في الشقوق، وهي مُعدة لتكون سريعة. لقد قبضت على القليل منها فقط.

إن مشروع التشريح قد صارت له حياة خاصة به، وأنا أقتل المزيد من تلك الحشرات. تتناثر العينات على قطع ورق مقوى أخرجتها من القمامة، وثبتها بمشابك الورق والدبابيس الضاغطة. لقد جربت قطبية قرون الاستشعار من دون أن أجد أثرًا لشرر أو ما يدل على تيار كهربائي.

هذه لم تصمم بدوائر سيليكون. كل رقائق الألومنيوم في العالم لن تستطيع إيقاف هذه الكائنات المصممة بالهندسة الوراثية؛ فقد تمت تربيتها ـ لا تصميمها ـ على نقل المعلومات بنفس الطريقة

التي تتبعها من ملايين السنين، عن طريق الرقصات وشفرة اهتزاز الجناح وأوضاع قرنَي الاستشعار. تنشر أخبار الطعام والخطر وأماكن البيوت الجديدة عن طريق إجراء إحصائيات لعبة السوليتير وعادات الحمَّام.

تصميمها يتطور مع كل جيل. الذرية أسرع والتمويه البيئي أفضل. تتوارى في الظلال التي ترميها خطوط الكهرباء خلف نافذتي، أو انعكاسات كوب ماء. يمكنها أن تبدو كسجادة المدخل. ماسات حمراء بها بقع صفراء مضيئة. مربعات سوداء كدوائر الكمبيوتر أو بقع القهوة. أضيء مصباحًا ولن تفر هذه الحشرات، بل تتجمد ثم تختفي.

تتحرك في الظلام. جيوش منها على كل سطح في غرفتي وفوق جلدي. أحيانًا أحسبني دست على بلية لعب أطفال زلقة قبل أن تتهشم القشرة الخارجية كقشرة تفاحة، وأشعر ببلل تحت قدمَي. هناك شيء آخر يجري فوق أصابعي. تهمس لبعضها وتراقب نومي ومقدار ما أشربه من سوائل وتسجل محادثاتي. الحشرات التي قتلتها عمدًا أو من دون قصد أكبر من غيرها. يبدو أنها نقاط تجميع بيانات، لذا هي أسهل في القنص. تصميمها مليء بالزيادات، بحيث لا يعوق موت إحداها تدفق المعلومات. عيناتي الأخيرة ترفرف داخل زجاجة طعام طفل فارغة، تنتظر قضمات الصرصور. تتسلق فوق بعضها بحثًا عن الثقب في الغطاء، ثم تسقط كالبلي فوق الزجاج. الضوضاء تبقيني يقظًا.

أشُد الملاءات على فراشي. أربط الأركان معًا، ثم أقذف الحزمة

من نافذتي. أمزق صندوقًا من البوراكس وأضعه في كل ركن أو فجوة أجدها. يدق أحدهم الباب فتصيبني نوبة قلبية صغيرة.

أرد على الباب بثيابي الداخلية، وقد تَغطى جسدي بحمض البوريك.

بذلة وربطة عنق. يبدو مألوفًا:

ـ هل كنت تتكلم؟

ـ كنت أنظف.

ـ كان عليك أن تتصل لتخبرني بعنوان.

ـ هل أنت منظف الحشرات؟

يدخل غرفتي بلا دعوة:

ـ أنا محاميك. أنت تنظف المنزل بينما أنسلنجر يقوم بدفنك الآن. هو لا ينام ولا يكف عن العمل. إنه آلة. هل تفهمني؟

أسترجع ذاكرتي فورًا. موريل.

أسأله:

ـ هل أقدم لك أي شيء؟ ماء؟ لديَّ حوض.

عقود من ممارسة الجنس تحت تأثير المخدرات قد لوثت المرتبة بأشكال غريبة كأنها بقع رورشاخ[1]. أحدها يبدو ككلب والآخر كمهرج. يجلس موريل في الركن بجوار راهبة تحترق وحقيبته على حجره.

---

(١) اختبار رورشاخ النفسي الذي يعتمد على ورق ملطخ ببقع الحبر، ويكون على موضوع الفحص أن يخمن ما ترمز إليه كل صورة. (المترجم).

يسألني:

ـ ماذا كنت تستعمل؟

ـ حمض البوريك.

ـ لا. أقصد ما الذي كنت تتعاطاه؟

ـ لا شيء. أنا نظيف، ويمكن أن أثبت هذا لو كان معك قدح قهوة.

ـ لا، أنت لست نظيفًا، وليس بوسعي أن أساعدك ما لم تكن كذلك.

أفرد ذراعي ليصير الرسغان إلى أعلى، وعليهما حروق السجائر. ليست عنيفة مثل الحروق على جسدَي جاك وشجرة الفاصولياء. لا بد أنهما يهرشان كثيرًا.

ـ حشرات، تأكلني خلال نومي. المكان يعج بها.

أشرح. وفي الليل هي في كل مكان. أكثرها أسرع مني. أضرب على حافة الكومود، لكنها تفر من كفي. ظننت أنها تزرع رقائق تجسس، لكنها ليست ميكانيكية. إنها تضع علامات عليَّ كالقط الذي يبول على البساط، حتى لا يخطئ الجنود هدفهم.

يقول موريل:

ـ دعنا ننقلك إلى مكان آخر.

ـ ستتبعني، أو ترسل إشارات إلى غيرها. أعتقد أنها تعمل مع أنسلنجر.

يقول موريل وهو يتنهد:

ـ سأفترض أنك لم تتذكر شيئًا مفيدًا. ها هي ذي بطاقتي. اتصل بي بعد يومين، ولو فكرت في الانتقال دعني أعرف.

أقول في ظهره:

ـ ربما ظل بوسعها اقتفاء أثري.

تنفجر ذكور النحل في رأسي في سحابة شرسة. لا بد أنه هكذا تكون عاصفة الدماغ. لقد بحثت في كل مكان ما عدا تحت أنفي. هناك لدغات على ساعدي على بُعد إصبع من وريد. كبير.. صغير.. صغير.. صغير.. الحشرات مختلفة الأحجام، لذا لدغاتها متباينة الحجم. صغيرة صغيرة.. لو كان بوسعها أن تجدني، فأنا قادر على أن أجدها.

* * *

يمكن أن تكون ألعابًا جنسية أو آلات زمن، أو هي مجرد أنابيب مرتبة على رفوف تقول: «ليس للبيع لمن هم أقل من ١٨ سنة».

كأنه صف من الجان النائم تحت صورة عملاقة لجيمي هندركس. أنابيب أصغر ومرايا ومتعلقات تحت الزجاج، كأنها علب تحوي آلات جراحية فضائية.

عرض للماكياج في علبة مجوهرات. ألتقط زجاجة طلاء أظفار بلون أصفر كعلامة العبور الخاصة بالمدارس. أناولها للصبي الأبيض ذي الضفائر الواقف خلف الحسابات وأطلب مصباحًا أسود.

* * *

يمكن أن أؤكد أن غرفتي مختلفة. كل شيء قد تحرك قليلًا.

١٤

كانوا يتكلمون في الموعظة عن «هرمجدون».. عن حرب الأجناس القادمة.. عن الخلاص من حكومتنا التي سيطر عليها الصهاينة، وكانوا كريهي الرائحة. أرى كرات من ضباب بدل الوجوه كأنها انعكاسات في مرايا زنزانتي. كانوا يتدربون على التصويب في غرفة المعيشة بمسدس «خرز». صف الحيوانات التي تمزقت إلى يميني، ثم يساري. الجدران تغير لونها بينما ينزف المكان والزمان في موضع آخر. تنسحب التفاصيل من ذاكرتي كالزئبق.

✻ ✻ ✻

تضربين معصمي أمامًا وخلفًا، بالطريقة التي تمارسينها عندما تعجزين عن النوم، وبرغم هذا لا تريدين لي أن أنام أنا الآخر.

✻ ✻ ✻

أسماء التدليل الخاصة بهم تناسبهم جدًّا أو لا تناسبهم على الإطلاق. بينسترايب.. جاش.. فلاش.. جوكر.. أسماء أقزام أو قطع حلوى. مطفأة سجائر.. أوراق تغليف الهامبرجر بالجبن..

١٠٥

موسى.. على منضدة القهوة. هناك دم جاف في حوض الحمَّام. كومة من الثياب الداخلية. بقع يود على السطح، ورائحة زيت الفرامل، ومشاعل الطريق، وعلامات حروق لا يفوقها إلا اعتذارهم عما سببوه من أذى. يسيل الصمت من أفواههم المفتوحة عندما سألتهم عن الوزن الجزيئي للكربون، وضغط بخار الطولوين، ونقطة توهج الإيثر ثنائي الميثيل.

المنظمة تتعامل مع كل هذا بطريقة خاطئة، عندما تثق في هواة يتناثرون في مختبرات لا ترتبط ببعضها. الطهاة الهواة لا ينفذون الوصفات كما ينبغي، لا يفهمون الأساسيات ولا يستطيعون الارتجال، يسببون الطوارئ التي تسبب المتاعب للجميع.

شرحت لهم:

ـ ستعملون في ثنائيات. فريق سينزع الشطاطات عن علب الثقاب.

سألني أحدهم مقاطعًا:

ـ هل يمكننا استعمال الثقاب؟

ـ نعم، يمكنكم استعمال علب الثقاب. اثنان منكم سينزعان الشطاطات عن علب الثقاب.

ـ أو الصناديق.

ـ أو الصناديق.

وانتظرت المقاطعة التالية فلم تأتِ.

ـ اثنان سيخشنان الشطاطات ببنطة تخويش.

ـ ما هي بنطة التخويش؟

قال آخر:

ـ دعك منه. إنه مستجد.

ـ كلكم مستجدون.

ـ لا، أنا أمارس هذا العمل القذر منذ أعوام.

ـ ليس بطريقتي.

ـ استرخِ يا رجل. يمكنني عمل ذلك.

لم أقطع كل هذه المسافة لأتحمل القذارة من سائق جرار بلا أسنان.

أشرت إلى علامات الاحتراق على منضدة القهوة، وقلت:

ـ اشرح لي هذا.

ـ كان هذا حادثًا.

ـ وهذا؟

كان الضباب الأصفر الذي يكسو سقفهم بلون الصدأ هو بخار يود.

ـ كم حادثًا وقع لكم؟

وركلت سلطانية زجاجية، وكانت مشروخة وقد غطاها الراسب الذي يتركه الطهاة الهواة لرجال الشرطة كي يكشطوه. يبدو أن هذه النهاية.

رفعت مثقابًا بلا سلك وقلت:

ـ هذه هي بنطة التخويش. هناك بنطة تخشين مثبتة. عدَّ لخمسة، خمس ضغطات كلها في ذات الاتجاه. ليس بسرعة جدًّا وليس بعنف. يجب ألا تسخن الشطاطات، ويجب ألا تقع منكم مهما حدث.

وشرحت لهم الحركات البطيئة الذكية للغبار المتطاير من الشطاطات.

هذا الطاقم كانت مهمته جمع الفوسفور. الآخرون سينقون اليود أو يجمعون شيئًا آخر. كل مختبر ينتج كمية من مكون معين، وهي كمية تفوق ما كانوا ينتجونه من المادة الكلية، وهذا يقلل الحوادث. المختبرات يربط بينها القيوط[1] الذين ينقلون المال والخامات والمنتجات بين نقاط معينة. كل اثنين من المهربين لديهما لغتهما الخاصة من الشفرة والإشارات. لا أحد في الفريق يعرف أين يعمل الآخرون. من يُقبض عليه ليس لديه من يعترف عليه. لو اختفى واحد أكثر من خمس دقائق، فعلى الفريق أن ينسى العملية ويفرّ.

قلت لوايت:

ـ سنُبقي على فريقك. لن يتغير شيء. نقسم الواجبات. نكلف كل فريق بعمل معين. نفس المجموعة ستنتج ضعف الكميات.

سألني وايت:

ـ وماذا عن المنتج؟

تجمع كل شيء في البيت الأول الذي أعددته وأوتو، مختبر أوز حيث نتولى الاهتمام بالتصنيع النهائي. لقد نال هويل الزيادة التي يريدها، لكن من دون مخاطرة وبتكلفة أقل. تم الدفع لي وتخلصت من مراقبة وايت وصار بوسعي أن أعمل وحدي.

قلت:

ـ نقوم بالتخليق الأخير في أوز، في الوقت ذاته من يعملون هنا

يعملون بأدوات ومذيبات أقل. الخطر أقل، ولو وقع حادث فلسوف يكون الضرر أقل، وخطر الانكشاف أقل.

كانت الرتابة هي أخطر تهديد. هؤلاء الأشخاص يتقاضون أجورهم بالبضاعة، لذا كانوا يفعلون أشياء غريبة عندما لا يكون عندهم عمل، مثل توزيع الحلوى حسب اللون على أكياس القمامة. كانوا يركزون على التفاصيل، لذا يفقدون الصورة الكبيرة، مثل تكوم الغبار والشرر. هناك من يحرق شعره، وقد يتعثر أحدهم بدلو من الأسيتون. شيء يقود إلى شيء، والشيء الآخر هو أن يحترق المختبر.

بدا الغبار الذي جمعوه كأنه أعشاش نمل من الغبار الأحمر، وكان دقيقًا يلوث أناملك. لو لم تلبس قناعًا فسوف تعطس دماء.

قلت لهم:

ـ يجب ألا تتكوم أكثر من أوقية في المرَّة.

ـ ما حجم هذه؟

ـ ضعف ما لديك هنا.

وأشرت إلى الكومة على منضدة العمل.

ـ كيف تتأكد من هذا؟

فقدت صبري:

ـ هل لديك ميزان؟

قال:

ـ أنت أخذت معداتنا.

كان محقًّا. لقد بدأت من الصفر بطريقتي وإلا فلا، وكان وايت يدعمني.

ساد الصمت لما صمتُّ أنا. أشعلت عود ثقاب فتوهجت الكومة بالشرر ورائحة الدخان العفنة. تراجع أربعتهم كرجل الكهف قبل أول عاصفة رعدية يرونها. مات اللهب خلال ثوانٍ. لست مستهتِرًا بطبيعتي، لكن كان عليَّ أن أؤثر فيهم.

قلت:

ـ لو تكوم الكثير فأنتم تجازفون بحريق. تكفي شرارة من المثقاب أو من شطاطة ساخنة. لقد كدتم تحرقون المكان اثنتي عشرة مرَّة، لكنكم ما زلتم جبناء كطالبات المدارس. هذا يحدث، فجأة تجدون كل شيء يحترق.

ـ أنت أخذت ميزاننا. كيف نعرف أننا انتهينا؟

وترك الغرفة. لقد ألقى بكلمته وتركني معلَّقًا. لا يمكنني تقبُّل الشكوك من بقيتهم.

تفقدت وجوههم الساكنة الخرساء، وقلت:

ـ هل تريدون الرحيل؟ قولوا الكلمة. هذا لن يضايقني. أنا أدفع لكم الآن. لو مشيتم فلتبقوا بعيدًا، وإلا فعليكم أن تنفذوا الأمر بطريقتي.

وللتأثير سحبت الرزمة المكتنزة التي أعددتها لأوتو. كان مولعًا بلعب القمار أحيانًا.

قال الفتى الجديد:

ـ نحن تمام.

وهز الآخرون رؤوسهم موافقين.

لا أذكر أي اسم كان يخص أي وجه. لا أذكر سوى بينسترايب

الذي إما أن يكون في التاسعة عشرة ومدمن مخدرات، أو في الثلاثين ويعاني نقصًا هرمونيًا. كانت له منابت شعر لحية، لكن أسنانه كانت صغيرة متباعدة كأنه لم يفقد أسنانه اللبنية قطُّ. كانت له عينان واسعتان لطفل، مع أنف أفطس وأذنين كبيرتين لرجل عجوز. كان أكثر حيوية من الآخرين، لأنه كان يصرخ وأنا أسكب صودا الخبيز على جسده العاري لأوقف حمض المورياتيك(١) من حرقه. سقطت طبقات جلده السطحية في رقائق كبيرة، وظهر الجلد تحتها أحمر زلقًا كحرق شمس دهن بالزيت. ذاب بعض الشعر حول إحدى أذنيه فانتفخت كعقدة من الغضروف المحترق.

ـ كنت سأعطيها لجذعك.

كان يبكي وهو يتكلم محاولًا تهدئتي بأعذار رخيصة كأنه صبي في الثامنة، وهو يبصق كلمات تبرير تتناثر فيها كلمة «مستشفى» كل ثلاث أو أربع كلمات. كان هناك دنَّان من الحمض سقطا على جنبيهما، وقد ذابت سجادة غرفة النوم تحتهما لتصير كتلة بلاستيك. لقد توارى عن عينَي ساعة منذ انسحب أثناء مناقشتي السابقة. لم يكن للغضب داعٍ. لا علامة على أنه كان يطهو عقارًا وحده أو يحاول إخفاء شيء عني، ومعنى هذا أنه حادث غبي يحدث كثيرًا مع الطاقم الذي جمعه وايت يدويًا.

قلت للآخرين ثم لبينسترايب:

ـ المستشفى معناه الزنزانة، وهذا يعني السجن. سوف تحصلون على العون لكن بطريقتي أنا. أيها المستجدون، قولوا إن لديكم شيئًا له.

ـ شيئًا مثل ماذا؟

ـ شيئًا لألمه.

ـ نعم، لدينا.

ـ هاتوه الآن.

تناول بينسترايب ثلاثة أقراص من الفاليوم ومعها ربع من البيرة الدافئة، رقد على الأرض كأنه في معزل انفرادي، وتغطى بمسحوق أبيض كأنه كان يعالج من القمل.

ـ اجلس هنا أيها المستجد. سوف تبدأ آلام الحريق ثانية فنضيف إليه المزيد من الصودا.

وأخذت المفاتيح من جيبه.

ـ إلى أين أنت ذاهب؟

ـ أجلب له العون.

كل طبيب في هذه المناطق يعرف ما معنى حروق حمض المورياتيك، فمن الواضح أن بينسترايب لم يكن ينظف أحواض السباحة ولم يدنُ من الماء منذ فترة.

قال لي أحدهم:

ـ يمكنك استعمال هاتفنا، لدينا واحد في المطبخ.

ـ ليس بعد الآن.

* * *

كان الطريق السريع في هذا المكان واحة لاستراحة الشاحنات، فيها مطعمان ومحطتا وقود، وأربعة موتيلات تعلن عن الغرف بأسعار رخيصة تدل على أنها قريبة من سجن. توقفت عند أحد المطعمين وطلبت قهوة ومجموعة من الأرباع، وطلبت وايت من كابينة هاتف بالعملة. الرقم الذي طلبته لم يكن لوايت، ولكن جهاز البيجر لشخص مجهول طلبه بدوره. إنه يتغير كل شهر. انتظرت ثلاث دقائق قبل أن يدق الهاتف ويقول وايت:

ـ امضِ.

قلت:

ـ لديَّ رجل خيزران[1].

ـ ما مدى سوء حالته؟

بدا لي أن وايت مستمتع، تروق له فكرة أن أتورط أنا في حادث حريق.

قلت:

ـ هو حي وبلا دخان. هذه آخر الأخبار الطيبة. فيما عدا هذا، الأمر خطير وهو يصرخ طالبًا طبيبًا.

ـ أنت المسؤول.

ـ وأنت من استأجر لنا هواة.

ـ أين أنت؟

---

(1) يشير إلى فيلم «الرجل الخيزران» الذي يحترق فيه البطل حيًّا في نهايته. أي أن أحد رجاله أصيب بحروق بالغة. (المترجم).

ـ لايتهاوس.

ـ سأكون عندك خلال ثلاث ساعات.

وضعت السماعة عالمًا أن هذه كلماته الأخيرة وأنني أتفوق عليه.

عندما عدت كان بينسترايب قد غُطي بالمزيد من صودا الخبيز ورقد متكورًا بفعل الصدمة والفاليوم، وقد أغمض عينيه وفتح فاه. كان الكل يعملون بجد متأهبين للتعلم.

لم أكن أثق في هؤلاء المهرجين للتعامل مع تسخين المذيبات، لذا لجأت إلى طرق أبطأ تتم في درجة حرارة الغرفة. كنا نضع غبار الشطاطات في قوارير زجاجية بها كحول تم تحضيره في مختبر آخر، ونرص قوارير السائل الضبابي على منضدة المطبخ. كان عليهم هزها كل خمس دقائق لمدة نصف ساعة، ثم يصفُّون الخليط ويدعون الكحول يتبخر. بعد هذا تتم عمليتا استخلاص، وفي النهاية نحصل على ثلاث أوقيات من الفوسفور الأحمر النقي. هؤلاء القوم قادرون على استخلاص أربعة أرطال في الأسبوع لو نفذوا تعليماتي.

قبل أن ننتهي كان بينسترايب في مقعد بسيارة وايت. وراءه توتاج يلعب بلعبتين من البلاستيك ووجهه ملطخ بالشوكولاتة.

سألت:

ـ هل بوسعك العناية به؟

مضغ وايت قطعة لحم ميتة في أظفاره وقال:

ـ سؤال غبي من شخص ذكي مثلك.

ـ تذكر هذا في المرَّة التالية التي تجنَّد لي فيها أحد زملاء ابنك في الصف.

ـ لكن. الأخبار الطيبة هي أن هويل يطلب زيادة الإنتاج.

ـ أنا أزيد الإنتاج. لهذا أنا هنا.

ـ أنت هنا لتلعب وقتًا أطول مع أدواتك الكيميائية.

ـ نعم، وعليَّ كذلك أن أدرب على استعمال المراحيض هؤلاء المعاتيه الذين نثرتهم ما بين لوس أنجلوس وتكساس.

ـ هويل يطالب بزيادة أربعة أضعاف، وهو يترقبك.

كان يواصل كلامه كأني لم أقُل شيئًا، لكن هراء وايت كان أكثر عفنًا مما يدرك هو.

قلت:

ـ لا. هو يريد ثلاثة أضعاف. أنت تزيد من عندك.

ابتسم وايت. لقد أوقعت به.

ـ أنا معك في هذا يا إريك. أهتم بالمشكلات وأحاول أن أترك لك وقتًا تفعل فيه ما تحب.

ـ كان هدف الفكرة التي اقترحتها أن أتحرر.

ـ هل تريد أن تلعب دور العالِم المجنون في تجهيزات نحن من دفع ثمنها؟

ـ وسوف نسترد ثمنها خلال ثلاثين يومًا. وأنا أريد بالفعل أن أُترك وشأني، أن أعمل.

ـ تعمل ماذا؟

ـ لست واثقًا بعد. لهذا نسميها تجارب.

قلب عينيه فعددت لثلاثة. لو رفعت صوتي لأثَّرت أعصاب توتاج.

سألته:

ـ هل تعرف أي شيء عن تخليق أشباه للقلويدات المعروفة؟

من جديد عاد يقلم أظفاره بأسنانه، ثم قال:

ـ أيًّا كان ما تفعله هنا، نحن المُلاك.

وربط حزام مقعده.

ـ قل لهويل إننا سنضاعف الإنتاج ثلاث مرات بزيادة ثلث التكلفة الحالية.

ـ هل تَعِدني بهذا؟ والأهم، هل تَعِد هويل بهذا؟

ـ زيادة الإنتاج حسبة سهلة. التكاليف مؤكدة.

لو جادلني في هذه النقطة فلن يربح. كان يعرف هذا.

ـ المتغيرات الوحيدة هي نوعية المهرجين الذين تعطيهم لي. بعد اليوم أقترح أن تظل بجوار الهاتف.

ـ هل سترد على هويل لو لم تتم الزيادة؟

ـ الزيادة ستتم، بل إننا على الأرجح ستتجاوزها. سوف يكون أكثر سعادة. ولو كنت تشك، فلماذا طلبت مني كمية أكبر؟

ـ أتمنى أن تكون محقًّا.

ـ أنا محق. افعل شيئًا لبينستررايب. لديَّ عمل يجب أن أنجزه.

* * *

كان هويل يريد المزيد من تلك المادة التي تجعل الناس يريدون المزيد. أنا لم أُرِد ذلك. لو زادت الكمية يدخل الزبون في نوبة تدوم اثني عشر يومًا، يتحول فيها إلى زومبي مجنون يلوح بالمسدسات ويطارد الذباب. ذات مرَّة وصل أحد الموزعين إلى مركز طوارئ

١١٦

وقد غرس أحدهم مفكًّا في صدره، وهكذا قدم الطبيب تقريرًا عن الحادث. لم يكن هويل يهتم إن تضرر أحد، فقط كان يهتم بألا يسأل أحد أسئلة. عندما كان هذا يحدث كان توتاج يضع حلوى البودنج جانبًا ويغادر غرفة اللعب.

إن الرغبة القاتلة في العقار تعلن عن نفسها. العقارات العادية الشائعة في حفلات الشباب لا تستطيع منافسة هذا. كنت أستقي معلوماتي من بائعي الجينز والساعات، والخبراء الذين يقنعون الناس بأنهم في حاجة إلى المزيد وهم ليسوا في حاجة. كانت هناك وصفة لدى الخبراء، وأنا كنت بارعًا في الوصفات. هذه الوصفة تقضي ببيع الأفكار قبل الأشياء. والأفكار جيدة فقط حسب عناوينها. وكان أوتو على حق عندما قال إن أفضل صنف في العالم لن يتحرك من دون اسم جيد. كنت أنا وأوتو نمضي الساعات نراجع أسماء الفيديوهات الموسيقية والمشروبات الخفيفة ومجلات الموضة. كنا نُجري عواصف دماغية لأشكال اللوجو وأشكال الأقراص.

كان سائقو الشاحنات تقليديين. كانوا يطلبون «الجمال الأسود» و«الشيطان الأحمر» و«السترة الصفراء». أضفنا كذلك «جوني» و«روني»، أسماء نجوم بورنو اشتهروا بتأثيرهم الجنسي. صنعنا «الديزل» و«الهليكوبتر» و«كلاب الطريق» التي يدل اسمها على تأثيرها على راكبي الدراجات البخارية الذين يتعاطونها.

أما شبان الضواحي البيض المتظاهرون بمناصرتهم للتمرد، فقد كانوا مالًا جاهزًا للخلاص منه. صنعنا لهم رموز الثقافة المضادة وبعناها لهم في شكل أقراص. كانت هناك «الخاطفون» و«المسار»

و«روزيل». كنا نغير كل شيء أسبوعيًّا، فلم نكن نتأخر سوى بضع دقائق. نفس اللعبة.

يجب أن يكون الناس قابلين للاعتماد عليهم. لو قال أحد إن عليهم أن يكونوا في مكان ما في زمن ما، فعليهم أن يكونوا هناك. مقدار تأخرهم يدل على الوقت الذي احتاجوا إليه كي يلتقوا بآخرين في دورة مياه عمومية أو سيارة «ميني فان»، حيث يتم تثبيت الديدان الشريطية عليهم، وتوضع لهم أجهزة تنصت. لو جلب أحدهم صديقًا فنحن نقطع علاقتنا به إلى الأبد.

قال لي وايت قل لي ما تريد ومن يستعمله، ولسوف نُعنى بك. يصل وايت إلى أوز عند الظهيرة. العرق يبلل قميصه وقد رحل أوتو إلى لاس فيجاس. لكن هذا ناسبني لأننا أجرينا بعض تغيرات في المختبر. أحضرنا خزانة أرضية في شاحنة مستأجرة، وقضينا الصباح نحفر لها مكانًا في أساسات البناية. لم تكن هذه الخزانة لمال ننقله، بل كانت لنا.

رأيت سيارة وايت «الميني فان»، وأكاد أقسم أني سمعت زوجين من خطوات الأقدام. انتظرت دقة الباب لكنها لم تأتِ. خطوت إلى الخارج وأنا أمسح العرق عن جبهتي، وكان وايت ينتظر في صبر وهو ينظر عبر كومة من الوثائق.

يقول وايت:

ـ رتبنا وثائق الشركات التي ستكون في الواجهة. لقد تولى شريكي إنجاز الأوراق لنا.

لم ألحظه في البداية.

ـ لم أقصد عدم الاحترام يا مانهاتن، لكن عليك أن تخبرني لو جلبت شخصًا آخر، شخصًا لم ألقَه من قبل.

كان يقف أمام المنزل، وكان في سني، أصغر نوعًا وربما أكبر، لا أعرف. شعر أحمر وعينان زرقاوان وسترة رمادية فوق قميص رمادي بنفس الدرجة. هناك خياطة بيضاوية عند الجيب، حيث كانت شارة تحمل الاسم تم انتزاعها. كان يلبس حذاءَي عمل بُنيين. هذه الألوان مع ألوان البيت الصحراوي جعلته غير مرئي. لم أرَه بركن عيني، وكان هو صموتًا عديم التعبير. لا شيء يميزه على الإطلاق سوى شعره الأحمر.

استغرقت لحظة كي أعرف ما هو غريب فيه، هو أنه كان يبدو كأنما ارتدى ثيابه للتوِّ ولمَّع حذاءه ببصاقه منذ دقائق. لاحظت هذا لأنني كنت مجنونًا بالنظافة أنا الآخر، لذا ألاحظ النظافة في غيري، لكن التأثير جعله فاقدًا لأي تميز.

مددت يدي:

ـ أنا إريك.

لكن الفتى أحمر الشعر لم يستجب. كأنني أنظر في عينَي حيوان محنط.

ـ هل عندك اسم؟

قال:

ـ أنت سمعته. أنا الشريك.

رفع لفافة تبغ إلى فمه برغم أني أستطيع أن أقسم أن يده كانت خالية، ولم أرَه يمدها إلى جيبه.

ـ ليس بوسعك التدخين هنا.

ـ لم أشعلها.

حاولت أن أبقى متماسكًا:

ـ اسمع، عندي مواد كثيرة قابلة للاشتعال هنا، لن أسمح لأي واحد بالتدخين على بُعد خمسمائة قدم من المختبر.

انحنى الشريك ليلتقط حجرًا وقال:

ـ نحن على بُعد خمسمائة وثمانٍ وعشرين قدمًا من بابك.

وقذف الحجر وقال:

ـ هذه خمسمائة قدم.

كان لديه ما أريد. لا توجد أوراق عليها اسمي، وأي محاولة لمراقبة المختبر ستضيع وسط متاهة الأوراق التي صنعها لنا شريك وايت.

* * *

بعد أوز جاء دور جوتام. بعد جوتام جاءت فالهالا. نَمَت الشبكة، وكذا نظام التشفير والتمويه وتبادُل الإشارات. كل طاقم كان يعرف شفراته، لكنني عرفتها جميعًا. كلما نَمَت الشبكة أنتجنا أكثر وصار بوسعي أن أصير وحدي أكثر، لكن هذا سمح بالمزيد من الأخطاء. لو أخطأ أحد أعضاء الشبكة فإن الجزيئات الفاسدة لن تشفي السرطان أو تسبب نهاية العالم على الأرجح، لكنها تنتج نفايات كيميائية سوف ينتهي الأمر بي بأن أدفع ثمنها.

١٥

كان للقهوة في استراحة الشاحنات مذاق الأسيتون، وهذا لأن أناملي
تفوح منها تلك الرائحة. كان هناك شرطيًا دورية يجلسان في الركن
المجاور، بينما وضعت أنا قدح القهوة قبل أن ينبعث من يدي لهب
أزرق هادئ. أعطيت الساقية طلبي ورحت أفرك يدي ثانية، ثم طلبت
آلة تسجيل المكالمات الخاصة بي من هاتف العملة. جاء الصوت
الأنثوي الآلي:

ـ لديك. ست. وعشرون. رسالة جديدة.

ست وعشرون رسالة من أحد الموردين لديه رقم بيتي بطريق
الخطأ. ست وعشرون رسالة من وايت. من أوتو أو من وكالة حماية
البيئة أو من إدارة العدل. ستة وعشرون حريقًا أو أمرًا بالاعتقال أو
استدعاء للشهادة. رائحة المذيبات على أناملي مختلطة برائحة
الصابون الرخيص ورائحة الفوسفور الكريهة.

هل عدت إلى البيت؟ كنت أتأكد فقط. أنا أعمل في المتنزه الليلة،
ثم هناك سوق في الشارع غدًا. اتصل بي فور عودتك. باي.

لقد أَثَرتِ هلعي يا ديزيريه.

هيه.. يا حبوب. هل أنت هنا؟ ارفع السماعة لو كنت موجودًا. أنا رحلت للعمل. سأعود في الحادية عشرة. أريد أن أراك فعلًا.

هيه.. أين أنت؟ اتصل بي.. سلام.

إريك.. اتصل بي.. دعني أعرف متى تعود.

هيه.. أنا آسفة أنني انفجرت. أعرف أنك مشغول. لم أُرِد أن أغضب لكن كانت ليلتي صعبة. وإنني لآمل أن يكون سوق الشارع أفضل. تمنيت أن تعود. لو لم تكن قد عدت حتى اللحظة فمن الواضح أنك ستتأخر حتى الليل، أليس كذلك؟

هيه.. لقد عدت إلى البيت، وأنت لا. اتصل بي عندما تتلقى هذه الرسالة. لا يهم تأخرك. لا تقلق بصدد إيقاظي فأنا أريد سماع صوتك فقط.

قطعت الاتصال وطلبت رقمك. فتلقت آلة الرد المكالمة:

ـ ديزيريه.. أرجوكِ لا تتصلي. سأعود الليلة. انتهى عملي وأنا في الطريق. توقفت للغداء، لكني واصلت طريقي وسوف أصل بسرعة.. سلام.

طلبت من الساقية أن تلف طلبي في كيس. ضربني الخوف كصاعقة كهربائية وقضى على شهيتي. عليَّ التماسك وأنا أرشف قهوتي بجوار شرطيين ومعي أربع أوقيات من الفوسفور الأحمر النقي في السيارة. بدا لي هذا تعذيبًا بطيئًا.

ـ أيها الشاب.

كانت يدي على المنضدة عندما استوقفني شرطي الدورية.

ـ أيها الضابط؟

ـ هل هذه سيارتك هناك؟

كانت لوحاتي جيدة. كل الأضواء تعمل وكل النوافذ بلا خدش.

إن رائحة المختبرات تفوح مني.

قال الشرطي وهو يضع الصلصة على البطاطس:

ـ الفورد؟

ـ الـ٦٤. نعم هي لي.

ـ هل تصلحها بنفسك؟

كُن هادئًا. هذا الشخص قد يوقفك يومًا.

قلت:

ـ معظم المحرك.

ـ كلها أصلية؟

ـ من السيارات القديمة.

ونظرت إلى معصمي. هذه حيلة ألجأ إليها للتفكير قبل أن أقول

شيئًا غبيًا. لكن لم تكن في يدي ساعة.

ـ التابلوه يبدو جديدًا تمامًا.

ـ هناك رجل في إلسيجوندو قام بالعمل.

ـ لا داعي لأن أطلب منك أن تقود بحذر. وقتًا طيبًا.

ـ شكرًا، وأنت كذلك.

القيادة إلى البيت قد تكون ساعتين أو عشرًا. كل شيء مختلط.

تلاشى تدفق الأدرينالين في مكان ما قرب «٢٩ نخلة»[1] والنجوم تظهر فوقي. توقفت لملء الخزان. بدلت ثيابي ومررت مشطًا مبتلًّا في شعري وغسلت يدَي مرتين.

* * *

لقد دهنتِ غرفة نومكِ بلون قرمزي كأنها أطراف بتلات مجد الصباح. الجزء الأكثر دكانة من سماء الشفق. لقد عدت ونافذتك نصف مفتوحة.

ـ لقد تأخرت. ماذا تعتقد؟

دهنتِ حافة المرآة بالذهبي وغطيت جدارًا بالستائر المخملية. شخصيتك كقارئة طالع كانت تغلف كل شيء.

ـ أعتقد أنه يبدو كبيت دعارة مخصص لمصاصي الدماء.

ـ عرفت أنك ستحبه. من الخير لك أن تكون جائعًا.

ـ أنا أتضور، لكن لم أحب الأكل خارج البيت.

ـ جميل لأنني أطبخ. أبقِ معطفكَ عليك.

* * *

كنت أقود سيارتي طيلة اليوم، ولما أضع حقيبتي بعدُ، عندما خرجنا من بابكِ ثانية. لم تعترفي باعتدائك على آلة الرد على المكالمات عندي.

ـ ما هذه؟

____

(١) مدينة في كاليفورنيا، سُميت كذلك لأنه كانت بها ٢٩ نخلة عندما استقر بها الباحثون عن الذهب. (المترجم).

ـ خمِّني.

وألقيتُ ببيتزا متجمدة في عربة التسوق.

ـ أنا لا أبتاع بيتزا مجمدة.

ـ أنا أفعل.

وشعرت برأسي يؤلمني لدى سماع الموسيقى في متجر البقالة.

ـ جميل، لكن ليس الليلة. قلت لكَ إنني أطبخ. أنت تحب الآهي (١)، أليس كذلك؟

ـ بلى، أحب الآهي.

والتقطتُ رأسًا من الخس فقطبتِ وجهكِ كأنما أنا أصطاد الطعام من مقلب قمامة.

ـ أنت لا تطبخ، أليس كذلك؟

هذا يعتمد على ما تعنينه بالطبخ.

في ممر تحت لافتة «علاجات السعال والبرد» كانت حبوب في علب تعد بعلاجات جديدة لأمراض قديمة. خبراء التسويق يشيرون إلى الألوان. البرتقالي للألم.. الأصفر للتنفس.. الأزرق للنوم. نشرات التحذير تزداد طولًا والطباعة أصغر. القوانين تتغير بينما يظل الجسد البشري كما هو. الصداع والبرد يظلان صداعًا وبردًا، وتظل ٩٥٪ من كل قرص في السوق مادة خاملة وصبغة.

لو كان المذيب أقل في النقاء ١٪ وقياس حرارتك خطأ ١٪ فأنت تفقد كل شيء. يحاولون إثارة قلق الطهاة الهواة، لكنهم لا يتوقعون

---

(١) نوع مِن التونة. هذا هو الاسم المستخدم له في هاواي. (المترجم).

نهم الفضول. بالنسبة إلى الفضوليين، يعتبر كل فشل ضوءًا جديدًا يسلط على المشكلة. لا يوجد قرص من هذه الأقراص لا أستطيع تفكيكه ذرة ذرة لأستخرج بالضبط الذرات التي أريدها.

* * *

لقد وجد بوذا الاستنارة مع أنايس نين، وهو يجلس على غصن مهشم من «دلتا فينوس»[1]. اهتزت معدة الإله لسماع النكات الكونية التي لا نسمعها نحن، وصارت الحواف حوله زرقاء عندما أطلت النظر. وازداد الأزرق سطوعًا فتلاشت أرفف كتبكِ وقدمي الحافية على أريكتك ثم الأريكة نفسها. ابتلع الأزرق ذو الطنين ستائركِ ورسائلك الست والعشرين. ابتلع بينستـرايب وحروقه الحمضية.. المناقشات مع مانهاتن وايت.. ذعري ورائحة الأسيتون يشمها الشرطيان على بُعد ثماني أقدام مني في المطعم.

تقولين:

ـ اغتسِل. العشاء جاهز.

ووضعتِ الأطباق بذات طريقة الاحتجاج البارد الذي كانت أمي تمارسه مع أبي. أعادني الصمت إلى بيتي وأبويَّ. الإبحار في هواء الغضب الصامت، في حلة الضغط الإنجيلية المزودة بغرفتَي النوم، الحلة التي كانت بيتنا.

* * *

---

(١) دلتا فينوس: مجموعة قصص جنسية للكاتبة الفرنسية أنايس نين، صدرت في عام ١٩٧٨. (المترجم).

أي شخص يعرفني كان بوسعه أن يرسلني إلى السجن بسبب قائمة مشترياتي. طلبت أنتِ ماء مقطرًا فابتعت زجاجة ماء معدني. أعدتها إلى الرف. مرشحات قهوة.. ملح إبسوم الملين. للحظة قصيرة جدًّا كالتي يستغرقها جناحا ذبابة يرفرفان، خطر لي أنكِ تحاولين الإيقاع بي.

ـ لنذهب، الآن.

ـ لم أنتهِ. ليس بعدُ.

لم يَعُد حماسكِ لعشاء رومانسي باديًا.

يُود.. مبيض.. كحول.. سائل تسليك أحواض.. أعوام من التعلم صارت نظامًا، والنظام صار عادة. العادة صارت انعكاسًا، والانعكاس صار شيئًا طبيعيًّا. لم يَعُد انعكاسًا، بل هو طريقتي في رؤية الأمور. أن تقنعني بالعكس هو كمن يصف اللون لرجل أعمى، أو وصف الماء للسمك.

من أرسلكِ؟

ـ أنا انتهيت ومرهق جدًّا. قدت السيارة طيلة اليوم، وكنت سأكون سعيدًا لو أكلت بيتزا مجمدة.

يداي تفوحان بالأزهار البرية من صابون بيتكِ. جففتهما في منشفة تحمل رائحة جلدكِ وشعركِ. أرفعها إلى أنفي وأستنشقكِ، بين خرز «ماردي جرا»[1] والأزهار الجافة والصور ذات الإطار وأقلام الحواجب في حمَّامكِ.

---

(١) معناها الأصلي «الثلاثاء السمين»، كرنفال يحتفل به يوم الثلاثاء الذي يلي عيد الغطاس ويسبق أربعاء الرماد، وهو مناسبة مهمة في عدد كبير من الدول الغربية. (المترجم).

كنتِ تغسلين الأطباق.

ـ هل تحتاجين إلى مساعدة؟

لكنكِ أبقيت ظهرَكِ لي.

ـ ديزيريه؟

ـ نعم يا إريك.

ـ هل تريدين أن أقوم بشيء؟

ـ لا.

وانطويتِ في أريكتكِ بعد العشاء وقدماكِ تحت ملاءة ملفوفة حولكِ بعناية. ضوء التلفزيون الأزرق حوَّل شعرَكِ إلى بُني غامق. جلستُ بجوارِكِ.

ـ هل لي في جزء من الملاءة؟

انزويتِ في ركن، ولم تمسيني. كلبكِ جلس على وسادة على الأرض يتابع توترنا المتبادل، وهو أكثر وداعة من أن يدنو من أيٍّ منا.

قلبتِ القنوات تتوقفين عند أي شيء صاخب مليء بالضحك. بدلت ثيابكِ عندما كشفِ اهتمامكِ المفتعل بإعلان تجاري كتفكِ الباردة. أعرف هذه المنطقة جيدًا. يمكن أن أزين الكعك في عنبر لمرضى السرطان لو اضطرتني الظروف، لكن لا أريد أن أحرر أشباحي في دارِكِ.

* * *

تشاجرنا في طريق العودة.

ـ ما الخطأ؟

١٢٨

قلتِ لي:

ـ أردت أن أقدم لك شيئًا لطيفًا. لم أرَك منذ أيام، وأنت لا تتكلم معي.

ـ كنت أعمل، بلا توقف. لا أريد الكلام عن العمل.

ـ إذن تكلم عن شيء آخر.

ـ ليس لديَّ شيء آخر.

ـ سلني عن حالي، ألم يخطر لك هذا؟ أو كان بوسعك أن تشكرني على العشاء.

ـ أنتِ لم تعدِّي العشاء بعدُ.

توقفتِ قرب مركز تسوق مفتوح قرب سيارة دورية.

ـ ماذا تفعلين؟

قلتِ:

ـ سأخبر رجال الشرطة عنكَ.

ـ تقولين ماذا؟

ليساعدني الله يا ديزيريه. أمسكت بمعصمكِ حتى جرحت سلسلة مفاتيحكِ ذراعي.

ـ دعني.

ـ تقولين لهم ماذا؟

ـ دعني يا ابن الساقطة.

تركت معصمكِ.

قلتِ وأنتِ تغلقين الباب:

ـ سأخبرهم كم أنك وغد.

خرج الشرطي من متجر المشروبات. وضع شطيرة في الصندوق وفتح زجاجة عصير برتقال. أول شيء فعلته هو أن بحثت عن مفاتيحكِ لكنكِ أخذتها. مررت به بلا كلمة ودخلت متجرًا للوازم السيارات. نظرت إلى أرضية سيارتكِ. خرجت بعد ثلاث دقائق وفي يدكِ زجاجتان من سائل بدء الحركة.

سألتكِ:

ـ ما هذا؟

ـ سائل بدء الحركة يا سيد. أنا أصلح محركي بنفسي.

ـ لماذا؟

ثنائي إيثيل الإيثر.

ـ هذا يخصني. فماذا يهمك؟

ـ أنتِ تعملين في سيارتكِ الخاصة؟

مرشحات القهوة تزيل الشوائب غير الذائبة. أملاح الإبسوم لغسل معدات المختبر. بلوراتها تحتجز جزيئات الماء التي قد تفسد نظامًا للتحكم.

قلتِ لي:

ـ لا. لا أفعل شيئًا لنفسي. أنا فقط أنظف وأطهو. أريد رجلًا قويًّا كبيرًا يُعنى بي، وما زلت أبحث عن واحد.

* * *

لم تعترضي عندما أغلقت التلفزيون لأنكِ لم تكوني تتابعين. نظرت إلى الشاشة الخالية محاوِلة تجاهلي.

ـ ديزيريه، لم أعرف أنكِ تعملين في سيارتكِ.

ومددت يدي لكِ لكنكِ تراجعت.

ـ لم أعرف لأنني لم أسأل. لم أسألكِ عن حالكِ، ولم أشكركِ على العشاء. أنا آسف.

كنتِ تقاومين الدموع، وتقلص وجهكِ إلى قناع مشوه. مكالماتي الهاتفية المنسية وفراري من الأسئلة صارا إشارة نسيت أن أرسلها.

ـ أنت صرخت فيَّ في متجر البقالة، أمام الجميع. كدت تسبب لي كدمة.

ـ أنا فعلًا آسف، فلم أدرِ أني فعلت هذا. أنا آسف.

دموع ومخاط.

ـ لماذا تتصرف هكذا؟

ـ ليس لديَّ سبب. فقط أنا مخطئ. كنت مرهقًا ونفد صبري وأخرجت كل شيء عليكِ.

ـ أردت عمل شيء خاص لكَ. أردتك أن تتصل وتتكلم معي. لحظة. هذا كل شيء. أعرف أن لديك عملًا كثيرًا.

ـ أرجوكِ أن تكفِّي يا ديـ... يجب ألا تبرري نفسكِ لي. أنا آسف. فعلًا أنا كذلك. كنت أتطلع إلى رؤيتكِ منذ رحلتِ ولم أكفَّ عن التفكير فيكِ.

فتحت الملاءة لتغطينا معًا. واستراح رأسكِ في تجويف عنقي حتى كأننا نحتنا من نفس قطعة الرخام. بعد صمت طال نهضت لأنكِ تريدين بعض الموسيقى. وضعت السيمفونية الثالثة لجوريكي، وهي مفضلة لديكِ. أغلقت النور وأضأت شمعة. عدتِ لي مرتدية قميصًا من قمصاني وأطفأتِ الشمعة.

ـ ألا تحبين الشموع؟

ـ نعم.

ـ هل أنتِ جادة؟

ـ يمكن أن تضيئها لو أردت. فقط أطفئها عندما نغادر المكان. لففت نفسكِ حولي وجلسنا نصغي إلى السيمفونية الحزينة تحت الملاءة.

في موضع ما مني يوجد الجزء الذي يعرف الصواب من الخطأ. هذا الجزء مقيد مكمم الفم في قبو عقلي، لكنه قادر على أن يهمس عبر الكمامة التي بللها اللعاب، قائلًا إن عليَّ أن أحميكِ، وإنني لو فشلت في كل اختبارات التهذيب المعروفة للبشر فيجب ألا تتضرري من ذلك، وإنه لا ذنب لكِ في شيء. لو كنت نصف رجل لحرصت على ألا تعرفي أي شيء آخر. أردت أن أحميكِ ولو أثار هذا غضبكِ عليَّ، ولو لم تعرفي السبب قطُّ، فليكن الأمر كذلك.

كل ما عليَّ عمله هو أن أحرك جزيئًا من مكان إلى آخر بصبر. أحرك مركبًا في كل مرَّة. أفشل مرَّة تلو أخرى حتى ينجح شيء. إنها عملية استبعاد. كنت أحب ألغاز تجميع الصور في صباي، وقد علمتني أمي أن أرص الحواف أولًا، وأُكون الإطار ثم أستعمل طريقة الاستبعاد في كل البقايا. يمكن أن أرتبها باللون أو النمط مهما كانت الصورة في الصندوق. تعلمت أن ألتقط قطعة في كل مرَّة، وأحاول أن أضعها في الفجوة في أي زاوية، ثم أتخلص منها وأتحرك.

كل فشل لا يدل على شيء. لست أنا من فشل، بل القطع. وعليَّ

أن أجرب كل قطعة بكل الطرق الممكنة حتى أصل إلى أكثر قطعة مناسبة. هذا ليس فشلًا. إنها خطوات. تقدُّم بطيء. يجب أن أحرك جزيئًا في كل مرَّة، ولربما صار بوسعي عمل ذلك في مطبخكِ.

١٦

أتحسس جسدكِ حتى أبلغ تلك النقطة التي أحبها لكنكِ تكرهينها
بشدة. إن المواضع التي أحب أن ألمسها فيكِ هي المواضع التي
تميلين إليها أقل. لمستكِ تتلاشى. أشعر برجولتي كأنها زائدة صناعية
تم زرعها في جسدي، بلا إحساس لكنها ثقيلة. أضيء المصباح فأشعر
بأنني على بُعد أميال من الأرض أطفو في مركز المجرة والنجوم
على جانبي. كيف وصلت هناك؟ وإلى أين ذهبت؟ عشر مرات من
الشهيق البطيء وتعود الجدران الباهتة في مجال بصري. أشباح
الصور القديمة المربعة تبقى كأنها حروق ضوء الشمس التي تبقى
في عينيك بعد أن تدخل غرفة مظلمة.

زجاجة صقل الأظفار عقدة من اللون الأصفر الحارق من قلب
الشمس. يتحرك نجم فيستعيد مخي خطواته. جيوش من الحشرات
تغطي الجدران والسقف والأرض، وعلى كلٍّ منها علامة من طلاء
الأظفار الأصفر، وتتوهج من الضوء الأسود المثبت في المصباح. لقد
وضعوا علامة عليَّ، لذا وضعت عليهم علامة. ليس لدى الحشرات

ما تبلغه عني. أنا لا أفعل أي شيء سوى الرقاد في الفراش مع ذكرياتي، لكن يبدو لي كأنني أُحلِّق في قلب الكون. من الغرفة المجاورة هناك صوت اصطدام يفزع الحشرات وتتأرجح الأبراج. الجوزاء تتشتت والعقرب يذوب وتنكمش المجرة.

لم أنم منذ أيام منذ أفقت بمخ خاوٍ، وقد رحلت هذه الأيام في لمح البصر. الزمن يمر. ذبابات الزمن تتغذى على الساعات المتحللة. ذبابات الزمن تتواطأ مع باقي الحشرات. كل نوبة تعب تجلب موجة من الذكريات تعيدني إلى الخلف. أقاوم التيار وأشهق طالبًا النوم، وأغرق في اليقظة، وأحاول تحطيم القشرة، لكن الذاكرة قوية جدًّا.

❉ ❉ ❉

الهستيريا تأتي على شكل موجات. كاميرات المراقبة تُظهر رجال العصابات السود يهاجمون محلات الخمور، فتدوي إشارات التنبيه عالية إلى درجة تخرق الآذان وتجلب السرطان. مراهقون من الضواحي ينظفون صناديق المجوهرات. البث في كل مكان. ضوضاء لا أقدر على التحكم فيها مهما حاولت. التردد يتعالى مع أخبار عن اعتقال مشاهير وأطفال بيض مخطوفين، وتعاطي جرعات زائدة في الطبقة الوسطى. مدمنون بلا بيت وعاهرات مدمنات للكوكايين يسقطون موتى كل يوم من دون أن تدق أجراس الإنذار. يتم اعتقال ابن سياسي معروف فتصير الإشارات كارثية. كل عقار في الشارع وُلِد وتم ضخه في دماء المجتمع، علاج لكل الأمراض تلو علاج آخر. لقد صار وباء طلب المزيد لدى الطبقة الوسطى وباء من الجريمة

١٣٥

ولون البشرة. القصة تكرر نفسها كل عام، ويمكنني أن أضبط ساعتي على موعد الإنذار الجديد.

هذا العقار كان مختلفًا. قالت نظرية إنه علاج لداء ألزهايمر، وقالت أخرى إنه علاج لمرض التوحد. قالوا جميعًا إنه قيد التجربة، وإنه تسرب إلى الشوارع والأندية. لم يتفق أيٌّ من التقارير على شيء لا تعرفه.

فتاة تكومت في شكل جنيني، وراحت تصرخ لساعات قبل أن تقطع معصميها في مغطس الحمَّام. قالت الصحف إنها تعرضت لاعتداءات متكررة من أبناء أمها وهي طفلة. كانوا يكتمون صرخاتها بمنشفة في فمها يدفعونها بملعقة خشبية. هناك شبان وشابات تحملوا هلاوس مماثلة تعتمد على ذكرياتهم وخبراتهم. هناك صبي هشم العظام في قبضته وهو يقاتل عددًا من المعتدين غير المرئيين. المتعاطون وصفوا الإحساس في الأنامل والأيدي والذراعين. كانوا يشعرون بعناق أمهاتهم الدافئ والرحم وحبيب قديم وكل راقصة ستربتيز جلست على حجرهم، وأول مرَّة مارسوا فيها الجنس أو آخر مرَّة. أحيانًا تكون الأنامل باردة كقبضة الموتى، وأحيانًا لا يتوقف اللمس. أطلقوا على المخدر اسم «الجلد» أو «المهد». اسم «درما» كان هو التنويع المفضل، أو «D». في دوائر معينة كان يحمل أسماء نساء غالبًا من نجمات البورنو. البعض أطلق عليه اسم «بندورا»، والبعض سماه «الصندوق». لم يستقر الاسم. كانت أسماء جديدة تولد في الشارع أسرع من بلاغات غرفة الطوارئ.

كان الاسم يعتمد على خبراتك ولم يتعاطَه البعض أكثر من مرَّة.

أعطى هذا العقار السري الآباء القلقين والسياسيين والوعاظ وقودًا جديدًا للغضب ولاستطلاعات الرأي. إن الدهماء الماشين حاملين الشوك والمشاعل لم يكونوا يعرفون ما يواجهونه.

الهستيريا زادت الطلب. وقد أراد هويل أن ينال جزءًا منها. لو كنت أعرف الخير لقمت بتحليل عينة عكسيًّا لمعرفة تركيبها قبل أن يدق وايت بابي. كان من الأفضل لي أن أبقى بعيدًا عن شباك عشة الدجاج.

❋ ❋ ❋

قُبلة النوم تمس عيني فترتخي عضلاتي. شيء ما يعض صدري فأضرب نفسي بعنفٍ حزامٍ جلدي. توقعت أن أرى سوبرنوفا تنفجر من أحشاء الحشرات، والمُوصلات والمقاومات في كفي. لا أرى سوى الظلام. حتى مجرات ذبابات الزمن قد رحلت. توارى النعاس مذعورًا كقطٍّ متوحش في شق من شقوق مخي. عضة على مؤخرة عنقي فأكف عن الاهتزاز قبل أن أضرب ضماداتي.

أنهض من فراشي وأضيء المصباح فوق رأسي. أرى كل شيء ولا شيء في الوقت ذاته، يتوقف هذا على الأسلاك الدقيقة التي تحملها الحشرات. البقع السوداء في ركنَي عينَي تندفع نحو الشقوق والشروخ، لكن إحداها تتجمد في مكانها محاولةً أن تتوحد بالبيئة وتتجنب كعوب الأحذية. ألتقط طلاء الأظفار وأتحرك مبقيًا ذبذباتي أقل ما يمكن، سوف يتسلل إلى شرخ إذ أدنو منه، لكنني أضربه بالفرشاة بسرعة قبل أن يهرب. أنا أزداد سرعة.

آثار لكمات حمراء على صدري ومعدتي وذراعي، أشعر بأنها أكثر

١٣٧

على ظهري. يعلم الله كم من لعاب الحشرات يتجلط في العضات، وأي نوع من العدوى يتسرب أو لربما الحشرة ذاتها استقرت تحت جلدي، تغتذي عليَّ، تتبرز في دمي قبل أن تحلِّق طائرة من القروح المفتوحة. يحترق جلدي. يجب أن أستحم وأهدئ نفسي بالفودكا وحمض البوريك ثم أحرق ملاءاتي.

هناك من يصغي إليَّ. العالم المتيقظ يطفو بسرعة الضوء عبر ملايين من نقاط الفحص العصبية. أسمع الغصن تحت قدم الصياد، والطفل الصارخ تحتي بطابقين، والرجل الذي يقف خارج الباب.

قلبي مثل فأر مسعور يحاول أن يشق طريقه بمخالبه عبر رئتي. قرد كوكايين مجنون في قفص، يصرخ ويتسلق ضلوعي ويضغط الجرس مرارًا لكن لا شيء يحدث. أتحرك بهدوء وألصق أذني بالباب. أسمع كل شيء، كأنني أسمع المد لملايين من الإشارات عبر الجدران الورقية لعش الدبور. صوت الماء يفح، والصمامات التالفة وخطوات فوق وتحت، وصوت علب الصودا يسقط من آلات البيع. العملات تسقط عبر الشقوق. التلفزيون في الردهة ومئات غيره في فندق «طائر النار». أصوات شرائط الضحك في كوميديات الموقف وعواء إطارات السيارات في المطاردة والناس تتوحش. ضوضاء من الشاشات التي تركها المدمنون قبل أن يغيبوا عن الوعي. أسمع العراك والمكالمات والكهرباء تطن. الفئران تأكل أساسات الفندق مقاتلةً النمل على ملكية العقار. هكذا يسمع الرب صوت فندق «طائر النار».

لدغة في أعصاب ساقي. أهرش فوق السروال آملًا أن أهشم

الوغد الزاحف. يضرب ذيل جلدي لفأر جلدَ قدمي العارية. يخدش الوحش الصغير قوس قدمي الخارجي قبل أن يهرع فارًّا. أحك قدمَي في سروال الجينز، وأفتش عن الثقب الذي يخرج الفأر ويدخل منه كأنه صاحب المكان. هنا يتحرك مقبض بابي.

أبقى ساكنًا جدًّا. أضغط بأذني على الباب فتعود الضوضاء. هذه المرَّة أسمع من يهمس باسمي كأنه ريشة تمس أذني. الصوت يشمني وأنا أعرف هذا. يتحرك المقبض عندما أنظر إلى بعيد، ثم يتوقف عندما أنظر إليه. إنه بارع، بارع كظلي أنا نفسي. رجال الشرطة كانوا سينتزعون بابي من المفصلات كما يفعل جنود السماء. مدمنو الفندق سوف ينتظرون حتى أرحل لاقتحام الغرفة. هناك من زرع الحشرات ويعرف تحركاتي. في الخارج شخص يريدني عندما أكون هنا.

توتاج!

اللعنة!

ربما هو بوو رادلي اللعين ومعه كلوروفورم ومنشار عظام[١].

يتحرك المقبض ثانية بصوت خافت كأنه عنكبوت سجين في ريشة المفتاح. عرسة المختبر المسعورة الحبيسة في صدري تتقاتل مع القرد، وكلاهما يمزق داخلي ويصرخ في أذني. سوف أقذف التلفزيون على الباب لو أردت البدء في الركض. ثلاث أو أربع خطوات قد تنقذني، لكن توتاج لن يتوقع أن أتفوق عليه. أريد توتاج

---

(١) الشخصية التي كانت تسبب ذعر الأطفال وتوترهم في قصة «مقتل طائر مغرد». (المترجم).

غائبًا عن الوعي في الرواق، وفي يده طفاشة، وفي يده الأخرى سلك بيانو، كي أصفي الأمور مع أنسلنجر.

أسرع فجأة وأنا أصرخ: «تبًّا لك يا بوو رادلي». سلك التلفزيون الطائر في الهواء يتمسك بمعصمي، حتى كدت أنزع ذراعي من المفصل. أنا ألوح بذراعي عبر الفتحة المهشمة في خشب الباب، وقد صار لون يدي قرمزيًّا بسبب السلك الملتف حول المعصم، لكن الردهة خالية. تبًّا، إنه سريع!

١٧

أعاني صعوبات جمة في شرح ما حدث لأنسلنجر. بالإضافة لكوني صرت في قائمة حارس العقار القذرة، فأنا متورط مع نزلاء فندق «طائر النار». عندما يسمعون صوت باب يتهشم يبدو لهم هذا كيوم القيامة، وعندما تأتي زيارة من الحكومة تتوقف كل الأنشطة.. الشراء.. البيع.. التعاطي.. المقايضة. تتجمد الدماء في عروق فندق «طائر النار» لفترة.

ـ أنا أبحث عن توتاج في قوائم المواليد، فماذا تتوقع أن أجد؟ أنسلنجر يلبس الأسود اليوم. المنديل في جيبه العلوي يتأرجح بين الأخضر والأزرق عندما يتحرك تحت الضوء. يتفحص أنسجة مخي بينما شرطيان بثياب مدنية وقفازات جلدية يفتشان غرفتي. يكومان غنائمهما على مرتبة فراشي. ثيابي.. مبيد الحشرات.. الطلاء الأصفر.. حمض البوريك.. وليف السلك. يأخذان مفكرتي ويضعانها في ظرف. هناك زي يكتب ملحوظات بينما نحن نتكلم. آخَر يلتقط الصور لعمليات التشريح التي قمت بها. إنهم مستجدون جاءوا من

خط التجميع مباشرة. رائحة الاستاتيكية المنبعثة منهم تحرق أنفي وتجعل عينَي تدمعان، لكن يدَي مصفدتان.

أقول:

ـ أنا متأكد من أنه اسم شهرة. لا يمكن أن يكون هذا الاسم حقيقيًّا.

ـ لديك غريزة ممتازة يا صاحبي. هذا القاتل المتخلف لا يمكن أن يحمل اسمًا كهذا.

ـ لقد رأيته.

ـ تعني أنك تتذكر أنك رأيته؟

أصمم:

ـ لا، رأيته فعلًا. بعض التفاصيل واضحة كالبلور، وبعضها ضبابي. الأمور تتضح لكن هذا صعب. هل هذا يجعلني متعاونًا أم لا؟

ـ لو جئت لك أنا فهذا يجعلك غير متعاون، لكن تصرفي يعتمد على ما ستقوله. أنا في مزاج طيب اليوم، لذا سأتساهل معك في هذه النقطة. قل لي أكثر، من يُعنى بسفاح «الميني فان» هذا؟

توتاج يؤدي دور العضلات للمنظمة بسلاحه الصاعق والمحاقن والأكياس البلاستيكية وقاطعات الأسلاك ومناشير العظام. يطيع أباه، مانهاتن وايت، إداري عالي المكانة في المنظمة التي تمول المختبر. وايت ينفذ أوامر هويل الذي يسيطر على المنظمة ومن فيها. بدأت التجربة فشدوني معهم. المال كان سخيًّا، وكان المفترض ألا يستغرق عملي طويلًا.

يستند أنسلنجر إلى الجدار وهو يبلل فلتر سيجارة جديدة بين شفتيه، يتظاهر بأنه رابط الجأش كجيمس دين. جهاز التسجيل الخاص

به يحملق فيَّ بعين حمراء. كومة من الميكانيكا البدائية وشريط مغناطيسي. لا بد أنه يحسبني مجنونًا إذ أسقط بخدعة رخيصة كهذه. مسعف يفحص ضماداتي ويمرر إصبعًا في قفاز على العضات في ذراعي، ثم يمسح كوعي بمسحة كحول.

ـ هل هي ملوثة؟ ربما لديَّ حساسية؟

يقول لأنسلنجر بدلًا مني:

ـ هذه ليست لدغات حشرات.

يقرأ الزي تقريري غير قادر على الاحتفاظ بوجه محايد. تزحف حشرة على ذراعي، ثم يخطر لي أنه المسعف يحقنني بشيء ما.

يقول:

ـ اهدأ.

أسأل:

ـ ما هذا؟

ـ شكرًا يا دكتور.

يقولها أنسلنجر برغم أن الرجل ليس طبيبًا، وأنسلنجر غير مجامل. إنه يرسل إشارة عالية التردد يلتقطها الجميع على الفور، الجميع ما عدا المستجدين. يُسقط الشرطي ذو القفازات كل شيء، ويخرج بلا كلمة. المسعف يغلق حقيبته ويغادر دون أن يضمد مكان الحقن الذي يسيل منه سائل. يقف المستجدون مرتبكين، فهم لم يلتقطوا موجة أنسلنجر. في حركتين ينزع أنسلنجر المفكرة والكاميرا من أيديهم كأنه يجذب الملاءة من تحت جالسين في نزهة خلوية. يطردهم جميعًا.

الغرفة خالية ما عدا أنسلنجر وأنا. الرجال قد أزالوا التلفزيون وبقايا الباب. أسمع طنينًا من الردهة.

أنسلنجر يحبو ليصير في مستواي، وينظر بعينيه البُنيتين في عينَي إلى داخل رأسي. يصعد الدم إلى رأسي ويغذي أفكاري. أنسلنجر يقرأ أنماط حرارة هاتين العينين. لا يحتاج إلى جهاز تسجيل ولا مفكرات. هنا تأتي خطبته الكبرى، لكنه يتوقف.. يبتسم.. ويرحل.

شيء يلدغ صدري. أثني كتفي لأهرشه بذقني، لكنه منخفض جدًّا. يشق طريقه إلى دمي، ثم يزحف أعمى أخرس حول بطني وأسفل عنقي. له صوت سدادة زجاجة ترتطم بالأرض.

مفكرتي تضرب المنضدة. لقد تحررتْ من الظرف البُني وطريقها بلا عودة إلى خزانة الأدلة.

يقول الزي:

ـ لو كان الأمر متروكًا لي لركلت مؤخرتك في التراب.

الاسم تحت البادج يقول: «الضابط لويد ديلجادو» الذي يسجل الملحوظات.

أفكر: ليس الأمر متروكًا لك. لكن لديَّ من العقل ما يجعلني لا أقولها بصوت عالٍ.

ـ هذا يوم حظك.

يقولها كالفحيح في أذني بصوت كميكروفون مكسور.

ـ لا بد أنه يحبك.

ويفك أصفادي ويثني معصمي حتى يجتاح الألم ذراعي.

ـ كيف تعرف؟

ـ لأنني أعرفه عندما لا يحب شخصًا.

أحاول تدليك ذراعي لاستعادة الإحساس. لقد رحل أنسلنجر وديلجادو والجميع، كأنهم تلاشوا في صمت.

يدخل حارس العقار غرفتي. لو لم يطردني، فمعنى هذا أن أنسلنجر تكلم معه.

ـ هل تريد شيئًا؟

ـ أريد بابًا.

ـ أعرف أنك تريد بابًا.

ينظر يسارًا ويمينًا، ثم يخفض صوته:

ـ لو جلبت هذه المشكلات معك ثانية فلسوف يطردونك.

ويغادر المكان.

يأتي النجار لابسًا قفازات العمل ويثبت بابًا في الردهة، بابًا إضافيًّا كان يجمع الغبار والعفن في القبو.

يقول لي:

ـ سمعت أن عندك مشكلة مع الحشرات.

١٨

أحد مجانين المختبر المرتبكين لدى وايت قال إن قيوطًا يحمل اسم «الذيل العالي» قد احترق على الطريق ١٢٧، وانطبعت صورته على الأسفلت كأنه من ظلال وهج ناجازاكي [١]. كنت أحمل أربعة أرطال من ثنائي إيثيل أميد حمض الليسرجيك [٢] في صندوق سيارتي عندما توقفت لأتفقد رسائلي في هاتف عمومي بمحطة بنزين. كان أوتو يغسل آثار ذبابة التنين من على زجاج السيارة الأمامي عندما سمعت اللفظة السحرية تأتي من رجل الإشارات في جوتام:

ـ هندنبرج.

ثم انقطع الخط.

يمكن السيطرة على رجل الخيزران. لكن كلمة هندنبرج معناها حادث على الطريق، لذا عرف به رجال الدوريات أولًا. رجل جوتام

---

(١) عندما سقطت القنبلة الذرية على ناجازاكي، كانت الحرارة عالية إلى درجة أن بعض ظلال الأشخاص انطبعت على الأسفلت. يعني هنا أن الحريق مروع. (المترجم).

(٢) هو عقار الهلوسة «إل إس دي». (المترجم).

كان في ذلك المكان وهو يصغي باهتمام، لكنه كان يتقاضى أجره من البضاعة كي يبقى يقظًا. وكان ذعره مُعديًا.

قال:

ـ انطلِق.

هذا بروتوكول طوارئ الهاتف. لا تقل شيئًا واضحًا واختصر.

قلت:

ـ نعم أم لا، لا شيء سوى هذا. هل أنجيلا هناك؟

ـ نعم.

لو كانت هناك دودة شريطية في الخط فلا مشكلة. اسم أنجيلا كان شفرة. أزِل كل شيء.

ـ حمولة.

ـ لم أفعل.

ـ حمولة.

ـ لا.

لا بد أنهم حزموا كل شيء وهم ينتظرونني على الهاتف. التدريب كان يقضي بأن يقوم الطاقم بتحميل متعلقاتهم. لا أحد يجلب سوى حقيبة واحدة، وأزيلوا ما عدا ذلك، اتركوا الزجاجات وأنقذوا البضاعة.

قلت:

ـ إذن كل واحد يحزم حاجياته ويرحل. أنا أعني يرحل. هل تفهم؟

ـ هناك...

ـ هل تفهم؟

ـ نعم.

ـ بضاعة؟

ـ لا.

ـ هل تعرف أين تهمس؟

قال لي:

ـ قل لي.

ـ سأخبرك عندما تصل هناك.

ـ خلال ثلاثين.

ـ عشرين.

ووضعت السماعة.

متى تعرفت السلطات رجلنا الميت، فلسوف يفتشون عن صحيفة سوابقه وبطاقات ائتمانه ومكالمات الهاتف وكل كابينة هاتف على بُعد ميل من بيته، ونفس الشيء بالنسبة إلى كل من له علاقة به. غرامات الوقوف في الممنوع، والتصاريح، وخرق الاستدعاء للمحكمة، وخدمات حماية الأطفال، وحيازة العقارات والسترات السميكة. أحدهم يتكلم دائمًا. رجال الشرطة يُجرون اتفاقيات الحصانة ويعرضون دفع مال من البضاعة المضبوطة. لا أحد يقبل أن يقيَّد بالأصفاد وحده، وكل واحد يعرف واحدًا آخر، أفضل أصدقائه أو زوجته، ينهارون مقابل تذكرة الخروج وحساب في المصرف. يجب أن يكونوا أسرع من الخصم، لذا يجب أن يكون رجالنا أسرع من سجلات أطباء الأسنان ومباحث المرور.

* * *

١٤٨

كنا على الطريق من تكساس. كنت قد زرعت مزرعة من فطر القمح في جوتام، ثم نقلتها عبر أحد القيوط إلى بقعة اسمها الشفري «الوادي النائم»، حيث اعتاد فريقنا أن يلوثوا محاصيل القمح. وصلت أنا وأوتو بعد حصاد منتصف الليل، وقد عملت معهم حتى شروق الشمس أسحق البذور وأعلمهم فصل الدهون بالطولوين. كان الناتج الأسود حساسًا للضوء والهواء، لذا قمت بغلق الأكياس مع ثلج جاف قبل العودة إلى الطريق. في مشاوير معينة أفضل سيارتي الخاصة. لا أريد لأحد بُلهاء وايت أن يسقط بي في نهر، وقد أكدت مكالمة جوتام مخاوفي.

أحد الطهاة كان أسطورة. لقد تعثر في المختبر، وسكب ربعًا من عقار الهلوسة النقي فوق نفسه، إذ ضرب رأسه الخرسانة. ظل لونه أسود أسبوعًا. حتى اليوم يقسم أنه أعاد اختراع عقار «إل إس دي»، لكن كلب عشيقته كان جاسوسًا للحكومة، وقد سرق الوصفة ودبر الحادث.

تركت للطاقم مالًا وتعليمات لتفكيك المختبر ومغادرة «الوادي النائم». منذ لحظتها أقود سيارتي. كان علينا أن نخزن صندوق الثلج في جوتام سيتي حتى يصل المهربون بباقي الخامات. كنت متلهفًا على العودة إلى داري، وكان أوتو متلهفًا على لعب القمار في لاس فيجاس عصرًا.

* * *

دنا أوتو من السيارة وأضاء الكشاف. لوحت له مودعًا. عاد لتنظيف النوافذ من الدبابير واليعاسيب والجراد. تزداد ضخامة كلما توغلنا

١٤٩

في تكساس، حيث الرجال رجال وكذا الحشرات، هكذا قال. كانت تضرب نافذة سيارتي بسرعة سبعين ميلًا في الساعة كأنها صخور صغيرة. بعضها كان ينفجر لدى الاصطدام وأحشاؤها كافية لتلطخ مصباحًا كاملًا.

بعد ثماني عشرة دقيقة طلبت كابينة الهاتف الثانية. أجاب رجل الإشارة وهو يبتلع الهواء:

ـ انطلق.

ـ دورك.

كنت أريد تفاصيل.

ـ من هذا؟

ـ أنت قلت هندنبرج. هذا هو أنا. قل لي إن كل شيء تم رشه والزجاج تحطم.

ـ تم كل شيء، لكنهم يريدون أن ينالوا أجرهم وهم خائفون وغاضبون.

ـ لو أغلقتم المكان وتفرقتم كما تقضي الأوامر، فلا يوجد ما يقلقكم. سوف ينال الجميع أجورهم لكن عليهم الانتظار.

ـ سمعت عن آخر واحد.

ـ سمعت ماذا؟

ـ بينسترايب.

ـ اخرس!

وأصغيت إلى صوت الطنين في السلك. الديدان الشريطية لا تدق مثلما كانت في الماضي. إنها أكثر هدوءًا. سواء كان اسمًا مستعارًا أم لا

فقد ذكر اسم بينسترايب. طاقمه ليس على اتصال بطاقم بينسترايب. القيوط لا يعرفون بعضهم ولا البضاعة التي يحملونها.

كان رجل الإشارة يتلعثم:

ـ الجدع كان في حاجة إلى العون. ولم يرَه أحد بعدها.

ـ من قال لك هذا؟

ـ سمعت.

من حلقة فاسدة في السلسلة.

قلت:

ـ أصغِ. لقد انتهى أمره، لم يتبع التعليمات، واحتاج إلى العون. هو بخير لكنه لم يَعُد معنا. لهذا لم يَعُد أحد يسمع عنه. نسيت كل شيء عن بينسترايب بمجرد أن سلمته لوايت.

ـ الآن تماسك وقل لي ما حدث.

القيوط كان يحمل فوسفورًا. حمل أكثر من اللازم. أحدهم ترك شوائب في المركب. اهتزازات القيادة أحدثت شرارة. قيادة مرور كاليفورنيا وجدت الرماد المدخن للسيارة «الفولكس فاجن» وقد تقشر الطلاء من الحرارة. وجدوها في وسط الطريق مقلوبة بسبب محاولة السائق استعادة السيطرة بعد اشتعال الحمولة التلقائي. قاد كتلة اللهب لربع ميل مذعورًا قبل أن ينقلب، واشتعل خزان الوقود. رباه! لكَم افتقدتكِ في هذه اللحظة!

* * *

منذ أسبوع سددت طريقي للدخول إلى بابكِ بعدما عدت من رحلة أخرى على الطريق.

قلتِ:

ـ قل لي إنك افتقدتني.

ـ لقد افتقدتكِ.

ربما لم أنظر إلى عينيكِ بما يكفي. ربما لم أنتِق نغمة مناسبة.

قلتِ لي:

ـ حاوِل ثانية، ولتَعنِ ما تقول.

قلت ثانية:

ـ افتقدتكِ. جئت هنا مباشرة. لم أعُد إلى البيت.

ابتسمت وأنت تقيمين إخلاصي. تنحيت لتسمحي لي بالمرور.
ألقيت حقيبتي ودفنت وجهي في شعرك المشتعل.

ـ افتقدتكِ يا ذبابة النار.

ـ لا تقل لي هذا.

وأخذتِ بمعصمي واقتدتِني إلى الداخل.

* * *

قلت:

ـ يمكن أن أقوم بهذا للأبد.

ضغطت عليَّ بخفة.

ـ يمكن أن أبقى هنا للأبد وأراقب غروب الشمس.

قلتِ لي بصوت ناعس:

ـ كيف تغرب الشمس إلى الأبد؟

ـ معذرة؟

ـ قلت إن بوسعك عمل هذا للأبد.

وأرحت ذقنكِ على كتفي، وكانت عيناكِ تتألقان.

ـ وقلت إنك ستراقب الشمس تغرب، كيف تعمل هذين الأمرين معًا؟

ـ أحاول أن أكون رومانسيًا بينما أنتِ تفرمين كلماتي.

قالت:

ـ فقط أحاول أن أغيظك.

ثم قبَّلت صدري.

ـ ربما استطاعت الشمس أن تغرب ببطء. أعني تأخذ وقتها.

ـ ششش!

هبط الظلام. انفتحت ستائركِ فلم يكن قمر في السماء. لقد ركلنا الأغطية بعيدًا بسبب الحر، وأردت أن أنظر إليكِ.

سألتني:

ـ إلى أين؟

ـ الحمَّام. سأشعل شمعة عندما أعود.

ـ أسرع. لا شموع.

قلتها للوسادة.

ظننتك تمزحين حتى حككت الثقاب.

ـ إريك، أنا جادة، لا تفعل.

ـ مرَّة أخرى أنا الرومانسي هنا.

لم تقولي شيئًا، وظل وجهك بعيدًا عني.

ـ هيه، هل بيتك احترق أم شيء كهذا؟ أنا آسف.

كانت غرفتك تزداد إظلامًا.

ـ كل شيء على ما يرام.

ـ لا، ليس كذلك.

ـ أنت لم تدرِ، إنها عقدتي الغبية.

ـ ليست غبية.

ـ إنها غبية. أنا مصابة بالبارانويا، وهذا غباء.

ـ هل أنتِ مصابة بالبارانويا تجاه الشموع أم تجاه النار عامة؟ هل هكذا احترق بيتكِ؟

ـ هذا هو الجزء الغبي في الموضوع. كانت نارًا في مطبخنا وأنا في الرابعة. كانت أمي تطهو. لكني لا أذكر إلا صورة مهزوزة عن كل شيء من حينها. أكره مواقد الغاز. لا تضايقني الشموع دائمًا حتى تسببت زميلة غرفة لي في إحراق بيتنا، كانت تحت تأثير المخدرات.

ـ احترق لكِ بيتان؟

ـ لا، المرَّة الثانية لم تكن خطرة، فقدت بعض حاجياتها بسبب الدخان والمياه. أما في طفولتي فقد فقدت أسرتي كل شيء. لم يتأذَّ أحد لكن كل شيء ضاع.

ـ أين كنت؟

ـ كنت أشاهد موكبًا.

ـ أي موكب؟

ـ كنا نعيش قرب مدرسة إعدادية، وكانت فرقتهم تمشي في مواكب قرب دارنا. كنت أجري إلى الخارج لأراقب الموكب باعتباره موكبي الخاص.

ـ إذن الفرقة التي كانت في الموكب أنقذت حياتِك؟

ـ بعدما أشعلت زميلة الحجرة النار في شقتنا، أصابني الهلع. لا أذكر. لكني تصرفت أكثر مما يقتضيه الأمر. أخبرتهم صديقتي بأمري، لذا ظن هذا الإطفائي الأحمق أنه يستطيع أن يضاجعني. حصل على رقم هاتفنا وظل يتصل بي يدعوني للخروج. قلت لا ثلاثة أسابيع قبل أن أستسلم. دائمًا ما يقول الرجال إنهم تدربوا أو إنهم كانوا يتمنون أن يصيروا رجال مطافئ. كأنني ضحية من ضحايا الأفلام تغمرها الشهوة عندما ترى رجال مطافئ.

ـ بينما ما يجعلك تستثارين هو المواكب!

ـ عُد إلى بيتك.

وضربتني بالوسادة.

ـ سوف أتعلم عزف النفير.

ـ أنت أحمق.

ـ وألبس واحدة من تلك القبعات البراقة.

ـ يطلقون عليها «shako».

وضربتني ثانية.

قلت:

ـ انسي هذا. سوف أصير وغدًا وأتعلم عزف البوق.

ـ جميل. الدروس لا تؤتي أكلها.

وذهبت إلى الحمَّام. أحب أن أراقبِك في الظلام.

عندما أصحو يكون جسدكِ ملتحمًا بجسدي كقطع لغز، ووجهكِ

يلمس عنقي وقد التف كاحلانا. ضوء الصباح في غرفتكِ قد صار نور الشمس المبهرج الذي سأقود سيارتي فيه إلى تكساس ذهابًا وإيابًا. كنتِ نائمة لكنك تمسكت بي عندما حاولت أن أنهض. أيقظني الدش الدافئ، فجريت أتفقد قائمة الأشياء التي سآخذها في رحيلي.

انحنيت ألثمكِ قبل الرحيل فتراجعت.

ـ هل يجب أن ترحل ثانية؟

ـ نعم.

ـ ألا يمكنك التأخر يومًا؟

ـ لا! من فضلك دعينا لا نعد إلى هذا.

ـ يومًا واحدًا.

قلت:

ـ أرجوكِ! هذا دوري لأكون جادًّا. لا تضايقيني بصدد العمل. سأتصل بكِ كل يوم. أعِدُ بهذا.

ـ عِدْني.

ـ فعلت ذلك حالًا.

ـ قلها ثانية.

ـ أعِدُكِ، سأتصل كل يوم.

ـ شكرًا.

ـ هل أطلق عليكِ «ذبابة النار»؟

هززتِ رأسكِ.

ـ إذن عودي إلى النوم يا ذبابة النار.

وقبلتُكِ ورحلت.

❋ ❋ ❋

ضغط أوتو على النفير في نفاد صبر، وإن ظل ينظف الزجاج...

❋ ❋ ❋

قلت:

ـ أنت تشغلين الكثير من الوقت على آلة الرد على المكالمات.

وعدت بأن أتصل.

ـ لم تتصل طيلة اليوم.

قلت ثانية:

ـ وعدت بأن أتصل. لم أجد وقتًا اليوم. لهذا أفعل هذا الآن.

ـ أنت مشغول بحيث لا تجد وقتًا لمكالمة واحدة؟

كنت مشغولًا بحيث لا أجد وقتًا لمكالمة تدخل رقم هاتفك في

كابينة هاتف يمكن أن يتم التدقيق فيها.

ـ كنت كذلك. وعليَّ أن أرحل الآن.

ـ لكن.

ووصلني برودكِ عبر الأسلاك.

ـ دي، أنا أفتقدكِ وأفضل أن أكون معكِ عن هنا. سأعود فور

استطاعتي.

ـ تعالَ مباشرةً.

ـ سأتوقف في البيت، أستحم ثم آتي لكِ.

ـ يمكنك أن تستحم هنا. لقد غسلت الثياب التي تركتها.

ـ لكن.

١٥٧

أي شيء لأنهي هذه المكالمة.

ـ سأذهب إلى بيتكِ، لكن أرجوكِ لا تتركي رسائل أخرى.

يدوي النفير وتومض الأضواء. تبادلنا الوداع.

* * *

التمع الضوء الأحمر على آلتي أربع عشرة مرَّة في الظلام، ثم عاد الشريط يلف. كنت أكثر إرهاقًا من أن أصاب بذعر. طلبت رقم توصيل وايت ثم توقفت. سمعت الخطوات بالخارج. هناك من دق الباب، هناك من همس باسمي، أو هو النسيم بين أوراق الشجر التي تضرب نافذتي. جلست في الظلام أنتظر أن تنفجر النافذة، وأن يطير الجنود السود عبر الزجاج، وقد سلطوا بنادقهم وكشافاتهم إلى عينَي.

* * *

أنا طفل من جديد أتوارى تحت الأغطية من الوحوش في غرفتي. الوجوه المشوهة التي أراها في جذع الشجرة ليلًا تنحني فوقي منتظرة أن أتنفس.

أنا في فراشي في فندق «طائر النار». كذلك أنتِ. أنا في أمان.

* * *

طرقة أخرى.

ـ إريك.

لا خطأ في اسمي هذه المرَّة.

العين السحرية شوهت وجهكِ. فتحت المزاليج والباب. تراجعتِ إلى الوراء مذعورة.

١٥٨

ـ ماذا تفعلين هنا؟

ـ قلت إنك ستأتي إلى بيتي أولًا.

ـ اخفضي صوتكِ. أردت ذلك لكن كان عليَّ التوقف هنا.

ـ لمَ؟

ـ قلت اخفضي صوتكِ.

ـ لمَ لا تدعني أدخل؟

ـ ديزيريه، أرجوكِ أن تهدئي.

ـ سأتكلم بصوت عالٍ كما أريد إذا تركتني واقفة في هذا المدخل اللعين.

أمسكت بمعصمكِ وجذبتكِ إلى الداخل. رحتِ تصرخين فوضعتُ يدي على فمكِ.

ـ حسنًا، أنتِ بالداخل. هلَّا خفضت صوتِكِ؟

ـ لمَ فعلتَ هذا؟ يجب ألا تكون بهذه السفالة.

كنت تحكِّين رسغكِ. غيَّر الخوف ملامحكِ حتى بدوتِ أكبر بعشرين عامًا في الضوء الخافت.

خرجت الكلمات من حنجرتكِ ملتفة حول صوت بكاء.

ـ لمَ لا تعطينني مكانًا للتنفس؟ من أعطاكِ الحق للاندفاع في حياتي بهذا الشكل؟ من تظنين نفسكِ؟

حطم قلبي أن أحطم قلبكِ. إن الوجه القبيح الذي أستعمله في تعاملي مع وايت قد آذاكِ أنتِ. وقد فقدت هذا بسبب إرهاق الطريق وغرقي في المخدرات.

ـ أريد أن أكون شيئًا خاصًا عندك.

كنتِ تبكين.

ـ أنت بعيد دومًا، وأنا أعرف أنك تقود السيارة على الطرق من أجل العمل، لكني قلِقة عليك.

ـ لا تقلقي.

ـ أريد ذلك. حسبت أنك ستقلق عليَّ لو ذهبتُ إلى مكان ما كما تفعل أنت، لكنك لا تتصل. لم آتِ إلى هنا قبل الآن. لم تدعُني إلى بيتك وتتصرف كأنك لا تعيش هنا. لقد حسبت أنك تحبني.

ـ دي، أنتِ شيء خاص. أرجوكِ!

ـ تبًّا لك! لو كنت خاصة فلتقل لي أين تذهب للعمل. لمَ لا يبدو المكان كأنك تقيم فيه؟ ما الشيء السري جدًّا الذي تعمله؟

ـ لا شيء يا ديزيريه، وأرجو أن تكفِّي عن الصراخ.

ـ كفَّ عن قول هذا وقل لي ما تعمله.

كان وجهكِ محمرًّا من البكاء. مسحت أنفكِ بأناملكِ.

ـ سأجلب لكِ منديلًا.

ـ أريد أن أعرف.

ـ لو لم تغلقي فمكِ فسوف ألصقه بشريط.

ـ لو لمستني ثانية فسأطلب الشرطة.

أدين لكِ بسعادتي التي أشعر بها. معنى هذا أنني مدين لكِ بحياتي، لكني كذلك مدين لكِ بتفسير.

لن تقبلي بشيء أقل من أن تندمجي تمامًا في حياتي. وهذا يعني أن تدخلي في دائرة هويل. هويل سوف يجدكِ. لن تكوني

آمنة ما لم تبتعدي عني، وأنتِ لن تبتعدي عني ما لم تكرهيني.
لن تكرهيني ما لم تخافيني. لقد تقهقرت مرَّة في وجه غضبكِ
ولن أتراجع ثانية.

* * *

كانت عيناكِ واسعتين لا ترمشان عندما وضعتُ يدي على فمكِ،
وكان شريط لاصق في يدي.

* * *

جلدكِ يخبو من جلدي كظلٍّ يتوارى. لقد رحلتِ. أفتح عينَي على
الأبدية الرمادية في غرفتي. أنا أجف وأهوي. أعرف إيقاعي الخاص.

* * *

سروالي غير مزرَّر، وقميصي مجعد، وحذاء ألبسه وحذاء يتدلى
من أناملي. تمر دقيقة. يوم كامل. هل كنت أرتدي حذائي أم أنزعه؟
أنظر إلى يدي. أتذكر أنني نظرت إلى يدي. أتذكر أنني تذكرت أنني
نظرت إلى يدي. أتتبع الثواني بالخلف. تمر دقيقة ويوم آخر. هل
كنت أنزع حذائي أم ألبسه؟
أنا في فندق «طائر النار».
اسمك ديزيريه.
آخر ما أذكره أنني غطيت فمكِ وقيدت معصميكِ بالشريط
اللاصق. جلست على ركبتيكِ حتى كففت عن مقاومتي.
كنت أرتدي حذائي مستعدًّا للانطلاق.

* * *

الراقصة خلف الزجاج لا ترقص. تعالَ فيما بعد، كذا قال لي رجل

العملات. كل ساعات العالم تجمدت. ضوء الغروب أو الشروق يحجب الأضواء من مصابيح الشارع.

* * *

أعطي راقصة السترتبيز حزمة من الدولارات وأطلب كل شيء.

* * *

كانت ذاكرتي خاطئة. جسدكِ الشاحب مزق الظلمة وبدا مشدودًا كحية ملتفة، لكنها أكثر خوفًا من أن تتحرك. قماشة رمادية على عينيكِ، وشعركِ الجحيمي المتجمد ذو لون النحاس ينتثر على أرض غرفتي الخشبية.

آخر ما قلتِه هو:

ـ كيف أعرف أن بوسعي أن أثق بك؟

ـ لن تعرفي. لهذا اسمها ثقة.

وسددتُ فمكِ بالشريط بعد ذلك، ثم قمت بربطكِ.

لففت بطانية عازلة حول قارورة تنقيط، وربطت هذه بأنبوب زجاجي إلى قارورة إرلنماير فوق موقد. لتر من الماء وحرارة ثابتة، يجعل الضغط قطرة دافئة تهبط على جسدكِ.. قطرة كل خمس ثوانٍ.. تاب.. تاب.. تاب.

جلست على الأرض في الظلام وراقبت.

عندما نزلت أول قطرة تصلبت ساقاكِ، ورأيت بقعة عرق على فخذيكِ. وهززتِ رأسكِ كأنكِ تحاولين النظر حولكِ. تحاولين رؤية شيء وسط هذا العمى. عندما نزلت القطرة الثانية فالثالثة كففت عن الحركة، وازداد العرق. سوف يبقى اللتر خمس ساعات.

بدا العرق كأنه مسار ذبابات النار عبر جلدكِ. بعد ساعة صرتِ بلون وردي منتفخ، ورحتِ تُقوِّسين حرقفكِ تريدين أن يهبط الماء أسرع. مشيتُ حافيًا والتقطت قطرة من القطرات في كفي. بينما رحتِ تئنين بسبب الانتظار.

التقطت تسع قطرات في كفي، ثم تركت العاشرة تنزل، ثم تركت القطرات تنزل عشرًا كما كانت. صرتِ محمومة. زدت حجم القطرات المتساقطة من الزجاجة وجعلتها أبطأ. أمسكت ببعض القطرات لأفسد شعوركِ بالإيقاع.

دق جرس الهاتف مما جعلكِ تتشتتين. كنت أتوقع وايت.

ـ انطلق.

همست بذلك فتكلم وايت. قال لي:

ـ سمعت. قل لي إن الأمور تحت السيطرة.

ـ إنها كذلك. افعل نفس الشيء.

ـ بصدد ماذا؟

هناك أيام ـ أكثر الأيام ـ أتمنى فيها أن أفتك بمانهاتن وايت.

ـ أتكلم عن رجل الخيزران الخاص بنا.

ـ لا أتابعك.

كان يتكلم بفم مليء، وسمعت التلفزيون في الخلفية.

ـ إما أن تتابعني أو تكلمني في العمل.

ـ تعني أنك لا تستطيع الكلام؟

لا أستطيع. صديقتي مقيدة معصوبة العينين ومكممة على أرض غرفتي.

ـ بالضبط. ما هي قصته؟ باقي المستخدمين قلقون، وهذا يشتت العمل.

قال وهو يضحك:

ـ تريد أن تتحايل عليَّ لأقول شيئًا؟

قلت:

ـ كانت لدينا مشكلة. اتصلت بك طلبًا للمساعدة. أريد أن أعرف نوع مشكلتنا.

ـ لا توجد مشكلة. طلبتنا لنحل المشكلة وقد فعلنا.

ـ رباه!

شعرت بجفاف في فمي. لقد ساعدت بينسترايب وأمسكت بذراعه لأُركبه السيارة «الميني فان».

ـ ليس بهذه الطريقة. لا بد أنك لست جادًّا.

ـ تماسك يا فتى.

وتوقف المضغ. سمعت بابًا ينغلق، وصوت تلفزيون يُغلَق.

ـ ماذا تحسبنا نفعل؟ ماذا تحسبنا نقوم به عندما تطلبنا لحالة طوارئ؟ المشكلات تغني، وغناؤها يكون عاليًا. أنت هناك؟

أنا هنا.

ـ قل إنك هناك.

ـ هنا.

ـ موضوعنا الأخير، ليس لي أن أقلق، أليس كذلك؟

قلت:

ـ تم التخلص منه. كل شيء قد رحل. فقط أريدك أن تسرع.

قال:

ـ وأنا أقدر هذا. أنت تقوم بعمل ممتاز. يجب أن أخبرك بهذا من
وقت لآخر.

ـ نعم. شكرًا.

ـ وكفَّ عن القلق. لقد فعلت الشيء الصحيح. وأعرف أنك
ستفعل ذلك دومًا.

ـ أريد وقتًا.

قلتها فوضع وايت السماعة.

أزحت الهاتف ونظرت إليكِ. كانت الأوردة على وجهكِ وعنقكِ
منتفخة حتى حسبتها ستنفجر. كنتِ تتنفسين بعمق شديد من أنفكِ.
وشعرت بأن قلبي يدق لأول مرَّة منذ ساعات. نزعت الشريط عن
شفتيكِ وقبَّلتكِ، فبدأتِ في البكاء بصوت عالٍ.

ـ أحبكِ يا ذبابة النار. أنتِ مركز العالم لي. لن أدع شيئًا يحدث لكِ.

١٩

أراد هويل «الجلد»[1]، وكانت كلمة هويل نهائية. أراد وايت تفسيرًا، لأن وايت أراد حماية نفسه. ممَّ صنع؟ كيف؟ من؟ أراد أن يعرف هذا كله. قال وايت: أنت تجرب فكيف سبقنا أحد له؟ لقد أصدر هويل تعليماته. أوتو وأنا كنا لقمة سائغة لو لم ننفذ المطلوب، سوف تهضم بقايانا وتقدم في مطاعم الطريق السريع، وسوف تُلَف عظامنا في شِباك أقفاص الدجاج.

كانت هناك أنباء تتردد وتعكس مخاوف الطبقة الوسطى، وكنت أعرف وكذلك هويل وكذلك وايت أنه مقابل كل بلاغ عن شخص مات أو أصابته تشنجات في غرفة طوارئ، هناك خمسمائة لم يحدث لهم هذا. وكل واحد من هؤلاء دفع ما بين خمسة إلى عشرين دولارًا للجرعة.

ـ إذن أنت على قمة هذا كله.

---

(١) «الجلد» أو «المهد»، هو اسم المخدر الفريد الذي ابتكره البطل. (المترجم).

كان وايت يحاصرني. يسألني أسئلة ثم يقاطعني.

ـ هل تعني: هل توقعت هذا، أم تعني أن عليَّ أن أوقف كل ما أقوم به كي ألاحق هذه البضاعة وأنقذ مؤخرتك من هويل؟

ـ أعني أن عليك أن تطلبني خلال خمسة أيام، وتخبرني بما هو وكيف نصنعه.

ـ لن أخبرك بهذا. أريد عينة كي أفصل العناصر النشطة، ثم ـ لو استطعت عمل ذلك ـ هناك مشكلة تصنيعها.

ـ أليس عليك أن تخرج لتلاحق هذه العينة؟

ـ أنت تمزح، أليس كذلك؟

ـ لماذا؟

ـ لديَّ هذا الاعتقاد الأحمق أنك ـ ربما ـ تضع يدك فعلًا على جرعة من هذه البضاعة، وتريد أن تبدأ التصنيع. وهذا دوري.

ـ كلمني عندما تنجز شيئًا.

ووضع وايت السماعة.

✻ ✻ ✻

كانت ثمار أعمالي تحيط بي، لكني لم أُرِد عمل شيء بها، وهي كذلك لم تُرِد شيئًا مني. كان النادي في ورشة قديمة، وكان الحراس بحجم لاعبي كرة القدم يضعون سماعات أذن ومعهم قائمة أسماء، وكانوا لا يسمحون لي بالمرور.

ـ قائمة الضيوف على اليمين، كل شخص آخر على اليسار.

رشوتهم كانت مضيعة للوقت. كنت أكبر سنًّا من معظم مرتادي النادي، وكانت ثيابي العملية تجعلني أظهر كشرطي في ثياب مدنية،

١٦٧

لهذا لم تفتني سخرية الموقف، لكن لم أشعر بمرح كذلك. سوف أنتظر في صف غير الضيوف كل الليل، بينما هم يسمحون للمراهقات الذين معهم فتية بالدخول.

دفعت لفتاة لها ذيل حصان وسواران تمتص «اللولي بوب»، كي تقف معي في الصف.

سألتها:

ـ ما اسمك؟

قالته لي ونسيته على الفور.

ـ أنت شرطي، أليس كذلك؟

سواء قلت «بلى» أو «نعم» فلن يغير هذا رأيها. أردت قول «بلى» كي أعابثها، لكن لم أُرِد أن تصير إشاعة.

ـ نعم، لست شرطيًا، فقط لا ألبس على الموضة.

ظلت تعتقد أنني شرطي، لكنها من أجل الوحدة الدولية ودواعي الثورة تعلقت بذراعي مقابل ثلاثمائة دولار. عندما بلغنا أول الصف غمزت للحارس فسمح لنا بالدخول.

كدت أصاب بالصمم من الموسيقى وشعرت بغثيان. وكانت هناك آلات ضباب مع أضواء ساطعة. شعرت بتنميل مخي وبأنني أسمع الاستاتيكية، أشعر بها على طرف لساني كأنني ألعق طرف بطارية تسعة فولت، وكنت أموت من الظمأ.

قضيت ساعة في البار، ومع كل دقيقة أبدو مثيرًا للريبة أكثر. أتساءل كيف أتعرف على شخص ما. لقد استثمرت آلاف الدولارات على شكل أقراص في مختبر أوز لكن لم أعرف قَطُّ كيف توزع في الشارع.

كل ما أعرفه هو أني سأبتاع بعضها من حشرة حقيرة من نفس المنظمة معي. دنا مني شاب بلا كياسة، وطلب مني عقار الإكزتاسي.

ـ آسف، أنا نفسي أبحث عنه.

وسألته إن كان يعرف من يملك «المهد» فضحك. ربما كانت الإجابة لا، وربما كنت أستعمل الاسم الخطأ، أو كليهما. كل من لم يعتقد أنني شرطي اعتبرني مدنيًّا يمكنهم تخديره. كما تبين فيما بعد كنت مخطئًا، فهؤلاء القوم ليسوا ثمار عملي. كل ما جربته كان أقراصًا سيئة الصنع مصبوغة بصبغة رخيصة لوثت كفي. هشمت قرصًا تلو الآخر، وتشممت رائحة الزعفران أو اللاكتوز. كل واحد كان يقول: نعرف ما تفتش عنه. لكنهم لم يفعلوا. هناك في البار فتاة كانت تضع دبوس كروم في لسانها، وعيناها متسعتان بسبب العقاقير، انحنت عليَّ وقالت:

ـ تريد بعض «اللمسة»؟

استوعبت الاسم بصعوبة. هززت رأسي وقد أخبرتني غريزتي أنني لن أعود ليلة أخرى. أردت الخروج من هنا. هذه الكهرباء تشعرني بالظمأ.

❋ ❋ ❋

لم يرفع أوتو سماعة الهاتف في أوز منذ عدت. لقد تخليت عن بروتوكول الاتصال كي أكف عن القلق. هكذا ينتهي الناس في السجن أو موتى. لا، يجب أن أطلب الخط الرئيسي في المختبر وأتركه يدق مرَّة، ثم أتصل ثانية وأتركه يرن مرتين. بعد عشر دقائق أطلب كابينة الهاتف في الشارع قرب محطة البنزين الشبح حيث ينتظر. لم يكن

١٦٩

ينتظر، وهذا أثار قلقي. على الناس أن يكونوا حيث يجب أن يكونوا في الوقت المحدد لذلك.

تركته خلفي لأنه أراد أن يذهب إلى لاس فيجاس، لكني كنت في حاجة للعودة إلى البيت. قلت إنه ليس معه سيارة، فقال ألا مشكلة. لم أقلق، وليتني فعلت. أريده الآن. بسبب محاولتي أن أهدئ غضبك، لم أعُد أستطيع العودة إلى أوز. لقد تركت لكِ السيارة «الجالاكسي» لتقوديها إلى دار أبويك في نهاية الأسبوع.

* * *

سألني:

ـ كيف حالك؟

كان صبيًّا أصغر مني، يلبس أخف نوعًا ما من باقي الشباب هنا، لكنه ظل يبدو أبله بقبعة الصيد والنظارة الملتفة. الفتاة التي قابلتني في البار قدمتنا لبعض.

قلت:

ـ مدهش.

ـ هل أنت شرطي؟

ـ لا.

ـ هل لك علاقة بالقانون أو أي مؤسسة قانونية؟

كدت أحطم قلبه وأقول إن السؤال تافه، وكان غيري سيفعل هذا، وكان غيري هذا سيقولها وهو يحمل ميكروفونًا يتصل ببطارية، ومعه أصفاد.

ـ لا علاقة لي بالقانون أو أي مؤسسة قانونية.

ـ ألست أكبر سنًّا من أن توجد في مكان كهذا؟

قلت:

ـ معي مال.

وأردت أن ينتهي هذا كله:

ـ أريد جرعات كثيرة من «اللمسة» قدر ما يمكنك جلبه. الآن،
سأدفع نقدًا، لو كانت عندك فلتكلمني، وإلا فلا تضيع وقتي.
أنا مشترٍ. لو كان الميكروفون في ثيابك لم يلتقط هذا.

قال:

ـ اهدأ. أنا لست شرطيًّا... أي كمية تريد؟

ـ أكبر كمية يمكن الحصول عليها.

أشرق وجهه عندما رأى ما معي من دولارات. في آخر مرَّة توقفت
في مختبر أوز مررت على المصرف وطلبت بعض العملات.

في حمَّام الرجال ناولني لفافة من ورق هدايا الكريسماس، وقال:

ـ هذا كل ما معيّ، لكن هناك المزيد. هل جربته؟

هززت رأسي وفتحت الظرف المؤقت.

ـ لا شيء مثله.

وضعت قرصًا في كفي. كانت الأقراص مضغوطة بكفاءة ولونها
أزرق لامعًا مثل عينيكِ.

قال:

ـ ذبابات نار زرقاء، أو ذبابات نار فقط.

حقًّا كانت ذبابات نار. أعرف لأنني من صنعها.

اتصلت بوايت كي يعيدني إلى مختبر أوز. لم نتبادل كلمةً تقريبًا طيلة الرحلة بالسيارة. لم أستطع التخلص من الشعور بأنه يريد لي أن أفشل وأن يطعمني ابنه للأسماك.

سألته:

ـ أين ابنك؟

لكنه لم يَرُد. حوار تافه أحمق، وهو يعرف هذا، يعرف أنني لا أبالي، وأنني لا أحب ابنه، ومنظره يشعرني بالغثيان. قلت «ابنك» بدلًا من «توتاج»، لأنني لم أستطع التعود على استعمال الاسم برغم أنه مناسب. مِلت على النافذة وأغمضت عينَي، ليس لأنام ولكن لأتحاشى الصمت. عندما أفتح عينَي سأجد وايت يحملق فيَّ في الظلام والأضواء القادمة تلتمع على عينيه، غير مبالٍ بالقيادة.

ثلاث ساعات صامتة مرت، وتوقفنا عند بوابة مختبر أوز. كنت قد وضعت جهاز إرسال في المفصل يرسل إشارة لو انفتح. لذا عرفت من الخارج ـ وعلى بُعد ثلاثين ياردة ـ أن أحدهم بالداخل.

قال:

ـ أراك خلال أيام.

وانطلق وايت تاركًا إياي وسط سحابة من الغبار. حقيبتي في يدٍ،
ويدي الحرة تمسك بياقتي لأتحاشى البرد.

جلست في مدخل المختبر، ورحت أتذكر كم فات من حياتي
جالسًا على العتبات: أنا وأبي نلتقط صورًا لذبابات النار والنجوم.
وأنا وأنتِ نراقب الشمس تغرب. كنت دومًا أمام بيت أو تحته، لكن
لم أكن قَطُّ في داخله، ما عدا بيتكِ. اطلبي مني أن أصف لكِ أين
أعيش، ولسوف أعجز عن ذلك.

قاطع أحلامي نباح كلب، بدا لي كصوت عواء كلبكِ المخيف،
وكان الصوت قادمًا من داخل البيت.

فتحت فوجدته يتواثب في الظلام وقد تحمس لرؤيتي ولا أعرف
السبب. برغم هذا كنت متضايقًا لرؤيته، كما كنت أكره أن أضيء
النور ليلًا، لكنني فعلت لأنني كنت أكره أكثر أن أدوس فوق كومة
من براز الكلاب.

لم أشم أي شيء. وبحثت في الغرفة الخالية عن أكوام لكن
لم أجد شيئًا، بينما ذلك المخلوق يتواثب حول كاحلي. في المطبخ
كانت طبقة من صحف «لوس أنجلوس تايمز» الركن الرياضي،
وهناك ملف لامع يغطي رأس واحد من أفراد فريق كرة القدم القومي.
هناك سلطانية فارغة لها رائحة بقايا اللحم البقري بجوار سلطانية
فيها ماء.

المذكرة من أوتو تقول:

١٧٣

ـ سيظل كلب الحراسة معنا حتى تطلب استرداده. أراك خلال يومين.

أردت قتل الاثنين معًا. لديَّ عمل، وهذا الوحش سوف يُحدث جلبة ويطلب اللعب ويتبرز ويجذب الانتباه، وليس بوسعي تركه بالخارج وإلا التهمته ذئاب القيوط.

وجدت كيسًا من طعام الكلاب في الخزانة فملأت وعاءه، وألقيت بالصحف في القمامة، ووضعت صفحة جديدة. فتحت لنفسي علبة حساء وجدتها في خزانة المأكولات، فأكلت وتحممت، ثم نزلت إلى المختبر في القبو لأنقذ ما أستطيع من مذكراتي.

كان المدخل يمر عبر باب مخبأ عواصف، لكنه مغلق بالمزلاج من الداخل. هناك باب في المطبخ يقود عبر درجات خرسانية إلى المختبر الذي ما زلت أُفضل العمل فيه.

كنت في حاجة إلى وقت. كنت قد نضجت من الركوب مع وايت وأريد النوم ولو قليلًا. ذهب أوتو وكنت وحدي. بوسعي أن أحلل المركبات لأصل إلى تركيبها بعد فصل القلويدات النشطة. لا حاجة بي إلى أن أصنع المركب، فقط عليَّ أن أكون قادرًا على إخبار هويل ووايت أن هذا بوسعي، ومن دون أن يعرفا أن المركب خاص بي.

ليسا غبيين، وسوف يتوصلان إلى هذا وحدهما، لكنني وجدت أن أفضل طريقة لممارسة السياسة هي عدم ممارستها على الإطلاق. الحقيقة هي أفضل طريق للأمان. نعم كنت أُجري تجارب وهما يعلمان هذا، لكن الأوراق دمرت في الحريق الذي سببه الطاقم الذي لم أكن أرغب في تعيينه.

كان مختبر أوز على شكل مهجع مقسم، وقد صار الآن مربعًا مقسمًا بالخرسانة. هناك قدح القهوة والتقويم ومفكرة صغيرة بجوار جهاز الكمبيوتر. كنت أبحث وأضرب بقبضتَي كفّي، بينما الكلب الغبي يحدق فيَّ طالبًا بعض الانتباه، وهو يهز ذيله. يأكل.. ينام.. يجري.. يتبرز.. يأكل.. ينام. كرة حية من الشهوات، كيان كامل لن نعرف بوجوده أبدًا. تفقدت مزاليج الباب، ثم رحت أتفحص مذكراتي وأنا على الأريكة آملًا في بعض النوم.

∗ ∗ ∗

كان هناك خط من الغبار الأبيض يمثل «المزيد»[1]، وقد لمستني الموجة الأولى في ثوانٍ، ضربت جسدي وليس مخي. طاقة أكثر.. أفكار أكثر.. عواصف دماغ أكثر.. سعادة أكثر. العقبة لم تتغير. أمامي أيام في أوز الصحراء، لكن هذا بوسعي. أريدكِ أنتِ أكثر. ديزيريه، كنت مفعمًا بحب عميق لا قاع له لكِ، كنت أعرف أنه موجود، وكان يخرج من كل مسامي. أردت أن أضحك للشمس والسماء وكل حشرة زاحفة في صحراء موهافي، لأنها كانت هائلة وضئيلة في الوقت ذاته.

سيكون كل شيء على ما يرام. سوف أجد الحل. سوف أفدي نفسي وأطبع أوراق المال لهويل وروايت، ثم نختفي أنا وأنتِ ونذهب إلى حيث نريد. لن أرى المختبر ثانية إلا إذا أردت ذلك. لقد وعدتكِ

---

(١) المزيد أو «More»: من أسماء المخدرات الشائعة في الشارع، وهو يدل على أن المخدر يجعل متعاطيه يطلب المزيد. (المترجم).

١٧٥

بأن أجعل كل شيء أفضل لأنني أعرف أنني قادر على هذا. أعرف أن كل شيء يتلاشى، لكن ما لا يتلاشى هو حبي لكِ، وكان هذا أقوى من خطوط «المزيد» البيضاء. لكنها كانت هناك، وكنت أحتاج إلى بعض الوقت كي أصنع لهويل ما يريد، ولديَّ جرامات وجرامات من الوقت معبأة في أكياس لتنقل بالسيارة «البيك أب».

لم يكن هذا شعورًا غامضًا بالأيوفوريا أو الثقة الزائدة أو شعورًا بالرضا، بل هو ذات ما شعر به الرب عندما قال: «فليكن نور». وهنا انفجر قلب الكون الذي لم يكن موجودًا، فانتثر الزمن والفضاء في كل الأبعاد، وبدأ كل شيء في لحظة، أو للحظة من لحظات لا نهاية لها سوف تأتي. البعض قد يضحك على فكرة أن تشعر بما شعر به الرب، لكنني فعلت، فعلًا فعلت. كل لحظة أحببت فيها شيئًا كانت تتردد مليون لحظة في الثانية. فقط الحب والسعادة بلا قيود. تتمدد أكبر من صدري، لكنها ما زالت تتمدد. كأن قلبي مركز الانفجار الأعظم، وحب كل شيء سينفجر ٣٦٠ درجة في كل الأبعاد.

لم أكن أخاف وايت. كان تحت تهديد هويل، ومن يعلم أي مجموعة من الرؤساء يعمل هويل تحت إمرتها؟ مكتبه في الركن، ومقعده عالي الظهر. هذه أشياء لها ثمن. سوف ينتهي هذا بسرعة، لكن في الوقت الحالي أريد أن أسبح في الحرارة وأشعر بالحب يسري في جسدي.

* * *

أفقت من تأثير العقار، وخطر لي أنني أرغب في أخذ دُش ثم لا أفعل ذلك ثانية، لكن الرغبة كانت أقوى من خوفي من توتاج

أو مانهاتن وايت، والرجال الحشرات الذين سيهجمون من السماء الصحراوية السوداء.

* * *

تحولت غدة البروستاتا إلى جمرة متقدة، كأن هناك من غرس محراك نار في مؤخرتي، لكني لم أستطع التوقف. ومع كل ما ألقيه في التراب كنت أفكر كم أحبك. وشعرت بموجة تسري في جسدي وكأن كل شيء في العالم صار شيئًا آخر، وحتى أنا لم أَعُد قادرًا على إبقاء فكرة واحدة. ديزيريه، لم أتوقع أن تمضي الأمور إلى هذا الحد، ولم أتصور أن أتمادى إلى هذا الحد معكِ أو مع وايت. ماذا؟ هل تقابلينه أنتِ أيضًا؟

* * *

كان عليَّ أن أبطئ.. أبطئ.. أبقي رأسي. كنت أفكر في خطة احتياطية. لا يمكننا استنساخ المنتج. ببساطة لا نستطيع. صنعت بعض عقار الهلوسة الجيد. في الحقيقة كنت ذكيًا واحتجزت لنفسي بعضه عالمًا أن أحدهم لن يلاحظ ما داموا يربحون مالًا، مجازفًا بأن أضايق وايت لو اكتشف هذا. لكنني كنت إوزتهم التي تبيض ذهبًا، وما يصلح للإوزة يصلح لذَكر الإوزة. وما قيمة ذكر الإوزة على أي حال؟

هكذا كانت لديَّ كمية على جنب، ولذا كانت لديَّ خطة احتياطية.

يمكن أن أقول لوايت:

ـ هيه، لم أوفق مع هذه القذارة، لكن هل تعلم؟ لكن لدينا نصف مليون من «الإل إس دي» الممتاز، نقي تمامًا، ويمكن نقله عبر علاقاتنا في كارسلباد وبيركلي.

١٧٧

لن يشكوا من شيء، سيعطونني وقتًا أطول ما دمت أجلب لهم مالًا، مالًا أكثر مما اعتادوه.

❋ ❋ ❋

يجب أن أفكر أفكر أفكر أفكر. ما هو جيد للإوزة جيد لذَكر الإوزة، وأنا الإوزة، ولا بأس بالتهام بعض الدجاج. لم أكن جائعًا، لكن يجب أن آكل. هناك هذا المطعم على بُعد ساعات، ولو كنت قد أنهيت عمل الليلة، فعليَّ أن أمشي لأنه من الواضح أنني لن أنام عما قريب. يمكنني أن أظفر بما آكله وأُرغم نفسي على أكله، ثم أعود إلى المختبر وأخبر وايت، لكن بلا أعذار لأن أمثال وايت لا يقبلون أعذارًا. هويل كذلك يكره الأعذار أكثر، وتوتاج لا يستطيع نطق لفظة «عذر»، لكن ما زالت مهمته أن يحشو جمجمتي الفارغة بالرمل قبل أن يلقي بي في البحيرة لو لم تُرضِ أعذاري وايت وهويل.

أحيانًا أحسد راكب الدراجات البخارية الأخرق الواقع تحت تأثير عقار الهلوسة. الجهل نعمة، حتى لو كان الجهل يعني تدخين بُرص مفرغ من الأحشاء ومحشو ببري الأقلام في الصحراء، والتهام لحم العناكب.

❋ ❋ ❋

لو فقدت هذه الكمية فقد عدت إلى نقطة الصفر. يحتاج الأمر إلى أربع ساعات، ولا أستطيع البقاء ساكنًا، ولا أستطيع التحرك، وعليَّ أن أقتل الشيء الذي يُحدث هذه الضوضاء. لذا تعاطيت جرعة أخرى.

كففت عن تمشيط شعري منذ أيام، فلو رأيتِني وقتها يا ديزيريه لضحكتِ. هل تتذكريني؟ أنا الشخص الذي كان بوسعه أن يكوي

١٧٨

ثنيات تنورتكِ لو احتجتِ إلى ذلك، وعلَّمتكِ كيف تستعملين الصحف وماء الصودا لتنظيف الزجاج. كنت ألبس ذات الثياب التي كنت ألبسها منذ أيام، لأنه لا أهمية لتبديل الثياب. نظرت إلى نفسي في المرآة، وبدا لي الأمر مهمًّا. ربما كان عليَّ أن أحلق ذقني، بعد جرعة واحدة. وهذا ما فعلته. ثم ضربت القذارة فأحدثت فجوة في قاع يومي، وسرعان ما غاص الزمن عبر القاع، وصحوت بنوبة قلبية خارج مجال إبصاري. أقول أحبك أحبك أحبك مرارًا للسمك الفضي الذي يزحف عبر الأوراق المغطية للأرضية. وهكذا كانت الأمور من دونكِ يا أحلى حب في حياتي. وقد فعلت كل شيء كي أمنعكِ من أن تعرفي هذا.

٢١

متى كان لديَّ نظام للعمل فمن المستحيل ألا ترى أداءه، ويصير من الأسهل أن ترى النظم الأخرى، وأن ترى العمل في الشوارع، وأن ترى تعقيد عملية البيع في الشارع، وأن تدرك أن الأقوياء خاضعون لقوى أعلى منهم، وهذه القوى تخضع بدورها لمقاعد عالية الظهر فوق منصة عالية. هويل في كل مكان، وسوف ينال مقطوعيته أو يقطعك أنت.

المشكلة هي أنني صرت أرى النظم في كل مكان، واحتمال الخطر لم يَعُد مختلفًا عن احتمال وجود نظام. يجب أن أفترض أنه حقيقي.

حكى لي أوتو عن بائع اعتاد أن يحضر في بار. كان جزءًا من ذات السلسلة. لم يكن أحد في شبكته يعرف الآخر، لكنهم كانوا جميعًا هناك في نفس الوقت، يختلطون مع الزبائن. كل ليلة في السابعة مساء يختار أغنية معينة على الـ«جوك بوكس»، وكانت تصير هي شفرة الليلة لو أردت أن تتكلم مع واحد من السلسلة. عند الثامنة

يتفرق الجميع ويهمسون في هواتف العملة وعبر ستائر مسارح البورنو. تدب الحياة في الشارع الذي يمتلئ بالزومبي الذين يقفون في الأركان يقولون: «أحزان سجن فولسوم» أو «الشبح ٣٠٩» أو «بارانويا»(١) من تحت أنفاسهم. وكانت العيون المتلصصة وحاملو الديدان الشريطية يتساءلون عن معنى ما يسمعون.

هناك شبكة أخرى تجتمع في نفس المكان كل أسبوع، وفي نفس المقهى. يأخذون رقم أول سيارة بيضاء يرونها في ذلك اليوم، وأول ثلاثة أحرف تصير شفرة الأسبوع، وتكون الإجابة هي آخر ثلاثة أحرف. لم يكونوا يخبرون أحدًا بهذا.

صمويل مورس حوَّل كل حرف في الأبجدية إلى شُرَط ونقاط. كل شيء يمكن أن يكون نقطة أو شرطة، سواء كان صوتًا أو لونًا أو كلمة. كنت عارفًا لهذه النظم وأجدتها لأخفي إشاراتي وآثاري. العلامات كانت في كل مكان.

كان أنفي يحرقني، ومذاق فمي كان مُرًّا بسبب نكهة المذيب، وأردت أن آكل لكن لم أكن جائعًا، وعلى كل حال لو أكلت لبدا مذاق كل شيء كالكيتونات. بقي لتر من الميثيل في المختبر كأنه زيت الموتور. له البريق البني الصافي لعين حيوان، وهو بلا شوائب على الإطلاق ينتظر تحويله قلويًّا إلى بلورات.

❊ ❊ ❊

كلمة «عشوائي» لا معنى لها عندي، ولا توجد في الكون الذي

---

(١) كلها أسماء أغانٍ تُستخدم كشفرة. (المترجم).

١٨١

أعرفه. ألقِ بعملة ثلاث مرات، ولربما ظفرت بنفس النتيجة ولا ترى نمطًا تكراريًا. ألقِ بها مائة مرَّة وسوف يتضح لك النمط. عليك أن تعرف أن توجِد الأنماط حولك وتتعلم كيف تخفي إشاراتك داخلها. نفس الشيء ينطبق على محاولة رؤية هذه الأنماط. الرسائل المشفرة التي تطير من حولك والتي يظن المرسِل والمرسَل إليه أنك لا تلاحظها، لكنك لست كذلك.

كنت أحتفظ بسجلات للمركبات التي تمر بمحطة البنزين في الطريق. كنت أراقب بنظارتي المقربة جيراني الذين يبعد أقربهم ميلًا. راقبت السبَّاكين ومُركبي الكابلات وسُعاة البريد وقارئي عدادات الغاز. وسجلت مسارات سُعاة البريد وأوقاتهم. كما بحثت عن كل واحد من السبَّاكين ومندوبي المبيعات في دفتر الهاتف. كنت أسجل كل شيء متى أصدر مجس الرادار على السطح صوتًا، لأنه لو تكرر هذا مع مَركبة معينة فلسوف أتبين نمطًا وأشعر بالخطر.

كان الانعكاس قد تكوَّن لديَّ. أفتش عن أنبوب الزجاج وصمغ العنبر لأجعل كل شيء طبيعيًا من جديد. يزول كل خوف في ثانية، وتدوم لحظة من النشوة طيلة الليل. كل شك دفعني للجري خوفًا قد زال. أوتو آلة تتجسس عليَّ، وأوتو يعمل لدى هويل دون أن أعرف. توتاج يلقي بأوتو لسمك القط. لا يهم.

لديَّ عمل يجب أن أنهيه، ولم يَعُد أمامي سوى ثمانٍ وأربعين ساعة، دعك من أن أول أربع وعشرين ساعة طارت في عاصفة شهوة لم أشعر مثلها من قبل. لقد صار عليَّ التركيز على الأربع والعشرين ساعة التالية. راح الكلب ينبح ويعوي في وجوه قادمين

أشباح، ربما حيوانات راكون أو قيوط. تجاهلته وحاولت الغوص في أوراقي، لكني لم أفكر سوى فيكِ يا ديزيريه، وكل ما أتمنى أن أفعله لكِ.

✻ ✻ ✻

كتبت كلمات «لا أحد يأتي هنا أبدًا» على مرآة الحمَّام بقطعة صابون. كنت أعرف الحقيقة، وهي أن كل صوت خطوات وكل سيارة بعيدة هي غالبًا إشارة خاطئة أرسلها مخي. في كل مرَّة لا يقرع أحد الباب مهما ظللت أنتظر في توتر. لو سمعت الصوت لأصغيت إليه، لكنه لم يكن يتكرر. التلصص عبر الستائر أو ضغط أذني على باب كان يزيد الوهم لا أكثر. لا أحد يأتي أبدًا، وكان عليَّ أن أتذكر هذا دومًا. كُف عن متابعة كل حركة جانبية شعرت بها عيناك. هذا صعب. لو زحفت الحشرات أو الفئران إلى مركز بصري فهي حقيقية، لكن لا تحاول إرغامها على ذلك.

✻ ✻ ✻

بدأت أشعر بالموجات الحارة التي تنجم عن الحرمان من النوم، واستمر الصفير في أذنَي. لم أعُد قادرًا على تذكر عدد الإنذارات الخاطئة من المختبر. جلست في غرفة المعيشة، وأمامي جرام مسحوق وكوب ماء وقطعة قطن في أنفي. سحبت جزيئًا تلو جزيءٍ، وراجعت كل المذكرات، وتوقفت وأنا على مسافة ٩٨٪ من اكتمال العمل. الـ٢٪ الباقية أحدثت كل الفارق في الكون. كأنني فككت محركًا وجمعته، ثم اكتشفت كيسًا مليئًا بالمسامير التي لا أذكر أين كان مكانها.

١٨٣

أجلس والشحم تحت أظفاري أحك رأسي لأن هناك حشرات تزحف عبر شعيراته، وليست لديَّ أدنى فكرة عن المكان الذي يأتي منه كل هذا الأكسجين أو النيتروجين. أعرف أنني مخطئ. غدًا موعد قدوم «البيك أب»، ويجب أن أكون هناك مع كومة من «الجلد». لو لم يحدث فسوف ينشد القيوط بأعلى صوته خارطة تقودهم إليَّ.

❋ ❋ ❋

الصراصير لها شفرات. ليست لديَّ طريقة لمعرفة إيقاع الجراد، لكنه بالتأكيد نداء تزاوج أو طريقة لإخافة الأعداء. وهذا مثير للسخرية لأن الوطاويط تبصق صرخات صامتة في الهواء، وتتواثب بحثًا عن الجراد الغبي الذي يغني «أنا هنا!» لعالم الوحوش الطليقة. ليس في هذه الليلة، وربما لهذا تجاهلته الوطاويط.

تشيرب تشيرب تشيرب.. طويل.. قصير طويل.. ثمانية قصير واثنان طويل.. ثم الصمت. كنت أهرشها وألقي بها على أوراق المفكرة لساعات، وقد فقدت قدرتي على العد. يعرفون أنني أصغي، ولحظات التوقف التي تميز الشرط والنقط قد قصرت فلم تَعُد حتى آذان الوطاويط تميزها، وبالتأكيد صارت نفس الشيء لي. كل شيء كان ينتقل عبر الإشارات إلى هويل عبر الصحراء، ثم غربًا إلى لوس أنجلوس. هكذا أنا ميت. أعتقد أن البومة متواطئة كذلك. لا أراها، لكن أسمعها. كأنها هليكوبتر يرقية سوداء لم تكن تُحدث جلبة عندما تحلق، لكنها ترسل إشارات في الظلام وتكلم الصراصير. هووت هووت.. أربع قصيرة وسبع طويلة.

١٨٤

لم أعُد قادرًا على تصفية الضوضاء الزائدة من الإشارات. كنت في مراهقتي أؤمن أن الله يراقبني في كل مرَّة أنظر إلى امرأة أو أمارس الاستمناء، لكنه كان يكافئني على أعمالي الطيبة. عندما تميز بين التهديد الحقيقي وأي شيء آخر، فهذا هو الحذر. عندما تعجز عن ذلك فتلك فتلك هي البارانويا.

كأنك شخص يسمع كل صوت بنفس الارتفاع، تظل الأصوات هنا طيلة الوقت فتجن عندما تسمعها جميعًا في وقت واحد.

لا يمكن فصل البارانويا عن المعرفة. كلما عرفت أكثر رأيت احتمالات أكثر. كلما رأيت احتمالات أكثر يرى سواك احتمالات أكثر. كلما زاد من سواك، وكلما زاد «من سواك» زاد عدد «هم». مسألة رياضيات بسيطة قبل أن تدرك أن «هم» قد لا يحبونك.

* * *

حقنة أخرى لكن المحقن لم يحقق شيئًا. لقد بدأ رصيدي ينفد فلم أستطع النوم، حتى تمنيت لو معي مسدس، مسدس حقيقي أمين لأنني أسمع أصواتًا بالخارج وأنتظر. سمعت صوت خطوات أو صوت إطار سيارة، فتوقفت وحبست أنفاسي وأصغيت، فلم أسمع سوى الصراصير تغني. كان هذا عندما أدركت ما يفعلون، بينما الشمس غابت والظلام سيطر.

الآن صرت في الخارج مع علبة من مبيد الحشرات، ووقفت بصمت أصغي. الجميل في الصراصير الليلية هو أنه ليس عليك أن تكون هادئًا. لقد اعتادت أن تنتشر في الحقول حول حصون الصين حتى يوقظها الغزاة. ما أعرفه غير هذا هو أنني صرت أضاعف

الجرعة، جرام لَعين كامل في المحقن، ومن المخيف أن تفكر في أن أي شخص مدمن تعرفه كان يصل إلى حالة «السطلة» التامة ببضعة ملليجرامات، وهأنذا أحقن ألفَ ملليجرام من «السبيد»[1] مباشرة في دمي، وبعدما فرغ الشيطان من اعتصار قلبي في صدري بيده واعتصر خصيتَي، رحل في سحابة من الخواء، وبعد لحظة شعرت بابتسامة الرب تضيء داخلي. ما زال رأسي معي وقد خرجت من جديد في الظلام حاملًا علبة المبيد، أتبع صوت الصراصير في الظلام، وأطلق سحابة من الملاثيون تحت القمر حتى كادت السحابة تخنقني، وتوقف الغناء. فكرة عظيمة يا هويل، رسل ممتازون، لكن عليك تصميم حشرات لا تموت بالمبيدات. كنت دومًا أذكى منك، وسوف أظل كذلك.

✴ ✴ ✴

أتفقد المكان بحثًا عن بقايا مني. أضأت الأشعة فوق البنفسجية وبدأت أبحث. لم أستطع عمل شيء لشعر الكلب ورائحة برازه. أطفئ النور فتظهر لُطخ متألقة من اللون الأرجواني. أول شيء وثب أمامي هو بقعة برتقالية من الركن فرَّت بمجرد ما وقعت عليها عيناي. أوتو تحت تأثير المخدر لوَّن الحشرات بلون متألق ليجدها في الظلام. أفتقده لكنني أريد صفعه في الوقت ذاته. بقعة برتقالية أخرى ثم أخضر لامع ثم أزرق، ثم أربع بقع صفراء ورائي. قطع البيتزا وبقايا الطعام على فويل وجبات العشاء كانت كافية لاجتذابهم من مخابئهم. لقد

---

(١) من أسماء عقار الأمفيتامين. (المترجم).

١٨٦

صار المختبر عش صراصير ضخمًا، وكلها مطلية باللون المتألق قبل أن تهلك تحت الأحذية العسكرية لجند السماء.

الحشرات تخرج، إنها حقيقية، لم أتوقع رؤيتها، ولم أملك إلا أن أبتسم. خنافس خضراء بلون النيون، وهناك لُطخ وردية تزحف حيث يتصل الجدار بالسجادة. يجب أن أنسى الضوضاء في مخي بعض الوقت، لذا أغلقت النور وأضأت الأشعة فوق البنفسجية. بدا المشهد كأنها بقع ملونة من دم الفضائيين ناتجة عن حادث تحطُّم طبق طائر. كانت في كل مكان، وهي تُذكرني بصور ذباب النار التي كان أبي يلتقطها.

أغلبها كان برتقاليًا، لذا أطلقت عليه اسم «كربون». لو استطعت إطالة اللعب قليلًا لشعرت الهليكوبترات بالسأم وعادت إلى جحورها المعدنية العملاقة، ولو كنت أكثر حظًّا لمزقتها الملكة وامتصت خزاناتها وألقت الجثث في القمامة لأنها عادت خالية الوفاض.

الأزرق اختيار منطقي للأكسجين، وهذا ترك الأخضر للنيتروجين والأحمر للهيدروجين. ألقيت بقايا شطيرتي على البساط لتشمها الحشرات. تحركت كأنما تصوير بالسرعة البطيئة لحركة سريعة للوحة مفاتيح.

بدا لي هذا التحديد موفقًا لو حسبنا مقدار الصراصير الحمراء التي يبدو أنها توازن السلاسل العضوية. بدأت الجزيئات تَثِب في وجهي كأنني أرى نماذج في السقف أو أشكالًا في السحب، شيء لا يمكن تفاديه.

بعضها كانت أمينات تشبه مركبات معروفة، وبعضها كان خاليًا من الاستقرار أو غير قابل للعمل، له سلاسل مفتوحة لا يمكن أن تصير

حلقات من دون إضافة ذرة نيتروجين تتلف التوازن تمامًا. بعضها كان واضحًا.. «إل إس دي».. ميثامفيتامين.. كيتامين.. «إم دي إم أيه»[1] ... رأيت صرصورًا أحمر كبيرًا يركض من نهاية جزيء ميثيل إلى جزيء آخر، يطارد طعامًا أو رفيقة، لكنه عندما توقف غيَّر الرابطة تمامًا. وحين تحرك الآخرون صنعوا جزيء إم دي إم أيه. رأيت الجزيئات تحتشد. الماء صار أكسجينًا صار أمونيا صار ألومنيوم. رأيت رقصة الخيمياء التي يحاول الإنسان القيام بها منذ ألف عام. الذهب صار رصاصًا صار كلورًا. الرصاص صار ذهبًا صار «الجلد».

كنت أكلم غرفة مليئة بالصراصير الملونة:

ـ توقفوا هنا! لقد وصلتم إليه!

كان عليكِ أن تريني وقتها.

لقد أظهرت الجزيئات المضيئة شكلًا عشوائيًّا لم يكن عشوائيًّا، لكنه كان يحوي الصفات التي أريدها. لقد أظهرت لي الحشرات الرابطة الجزيئية التي بدت واضحة، لكنني لم أتبينها في البداية. كان عليَّ أن أزيح صرصورًا أخضر آخر بجوار الحمراء، وكنت أعرف كيف أعرف ذلك.

كانت ذرات صغيرة تجري، وهنا شعرت بالانفجار العظيم ثانية، بلا محقن، لأنني عرفت أنني وصلت إلى الحل هذه المرَّة. لم يكن لديَّ ورق نظيف سوى ظهر صورتكِ التي أحفظها في حقيبتي، ما لم أُرِد الركض للقبو لأبحث عن مفكرة نظيفة، لم أكن لأجازف

____

(١) «إم دي إم أيه»: عقار الإكستازي، وهو من مشتقات الأمفيتامين. (المترجم).

بهذا. رسمت الشكل كما استطعت بسرعة قبل أن يذوب الشكل ثم يشكل جزيء فيتامين «A».

عرفت لماذا يعمل في أجزاء صغيرة لا ككل. الجلد لا يشعر سوى بثلاثة أحاسيس، هي الألم والضغط والحرارة. التداخل بين هذه الأحاسيس الخشنة يقدر على خلق سيمفونية من الألم هي كل معارفنا الفيزيائية في حياتنا. النواقل العصبية في الذاكرة يمكن غلقها كهدف أولي أو جانبي، عندها نشعر بمرور الوقت، لكن ما نتذكره عن هذا الوقت يختلف تمامًا.

لم أستطع معرفة المصدر الأصلي لهذا القلويد، لكن كنت أعرف أن بوسعي تخليقه. الحشرات كانت تكلمني، ولمرَّة واحدة كان دوري لأصغي إليها.

لقد استنقذت مخدر «الجلد» من الرماد والصراصير المضيئة، وهو هدية رحيلي لهويل. عاد الكون يتألق ثانية. لقد انتهيت. يمكنني أن أعطي هويل مفتاح شبكة كاملة من المختبرات وأرحل.

سوف أصير زيادة، ولسوف يُسَر هويل بأن يدفع لي ويراني أرحل. ما تعلمته من موائد القمار هو أن عليك أن ترحل عندما تبلغ الذروة.

قصدت كابينة الهاتف في محطة البنزين المسكونة، ووضعت كومة من الأرباع وطلبت رقمكِ.

قلتِ بصوت ناعس:

ـ ألو.

لم أحسب أنني سأوقظكِ.

ـ هذا أنا يا حبيبتي. انهضي.

ـ إريك، أين أنت؟ أين أوتو؟

ـ دي، دعينا ننسَ أوتو دقيقة.

ـ كم الوقت؟

أضواء كشافات تغرق كابينة الهاتف. هناك سيارة تنطلق على الطريق السريع تحمل حمولة من البروبان.

قلت:

ـ لا أعرف. الوقت متأخر. اسمعي يا دي، أنا عائد، كاد العمل ينتهي.

ـ هذه أخبار جميلة يا حبيبي.

شفتاكِ نصف مضغوطتين للوسادةِ، والسماعة تلامس وجهكِ بصعوبة.

ـ لا، بل هي أخبار عظيمة دي. أنا مليونير. لهذا كنت أعمل جاهدًا. لقد اكتمل كل شيء.

ـ لا أفهم يا إريك يا حبيبي. هل يمكن أن نتكلم عن هذا غدًا؟

ـ لا، لا يمكننا. أصغي إليَّ يا دي، أريد أن تأتي لتأخذيني.

ـ أين أنت؟

ـ خارج بالمديل بعيدًا عن الطريق السريع ١٣٨ قرب ليتل روك. طلبت منكِ أن تفتشي عن المحطة الشبح والفندق قرب محطة حافلات لم يقف أحد لينتظر فيها قطُّ، ولم تمر بها حافلة قطُّ. أريدكِ أن تأتي لي الآن.

ـ إريك، هذا على بُعد ساعتين ونصف. قلب اللامكان. فماذا تفعل هناك؟

ـ سأشرح لكِ عندما تأتين. أرجوكِ! أريدكِ هنا الآن!

ـ إريك، لا أعرف ماذا دهاك. لكن لا تتوقع أن توقظني في منتصف

الليل وتطلب مني أن أقود منتصف المسافة إلى لاس فيجاس كي أنقلك!

ـ لا تبدئي يا ديزيريه.

وضربت جانب الكابينة بقبضتي.

ـ معكِ سيارتي، أليس كذلك؟ سيارتي. أريد بعض العرفان بالجميل. سآخذكِ إلى أي مكان تريدينه بعد اليوم، ربما إلى لاس فيجاس.

ـ ليست لاس فيجاس ثانية.

ـ يمكننا أن نذهب إلى لاس فيجاس.

كررت الكلام بصوت أعلى:

ـ نحصل على غرفة ظريفة لليلتين وربما ثلاث، ثم نطير إلى أي مكان تريدينه بعد هذا.

ـ إريك، هذا رائع، لكن ما زلت أشعر بخوف منك، وأوتو ليس هنا.

ـ أعرف.

ـ أعرف أنك تعرف. هل هذا كل ما تستطيع قوله؟

ـ ما المفروض أن أقول؟

ـ حسبته معك.

ـ كان وهرب. أعتقد أن القيوط التهموه بالفعل.

ـ رباه يا إريك!

ـ دي، أنا آسف! أرجوكِ تعالي هنا! لتذهب المهمة إلى الجحيم. سأُعنى بكل شيء. أنا والكلب ننتظركِ.

ـ هل تعني أنه معك؟

ـ نعم. قلت لكِ إنه معي.

ـ إريك...

قلتِ شيئًا لكن ضوضاء شاحنة أخرى أغرقت صوتكِ.

ـ وهذا ليس مضحكًا، المفترض أن تُعنى به.

ـ إنه سعيد، ككومة من السعادة.

ـ لا يا إريك، هو ليس بخير، أنت تركت أقراصه هنا.

ـ من الواضح أنه بخير.

ـ اللعنة عليك يا إريك! كُف عن العبث بي! توقفْ... هلَّا تعقلت وقلت لي ماذا فعلت به؟ إنه مريض جدًّا.

ـ ما المشكلة؟

ـ لو كان دواؤه معك لعرفت. إنه مصاب بديدان شريطية.

٢٣

تتزايد الهستيريا لديكِ لتصير صوتًا نقيًّا، غضبًا كهربائيًّا مفرغًا من الهواء، كصرخة أجهزة الفاكس في أذنَي. تتوهج السماعة وهي في طريقها من يدي إلى موضعها.

سماء قمر جديد سوداء في ليلة باردة من ليالي صحراء موهافي. جيوش من الصراصير تغني في تناسق: هو هنا.. هو هنا.. هو هنا. تنقل أمر إعدامي بسرعة الصوت. لقد عد كلبكِ كل ثانية من أيامي الثلاثة الأخيرة. كانت في رأسه اثنتان وسبعون ساعة من التصوير، وقد ظفر بالدخول إلى سجلاتي المالية والمذكرات، رأى «الجلد» وشكله الجزيئي وافتراضي الأولي لتخليقه. كلبكِ كان ينوي أن ينظر إليَّ بعينيه الكبيرتين البريئتين ويجعلني أعيده إلى ماما، لكِ، أقدم عملي لكِ على طبق مشعر له عينان بُنيتان.

لم أنم منذ أربعة أيام، ولم آكل منذ ستة. أو ربما هو العكس، لست متأكدًا. الهاتف في محطة البنزين كان ملوثًا، وأوتو غائب بلا عذر.

لكن كلبكِ لم يعلم أنكِ ستتخلين عني، وكان عليَّ أن أنام وأرتب عقلي وأضع خطة.

* * *

الضوء يؤلم كأنك تحملق في الشمس الساطعة التي امتلأ وجهها بالكاتشب المجفف. هانك ويليامز[1] يدندن من الفجوة في قلبه. صرصور برز من وراء سلة المناشف وظهر ظله في ركن عيني، ثم رقد تحت كومة من شظايا الزجاج والسكر طوحت أنا بها. أسقطت الساقية الغطاء المعدني لمرطبان السكر فوق مائدتي وقالت:

ـ لن تكون هناك مشكلات، أليس كذلك؟

كانت جميلة في الأربعين تقريبًا. طلة الأربعين التي تمنحها لكِ الصحراء. لون جلدكِ الذي لوحته الشمس كجلد الزواحف ومِيدَعة بيضاء ووشم زهرة على معصمها.

قلت لها:

ـ آسف، أنا مندفع نوعًا، لقد قُدت سيارتي طويلًا، وتحطمت، ومشيت مسافة كبيرة ولم أنَم.

ضحك رجل في الركن، له شجاعة سائقي الشاحنات وحذاء راعي البقر.

ـ هل ستطلب شيئًا؟

ـ أنا مع السيرك وقد تحطمت عربتي.

ـ هل ستأكل أم سترحل؟

طلبت قدحًا من القهوة بلا كافيين، وشطائر التونة مع الجبن الذائب، وتأكدت من أنها رأت ما معي من مال. أعدت لفافة المال إلى جيبي فشعرت بالعينات التي جمعتها في بحثي السابق، ذبابات النار. الفتى كان جشعًا أكثر منه حذرًا، وقد رحل ومعه ثلاثمائة جرعة قسمتها بين جيوبي، وكان بينها بعض جرعات من الأرملة السوداء. لقد تغلب عدم حذري عليَّ، ولسوف يُلقي بي في السجن أو ما هو أسوأ. الأرملة السوداء بالذات كانت تحت التجربة، وكانت عقارًا خطرًا، لم نحاول صنعها ثانية.

وجهي إلى أسفل لأن شرشف المنضدة الأبيض يعمي عيني لذا نظرت إلى القائمة، وفي كل مرَّة أسمع فيها الأجراس تدق عند الباب أعدُّ.. ألف.. ألفان.. ثلاثة.. ثم أرفع رأسي ببطء لأرى رجال الشرطة.

فوق آلة المحاسبة هناك رأس أيل محنط ومثبت فوق رأس الزبون. وحش هو وسط بين الغزال والثور. رأيت مثله في الصحراء، وكدت أدهس مثله وأنا أقود سيارتي عبر جبال نيومكسيكو، وأنا أعبر منحنى في الظلام، واصطدمت كشافاتي بعينين لوزيتين واسعتين. الآن أعرف من أين تأتي رؤى الفضائيين. من الصعب فعلًا تخيل كمية دوائر المتابعة المحشورة في هذا الرأس العملاق.

جاء مساعد النادل ليمسح السكر والزجاج ويغير آنية المائدة. كل شيء يتضح. كلبكِ لم يعرف أنكِ تخليتِ عنه. يمكن أن آكل وأعود إلى البيت آخذ أوراقي ومالي وأمسح المكان وأختفي. سوف أطلب وايت من كابينة الهاتف في المطعم وأعطيه موعدًا. بما معي من مال

وتعليمات خاصة بمركب هويل يمكن أن أودع أوز ومانهاتن وايت والشبكة كلها.

وصل طعامي. شممت رائحة بقايا كلوريد الميثيل، وهو يستخدم لنزع الكافيين من القهوة. لا بد أن في المطعم نحو خمسين إلى ستين رطلًا في المخزن. حرك جزيئًا... ذَرة.. الفارق بين الأمفيتامين والميثامفيتامين تافه، لكنه هائل. ورأس الأيل يعرف هذا، ينظر إليَّ من فوق عرشه الخشبي ويحاول أن يبدو غبيًا.

مديرًا ظهري له، تحركت للركن الآخر، ورششت الفلفل على البطاطس المقلية، لكن الرأس ظل ينظر إليَّ في انعكاس النافذة. لم يكن في حاجة إلى أن يرى عينَي، كل ما يحتاج إليه هو تردد مناسب وعدم تداخل استاتيكي. تنطلق الموصلات العصبية كسيمفونية، ويندفع الدم لفصَّي المخ لتتكون فكرة معينة، وهي التي تشكل البقع في الصور الحرارية التي تلتقطها الهليكوبتر ورؤوس الأيل المحنطة. الشمعة ترسل أشعة «X»، فقط هي مسألة طول موجي. محاولة منع نفسي من التفكير تشبه السيطرة على خرطوم ماء متدفق، فقط يزيد الضغط ويجعل الأفكار أسرع. المكان له رائحة القاذورات والأضواء ساطعة جدًّا، وماذا بوسعي عمله بكل الكلوريد ميثيل هذا؟ وفجأة عرفت، الرأس سمعني.

ـ لا أفعل شيئًا لعينًا.

قلتها وأنا ألتوي في مكاني لأرمق الرأس ذا العينين الفضائيتين بينما توقفت الموسيقى. لذا بدت كلماتي أعلى مما انتويت، وقد راح الجميع ينظرون إليَّ. هناك مشكلة. لو دفعت الحساب وبقشيشًا

جيدًا ثم رحلت بسرعة، فلا مبرر عندهم لاستيقافي أو استدعاء شخص ما.

أربعون دولارًا لقهوة بلا كافيين وشطيرة تونة بجبن ذائب. يد على الباب وخطوة تفصلني عن السلامة.

لم أستطع أن أمنع نفسي من أن أقول للأيل:

ـ ليت هذا الصياد أطلق النار على مؤخرتك وقتل كل أطفالك.

❀ ❀ ❀

عائدًا حاولت أن أهدئ نفسي قبل أن يجفف الخوف كل عصائر «القتال أو الفرار» في جسدي، يمتص الدم من يدَي وقدمَيْ ويوسع حدقتَي، ويزيد سرعة نبضي وحرارتي. هذا ما تبحث عنه طائرة الهليكوبتر، الهليكوبتر التي لها لون منتصف الليل، وتتغذى بأرواح الموتى فتهدر محركاتها بلا صوت. تبحث عن الحرارة، وعندما ترى صدرًا ورأسًا يتألقان في الظلام بلا أطراف، تدرك أنك مذعور وتأتي في طلبك. ويهبط الرجال الحشرات بحبالهم من الهليكوبترات، بينما أعاصير صامتة تنبعث من الغبار.

لمعت ذبابة نار في الظلام. لا توجد ذبابات نار هنا. ما إن فارقت الفكرة رأسي حتى انطفأت ذبابة النار. مشيت أسرع وعرقي يتجمد في هواء الليل. هنا عادت أربع منها، ترقص عند حدود عينَي.

لقد تبعتني من المطعم. وقفت ونظفت رأسي بادئًا بأول القائمة: ضوضاء التلفزيون، ودعابات السيتكوم المكتوبة من سطر واحد، ونكات المدرسة. كل هذا كي أدفن سيمفونية الأفكار الدموية فلا يحصلون إلا على إنذار كاذب.

١٩٨

خطوة ثم أخرى ثم ثالثة، حتى لمعت ذبابة نار ثانية. أسوأ أنواع ذبابات النار: الألفا. نقطة القناص الحمراء. هبطت متمركزة على قلبي، وتصاعد الدخان من سترتي وهي تحترق. ظهرت أخرى ثم أخرى. صار صدري وذراعاي مليئة بالبقع الحمراء، كأنه الجحيم كما تراه طائرة تحترق. غطتني الحشرات وأقدامها تكشط جلدي البارد وهي تملأ حقول القتل. ألف منها لآلاف القناصة على بُعد آلاف الأميال، بنظارات الرؤية الليلية موجهة إلى رأسي وصدري، تنتظر الإشارة كي تترك جثتي التي يتصاعد منها الدخان للقيوط.

ـ اجذبوا أزندتكم اللعينة.

لا شيء. ذبابات النار تتوهج. سترتي كانت باردة عندما لمستها في هواء الليل. صفَّر صرصار وعوى قيوط قست أصواتهم بحثًا عن شفرة ما، لكن لا شيء. لذا عدت إلى أوز.

* * *

كانت الساعة ٣:٣٠ صباحًا. تذكرت كل شيء عن الطعام، ورأس له عينان هائلتان تلمعان. لقد اختطفت. الفضائيون أطعموني شطائر تونة مع جبن ذائب.

نظر إليَّ كلبكِ من الباب، وكان لسانه الأحمر يتدلى من وجهه الممشط. أرادني أن أحمله، وأراد أن يلعقني. أراد عينة حمض نووي من وجهي.

قلت:

ـ لا، ابتعد، لقد تخلت عنك الآلة أمك. لا بد أنها طراز بدائي لأن هذه الآلات لا تقع في الحب.

١٩٩

لم يفهم، لكنه ظل ينظر إليَّ بعينَي كلب بحر من أفلام الرسوم المتحركة وهزَّ ذيله.

ـ هل تصغي؟ أعرف من أنت. ماما قالت لي كل شيء. ماما سوف يتم إسكاتها وتباع بثمن النفاية.

كان المخطط الذي رسمته مثبتًا للجدار، وهو خريطة لجزيء التربتامين مع عاصفة الدماغ التي ألهمتنيها الحشرات. تحرك صرصور نيتروجين أخضر عند الركن. نفضته ووضعت المخطط في جيبي. قلت:

ـ أتمنى لو لم ترَ هذا. ليست لديَّ مشكلة معك، ولن أؤذيك، لكن لن آخذك معي. ماما تعرف مكاننا، وسوف تأتي إليك. قل لها ما تريد بعد رحيلي.

نبح ذو الوجه المشعث. ملأت أربع سلطانيات بالماء، وغطيت أرض المطبخ بالصحف، وفتحت الحقيبة المليئة بطعام الكلاب وسكبتها على جنب، ثم تفقدت كل الأقفال، ونزعت قابس آلة الفاكس وأجهزة الإنذار ضد الشرطة. لا أريدها. ارتديت قميصًا نظيفًا، وأفرغت حقيبتي، واتجهت إلى القبو لأسحب آخر مبلغ. اهتزت يدي ولم أستطع إبقاء الأرقام في ذهني. الأرقام ستة. اثنان.. واحد.. تزاحمت في الفضاء الضيق في مخي. وعندما حاولت ضغطت على ذات الستة أرقام في ذات الاتجاه.. يمينًا.. يمينًا.. يمينًا. لعق الكلب ذراعي ونبح. ضرب الصوت طبلتَي أذنَي كإبرة حياكة، وعندما سقطت على باب الخزانة جرى محتميًا وتركني وحدي. لو استطعت أن أغمض عيني ساعة فسوف أسترجع كل شيء.

معي ما يلزم للرحيل وإعطاء هويل ما يريد، لكن لن أترك خمسمائة وستين ألف دولار في الخزانة لأنني لا أذكر ترتيب الأرقام. شمال.. شمال.. يمين.

فجأة صار كل شيء معقولًا في العالم. صدر صوت عن لسان القفل واستسلم المقبض وانفتح الباب. كانت هناك لفافة حلوى وقلم جاف وحجر بطارية قياس «AA». أوراق فئة العشرين محزومة، كل رزمة بها خمسون ورقة، كلها اختفت! ومعها ذهب نبضي. لا أحد سواي وأوتو يعرف أن هناك خزانة في المختبر، ولا أحد سواي وأوتو يعرف أرقامها.

أنتِ وكلبكِ كنتما تراقبانني منذ اليوم الأول. ديزيريه، أنتِ قرأتِ أفكاري، استعملتِ أوراق الطالع الخاصة بكِ كي تعرفي كل حركة. أخبركِ كلبكِ بكل شيء أردتِ معرفته. والآن سرق أوتو كل شيء. ابقَ بعيدًا يا أوتو، لأنني عندما أطلب وايت وأطلب عون توتاج فأنا أعرف ما أفعله.

رعد بالخارج. الكون قرر أن يمطر الآن لأنني سأمشي حتى الشروق. اهتز البيت ونبح كلبكِ خائفًا تمامًا، يخاف أن يحدث ماس في دوائره لو دنت منه الكهرباء. بوسعي أن أرقص فوق الأسطح بمضرب جولف. غضبة السماء حلت بي وأنا صغير، لذا لن تصيبني ثانية.

إنهم لا يستسلمون. الرعد دوى بصوت أقوى، وارتجف مختبر أوز تحت كعوب أقوى من التي طاردتني وأبي إلى القبو وأنا صبي. سمعت هذه العاصفة تصرخ باسمي. سمعتها بوضوح. دار كلبكِ

حول قدمي وهو يئن. مزيد من الرعد ثم اسمي من جديد. هاتف محطة البنزين تزحف عليه الديدان الشريطية، والمطعم يراقبه الرأس الذي استدعى طائرات الهليكوبتر. إن الهليكوبتر بالخارج. لا خطأ في هذا. لا خطأ في أنني أسمع اسمي، وهناك قبضة مكتنزة تدق على بابي وتهز النوافذ.

كنت مذعورًا. الخطوة التالية سوف تكون موتي لأن شريانًا انفجر في رأسي، أو هدوءًا كهدوء كاهن من كهنة «زن» يسبق الضغط على زر للتدمير الذاتي.

استمر كلب المراقبة ينبح أعلى وأعلى. أنفاس الكلب الكهربائية الساخنة كإشارات الدخان في هواء بارد. يستدعيهم للقبو. سوف يقبضون عليَّ وأنا بلا حيلة. لو رآني أرحل سيخبرهم بوجهتي وسينبح بتلك الشفرة. نباح.. نباح.. نباح.. نباح.. طويل.. قصير.. قصير.. قصير. وكنت صافيًا هادئًا كالفضاء البعيد.

كان في مختبر القبو رطل كامل من مركب «إم دي إم أيه» (الإكستازي) غير مضغوط وغير مقطع، مع اثني عشر رطلًا من الميثامفيتامين في مراحل عدة من إعادة التبلور. معًا يقدَّران بمائة وخمسين ألف دولار.

أوقفت التبريد.

إن شرائط عقار «إل إس دي» التي تحوي ستة أقراص تساوي ستة وثلاثين ألف دولار. فتحت علب الإيثر الثماني التي تتسع كلٌّ منها لخمسة جالونات. سوف يكف الكلب عن النباح في أي لحظة.

هناك ثلاثمائة «صانع قبعات مجنون» بانتظار السيارة «البيك أب»، ومعها كمية هائلة من الأرانب البيضاء ومستر ضفدع، إضافةً إلى مائة غواصة صفراء وميني الأزرق. أدوات المختبر تقدَّر بخمسة وسبعين ألف دولار.

توقف النباح.

قطعت التيار الكهربائي.

لديَّ جالون من الطولوين وفرصة ١٪ ألا يُطلق عليَّ الرصاص لو فتحت باب القبو. نظرت عبر الشقوق، ثم فتحت الباب ببطءٍ. لا شرر. خرجت لليل وفرصة الـ١٪. تركت الطولوين يسيل خلفي على الدرجات ليتجمع في أبخرة الإيثر بالقبو. صورتكِ كانت في جيبي، فلثمتها مرَّة، ثم أشعلت طرفها وألقيت بها على الدرجات الخرسانية. صورة وجهكِ أنقذتني.

جريت، فلم يكن هناك فراغ بين الوميض والزئير. أضيئت الصحراء بلون النهار لأربع ثوانٍ. وجريت بأسرع ما استطعت. كل مخلوق ليلي صار عاريًا مكشوفًا تحت أضواء البيت المحترق. قيوط.. كلاب براري.. عناكب في حجم قبضتي.. أفاعٍ ذات أجراس. من دون ضوء من مختبر أوز لكنت قد هلكت.

تبعت ذلك موجة من الظلام استمرت بضع ثوانٍ. أبطأت من ركضي موجات ريح ساخنة تثني نبات الصبار الصحراوي للأرض. توقفت عن التنفس ونظرت خلفي. كرة نار في ضعف حجم البيت نفسه ارتفعت إلى السماء. جميل.

الحياة التي استعارتها الصحراء من يوم القيامة، وكرات النار التي

انتشرت على شكل ألسنة غاضبة في كل اتجاه، ثم التقى كل شيء. احترقت الوطاويط. كانت متضايقة وتبحث عني. وصار عليَّ أن أركض أسرع من صدى صوتي.

جريت حتى صارت النار بعيدة عني فلا تنير طريقي. هنا مشيت في الظلام متحاشيًا الطريق كلما رأيت ضوءًا. شعرت بالتعب يجذب قدمَي، وبدأت رمال الهلوسة المتحركة تلتف حول صدري وعنقي. ظهر ضوء شارع من بعيد على التقاطع، محطة البنزين المهجورة التي طلبتكِ منها من قبل. الخط كان ملوثًا، لكن لم يكن لديَّ خيار. بحثت في جيوبي عن فكة، لكن وجدت الحبوب التي كنت أحملها في المطعم. الدليل الوحيد الباقي. مختبر أو لا مختبر هي كافية لسجني. يجب أن أتخلص منها، لكن لا أستطيع التفكير بصفاء. ذعرت وابتلعتها.

هذه هي النقطة التي تلاشت عندها ذاكرتي.

ذاكرتي تعض ذيلها وسط الوطاويط المحترقة والأظفار الذائبة، بينما يضمحل مختبر أوز إلى كدمة متفحمة في الصحراء. تموت الجذوات البعيدة وتظلم كابينة الهاتف. لا أرى شيئًا سوى المعدن الأسود وبلاستيك الهاتف نفسه برغم أني لا أذكر أنه كان فيه ضوء أخضر. تتعود عيناي الظلام فلا أجد نفسي في كابينة الهاتف. الضوء الأخضر من صندوق العملة في الكابينة رقم ٤. وفي الظلام أشعر بخشب لوح المقصلة الذي يفصل راقصة الزجاج عن العالم خارج غرفتها الوردية.

إما أنني أسقط إلى الأرض، أو صندوق العملة يطفو. أمد يدي له فأمسك بمفتاح نور، ويزحف صرصور أخضر مطلي أسفل الجدار خلف فراشي.

أرمش بعينَي. لقد انتهت حياتي.

* * *

أنا مفيق برغم أنه ليس بوسعي القول إنني صافي الذهن. يقابلني

موريل في المحكمة، ويعطيني سترة رياضية وقميصًا وربطة عنق،
فأبدل ثيابي في الحمَّام. يقول موريل إنني أبدو كالموت. وهو محق.
بعدما أبدل ثيابي نعبر الشارع إلى منضدة طعام حيث أشرب القهوة،
ويلوح هو للساقية ويقول شيئًا لا أسمعه. تعود بفلفل أحمر على طبق.

يقول موريل:

ـ كُلْ هذا.

ـ أنت تمزح.

ـ لا. واحدة فقط. يمكنك أكلها بقضمتين.

بعد أول قضمة يحمر وجهي بالحرارة، ويسيل العرق من جبهتي،
وأشعر كأن أنفي ينزف.

ـ لِمَ هذا؟

ـ أريد بعض اللون في وجهك.

ويأخذ علبة أسبرين من جيبه، ويضعها أمامي:

ـ خذ اثنين من هذا وأنهِ قهوتك، فعلينا أن نرحل.

❋ ❋ ❋

تستمر محاكمتي. يقترب موريل والمدعي من المنصة ويتجادلان
حول أدلة مرقمة وموضوعة على مجموعة من المناضد الصغيرة
قرب منضدة الحاجب، كأنها بقايا تحطم طائرة. يناقشان مصداقية
كل زجاجة حقن وكل حقيبة وكل ظرف وكل عينة تربة وشظية زجاج
وقالب لإطار سيارة، رخصة سيارتي وسجلات كابينة الهاتف.
تبدو القائمة لانهائية برغم أنه لا يوجد شاهد واحد يعرفني من
مسرح الجريمة. ليست لديهم سجلات للمختبر. كل جزء من

الأدلة جزء من شيء أكبر وأكثر خطورة، لكنه وحده دليل مهزوز قابل لأن يشكك فيه موريل. موضع اكتشاف كل دليل وقربه من المختبر، وشهادة المطافئ بصدد قوة الانفجار غير المحددة وقدرته على قذف شظايا معينة، والحرارة المبخرة في موقع الانفجار أو الأرض «صفر». يتلو عليهم موريل سلسلة من الغارات على المنطقة المحيطة، وكل واحدة منها قد تترك أدلة مهملة أو مهجورة. لا قيمة للأدلة بشكل فردي، لكنها مجتمعة تخبرني بما أعرفه فعلًا. الدليل على الحريق العمد مطلق، لكن عدا ذلك لا بد من دليل قوي يبرهن على الباقي.

أتفقد قاعة المحاكمة بحثًا عن شخص أميزه. أتمنى أن تكوني أنتِ. لا أرى أنسلنجر برغم أنه لو كان سيشهد فلن يوجد في الإجراءات التالية. سوف يراقب مانهاتن وتوتاج المحاكمة كما أعتقد، لكنهما ليسا هنا بعد. أحيانًا أنظر فوق كتفي إذ تنغلق أبواب المحكمة. هناك من جلس أو خرج، لكن لا أرى أحدًا بين المرحلتين. من المدهش أن ترى كم أن الوجوه المألوفة جمعتها بادئًا من لا شيء. من دونهم تبدو قاعة المحاكمة موحشة. ربما أدعو راقصة الزجاج لتأتي ذات عصر عندما لا تكون مرتبطة بالعمل.

يقول المدعي:

ـ ديزيريه.

عند هذه النقطة استدرت بالكامل. كنت سأطلب الذهاب إلى الحمَّام، لكنني أنسى هذا لحظة سماع اسمكِ. أنظر خلفي آملًا في رؤية شعرِكِ الملتهب وسط المشاهدين، لكنكِ لست هناك

ولا الأبواب تتأرجح لدخولكِ. يتواثب قلبي في مزيج من رعب وأمل، لكن كل شيء متوقف. المدعي يتباحث مع مساعده ويتفقد ورقة ويفحص كيس أدلة صغيرًا.

ـ سعادتكم.

يقولها موريل وهو يتقدم إلى منصة القاضي، ويقول:

ـ الدفاع يرغب في حذف هذا الدليل من المراسم.

يقول المدعي:

ـ هذه العينات جمعها نفس الفريق من نفس مكان الحريق كجزء من ذات التحقيق.

ويرفع ظرفًا من الورق المقاوم للدهون ألصق عليه ملصق ملكية. يمكنني معرفتها من ألف ميل، الأقراص الزرقاء اللامعة التي أعادتني إلى ذراعيكِ في فندق «طائر النار». علاقتها بي غير واضحة في أفضل الظروف، لكن هذا الرجل ينوي أن يحقق ذاته بإرسالي إلى السجن. العقل المدبر لآخر عقار مرعب.

يقول:

ـ نحن نرى لماذا يتم استبعاد هذه.

ينزع القاضي نظارته ويكلم موريل:

ـ أيها المستشار؟

يقول موريل:

ـ سعادتكم، لو أراد الادعاء اتهام موكلي بأي جريمة، خاصة بصنع هذه العقاقير بشكل غير قانوني، فعلى الادعاء أن يعرف بشكل صحيح...

ويضغط على «يعرف بشكل صحيح» وهو يرفع صورة مستند:
ـ ومن دون مصطلحات عامية أو لغة شوارع تلك المادة التي يتهم موكلي بصناعتها.
وقف المدعي ليتكلم، لكن موريل لا يصمت:
ـ لو أريتني مستندات تدينه بحيازة «الكيف» أو «المزاج» فسوف أعيد التفكير.
يدوي الضحك في قاعة المحكمة، لكني لا أضحك.
يثب المدعي:
ـ سعادتكم...
يحاول موريل أن يسكته ثانية، لكن القاضي يسكته.
ـ وجود هذا العقار موثق ومعروف جيدًا، فهو إضافة حديثة جدًّا إلى السوق السوداء. إنه عقار مقلد جديد لا ينتمي إلى الإنتاج الطبي.
من جديد يحاول موريل المقاطعة، لكن المدعي يواصل رافعًا صوته:
ـ افتراض أنه جاء من مصنع دواء ما زال افتراضًا. وسواء كان العقار له أصل قانوني أم لا، تظل الحقيقة هي أن كل الأدلة تؤكد أنه من منتجات السوق السوداء. ليس لدينا اسم آخر له سوى اسم الشارع الذي يُعرَف به...
ويُخرج صورة من مستند، ومن بعيد تبدو لي نسخة من الورقة التي مع موريل:
ـ الجلد...

ويضع عويناته ويبدأ في قراءة قائمة من مصطلحات الشارع:

ـ اللمسة، المهد، درما، دي.

حتى يقاطعه موريل:

ـ الادعاء يستعمل اسم فتاة سعادتكم...

هنا تنفجر القاعة بالضحك.

ـ هم لم يعرفوا المادة بعد، لذا نجد أنهم غير مستعدين لتوجيه الاتهام بتصنيع مادة لا يعرفونها. لن أسمح لموكلي أن يُتهم بأنه يصنع عقار «بيجي سو» في المختبر.

من جديد تدوي ضحكات هستيرية. يدق القاضي بمطرقته لِيُصمت الضحك، ثم يطلب الخصمين إلى المنصة من جديد.

بعد دقائق من الغمغمة والإشارات أشعر بكرة من رصاص في معدتي تثقل كل ثانية. يعود موريل ويرفع القاضي المحاكمة إلى الغد.

يهمس موريل لي:

ـ هل تعرف شيئًا عن هذا؟

ـ عن ماذا؟

ـ أسماء الشوارع. يبدو أن الموضة أن تطلق عليه اسم امرأة.

ـ يبدو مألوفًا. تعرف الوضع معي.

ـ أنا كذلك. على الأقل نحن نعرف ما يعنيه اسم ديزيريه.

لا أسمع شيئًا آخر. كرة الرصاص تسقط في خندق بسرعة نهائية وتأخذني معها، لذا أتمسك بحافة المنضدة كي لا أسقط في الثقب الأسود تحت بساط قاعة المحاكمة.

يقول موريل:

ـ الأمور تتحسن. لديهم جبل مخيف من الأدلة، لكن الأجزاء تتحطم بسهولة.

أخبار طيبة، أعرف هذا. أمامي حكم بالسجن مدى الحياة لتهريب المخدرات، والمحامي الذي عينته المحكمة يبدو متفائلًا، لكني لا أشعر بذلك.

ـ اهدأ يا إريك. تذكر أنك لست في محاكمة بعد.. ما زلنا نناقش الأدلة. كن هنا مفيقًا ومبكرًا.

* * *

بللت قميصي بالعرق عندما وصلت إلى المسرح. رأسي يصرخ. المحكمة رفعت في الرابعة، ولم أَرَ كل هذا الضوء على قدر ما أتذكره. أتذكر رؤية ضوء الشمس قبل الحريق، لكني لم أعُد أثق بهذه الذكريات. احتمال ضعيف أن تكون راقصة الزجاج تعمل الآن، لكني لا أتحمل رؤية غرفتي. لقد ولى إغراء «الجلد». لا أريد تذكر أي شيء آخر لأن ذكرياتي تزداد سوءًا.

أخطو إلى الكابينة رقم ٤ ومعي حفنة عملات. لا أسأل عن ديزيريه هذه المرَّة. لم يفترض رجل العملات شيئًا، لذا أعطاني الباقي كاملًا. أغلق المزلاج وأوقع بعض العملات النحاسية، وأنا أبحث عن صندوق العملات في الظلام. تنفتح مقصلة الزجاج وتظهر راقصة الزجاج. ظهرها لي لأنها ترقص لواحد آخر في نافذة على الجانب الآخر من الحجرة الوردية. أدق على الزجاج مرَّة ثم مرَّة أخرى أقوى غير مبالٍ إن كان رجل التنظيف هنا. لا تسمعني. عندما يهبط الشباك

٢١١

المقصلة في الجهة الأخرى أدق بقبضتي. تستدير نحوي وتتحول ضحكتها إلى جليد.

ـ أنا آسف.

أريد أن تسمعني، لكني أكره رفع صوتي. أدفع ثلاث أوراق جاكسون عبر فتحة البقشيش:

ـ أنا تمام. لم أُرِد أن أفزعكِ.

ـ أنت لم تفزعني.

وتأخذ المال وتدسه في سروالها:

ـ هل تريد رقصة؟

ـ لا.

ـ جميل.

وتمشي مبتعدة بينما أدق على الزجاج ثانية:

ـ انتظري، هل بوسعي الكلام معكِ لثانية؟

ـ لديَّ زبائن. لو أردت الكلام فلتجد رقمًا في الصحف.

ـ لقد أعطيتكِ ستين دولارًا حالًا.

تقلب عينيها وتنحني حتى يصير وجهها في مستوى وجهي:

ـ تكلم.

ـ هل تعرفينني؟

ـ أنت الرجل الذي يحمل عملات وأعضاؤه متقرحة، أليس كذلك؟

ـ بلى. لا. أعني نعم. ليس بالضبط. لا بد أنكِ خلطتِ بيني وشخص آخر.

تقول:

ـ كنت أمزح.

تُخرج لفافة تبغ وقداحة من مكان ما، وتشعل لنفسها وتأخذ شهيقًا عميقًا، لكن لا تقول شيئًا.

ـ ديزيريه، أرجوكِ انظري إليَّ، هل التقينا من قبل خارج هذا المكان؟

ـ أنا لست ديزيريه.

وتنفخ سحابة دخان في الزجاج.

ـ أعرف أن اسمكِ ليس ديزيريه. هذا اسم للعرض، ولن أسأل عن اسمكِ الحقيقي.

ـ نعم لن تسأل عن اسمي الحقيقي، وكذلك أنت لا تعرف اسمي الفني. اسمي تشارلين في قائمة الراقصات، وهذا هو الاسم الوحيد الذي ستظفر به مني.

ـ لا. سألت عن ديزيريه فأرسلني إليكِ.

وأشير بإبهامي خلفي إلى حيث كان رجل العملات يجلس.

ـ بالطبع فعل ذلك، وبالطبع أنا أعرفك.

جميل، هي على الأقل تفهمني.

ـ إذن أنتِ تعرفين أنني تمام.

أنا أهدأ الآن. أتكلم همسًا:

ـ اسمكِ ديزيريه، أليس كذلك؟

تضيء الكابينة بضوء أزرق مع صوت سوط يهوي، ويحترق أنفي بالكهرباء. كنت أنظر إلى عينيها أو طرف السيجارة المشتعل. لكني

كنت ملتصقًا بالنافذة أحاول أن أهمس لها ويدها الأخرى بعيدة عني، والآن هي تدس أسنان مسدس صاعق بالكهرباء عبر فتحة البقشيش. تدسها في بطني مباشرة. بعد الصوت الذي حولني إلى شجرة كمثرى محترقة قد تكون أو لا تكون موجودة.

تقول:

ـ لا تتحرك. من أرسلك؟

لا توجد حركة أقوم بها يمكن أن تكون أسرع من ضغطها على الزناد. كردِّ فعل ترتفع يداي في الهواء وتسقط عملات نحاسية على الأرض. صوت أعرفه أكثر من أي شيء آخر. شعرت به من دون «الجلد».

أقول لها:

ـ بعض الأشخاص من الفندق، قالوا إن عليَّ أن أسأل عنكِ.

ـ تعني ديزيريه.

ـ نعم ديزيريه.

الأسوأ من أن تكون مخطئًا هو أن تكون غير متأكد.

ـ أي فندق؟

ـ فندق «طائر النار». إنه على بُعد نصف ميل من هنا.

من الغريب أنني لم أخبر أحدًا بمكان إقامتي حتى هذه اللحظة.

ـ أعرف مكانه.

ـ رجلان يقيمان هناك.. جاك.. لديه صديق نحيل لا يتكلم.

ـ أعرفهما.

ـ إذن تعرفين اسم صديقه.

ـ لا.

ثم تهمس:

ـ وأنت أخذت كل ما معي آخر مرَّة.

ـ من يمدك بالصنف؟

ـ لن أخبرك.

وتقف لترحل.

ـ من فضلك انتظري، من هي ديزيريه؟ أريد سماع ذلك. أريد التأكد.

ـ لا أحد. هذه شفرة. يجب أن تكون عليمًا بذلك.

ـ شفرة لأي شيء؟

تتجمد عيناها الزجاجيتان كعينَي الكاميرا لرأس الأيل. تمضغ لفافة التبغ. طرف السجادة الوردية في نافذتي محترق ومسود بأعقاب السجائر.

أقول لها:

ـ أنا نظيف. أنا لا أخدعكِ.

وأرخي ربطة عنقي وأبدأ في فك أزرار قميصي، لكن تهز رأسها وتلوح لي كي أتوقف:

ـ عليك أن ترحل الآن.

أزرر قميصي ثم أسألها:

ـ هل بوسعكِ قراءة الكف؟

لا تقول شيئًا، لكن فمها ينطق عبر الزجاج لفظة «ارحل».

ـ أعرف أنه سؤال غريب، لكن هل تقرئين الكف؟ أو هل بوسعكِ معرفة طالِع أحد بالبطاقات؟ نعم أم لا؟

ينطلق مزيد من البرق. إنها تحمل منخاس الماشية هذا عند خصرها خلف الزجاج، حيث لن يلمسني غالبًا. لكن مشهد وصوت هذا البرق المصغر يهدد بأن يفجر قلبي.

تقول:

ـ لا. الآن اخرج.

ـ فقط كرري، اسمكِ ليس ديزيريه، اسمكِ الحقيقي لا يهمني ما دام ليس ديزيريه.

لو كانت تقول شيئًا فأنا لا أسمعه. وقتي ينتهي، ونافذة المقصلة تهبط لتحجب الضوء الوردي لآخر مرَّة، إذ أخرج من الكابينة رقم ٤ يضع رجل العملات يده على مؤخرة عنقي والأخرى حول معصمي، وهو يلوي ذراعي بقوة خلفي فأعرج من الذعر. أشعر بجروحي مشدودة حتى تكاد تتمزق عند الحواف. يقذفني إلى الخارج. صندوق بريد يوقف دحرجتي في الشارع.

٢٥

أريد أن أنسى كل شيء من جديد. «الجلد» المخبَّأ في غرفتي يمكن أن يجعلني أسافر عبر الزمن في جمجمتي لأسابيع، لكن لا أريده بقربي. من المحتمل جدًّا أن كل ثانية استعدتها هي حلم متجلٍّ وطويل، لكنه يظل حلمًا. هناك احتمال قوي أنني كنت في الحقيقة وحدي في المختبر منذ البداية، و«الجلد» ليس سوى وليد أفكاري. ولو أردت أن أفضح كل شخص تعاملت معه فليس هذا بوسعي، لأنه لا يوجد أي شخص. هناك احتمال مماثل أنني كنت قريبًا عندما انفجر مختبر أوز برغم أنه لا دور لي في ذلك. أنسلنجر جمع الأدلة، ووجد الاسم المتعلق بالسيارة «الجالاكسي»، وقرر أنني سأكون إريك أشوورث. هذا وارد جدًّا. ربما كنت في حطام سيارة وأنا عائد من الكنيسة، أو كنت ذاهبًا إلى موقع بناء. وحظي السيئ هو أنه ليس لديَّ تأمين ولا ذاكرة ولا قريب. حظي السيئ أن أنسلنجر كانت لديه قضية مهمة أراد أن يغلقها بإحكام فلا يتسرب إليها الماء. من المحتمل أن وايت وأنسلنجر يعرفان بعضهما. كل شيء محتمل، وكل شيء غير محتمل. كلاهما نفس الشيء.

لم يتحرك «لو». إنه خلف البار يمسح كأسًا. نفس الشيء على قدر علمي. وكما أن راقصة الزجاج لا تترك حجرتها الوردية أبدًا، فإن جاك وشجرة الفاصوليا لا يفارقان فندق «طائر النار». «لو» يقف في ذات المكان بنفس التعبير، يمسح نفس الكأس بنفس المنشفة كلما دخلت البار. الكون محشور، وأنا القرد بين التروس. يسألني «لو» إن كنت أريد ذات الطلب، فأقول نعم لكن لا تضع كولا.

ـ هات ويسكي سكوتش وصودا.

مانهاتن وايت يجلس على مقعد البار بجواري ويُخرج حافظته. أقول:

ـ وسكوتش وصودا.

وأبعد ماله عني قائلًا:

ـ لا، لديَّ.

أقرب شيء إلى الشعور الطيب اليوم هو ألا تشعر برعب أو مقت في وجود وايت.

يسألني:

ـ هل يضايقك أن أجلس معك؟

ـ نعم.

ـ هل أرى بريقًا من المعرفة؟

يبتسم ويضربني في كتفي كأنه مدرب فريق كرة. فأهز رأسي. أكثر من بريق معرفة.

ـ أنت هنا لتقتلني.

«لو» يضع كأسينا، فأرشف الويسكي وأقول:

ـ هذه فرصتك. لن أقاومك أبدًا.

يبتسم وايت ولا يرشف من كأسه، ويقول:

ـ دعنا لا نستبِق الأحداث هنا. الأشياء الأولى أولًا. كيف حالك؟ هل عاد قابس مخك إلى وضعه، أم علينا أن نعيد كل الغناء والرقص من جديد؟

كان يومي سيئًا، وهذا الأسلوب المازح يزيد الأمور سوءًا.

ـ لقد تناولنا آيس كريم منذ أيام، هل تذكر؟

أقول:

ـ أتذكر. وقبل هذا قابلتك في بيت قرب ليتل روك، وطلبت منك العون لأن هناك من أصيب، وهناك من اختفى.

ـ هذه أنباء طيبة.

ـ لا، ليست كذلك.

يقول:

ـ يبدو كأن ذاكرتك قد عادت. لقد ضربت على رأسك، لكنك أفضل الآن.

ـ لم أُضرَب على رأسي، بل أخذت جرعة زائدة. كنت في حالة موت دماغي لمدة ثماني ثوانٍ.

ـ يبدو لي ذهنك صافيًا.

ـ هذا مريح. لو افترضنا أن ما أذكره عنك صحيح، لأن أي شيء آخر فراغ. حسبت ذاكرتي تعود، لكني كنت مخطئًا.

ـ إذن هذا ليس من شأني. ما أهتم به حالًا هو تعويضنا، وأن تعيد إلينا حقوق الملكية الفكرية التي تكلمنا عنها الأسبوع الماضي.

ـ لا أستطيع مساعدتك.

وأُفرغ كأسي وأطلب من «لو» أن يملأه من جديد.

ـ إجابة خطأ. أنت مدين لنا بالمال ودرس في الكيمياء، وإلا كان عليك أن تحدد وقتًا للعب مع ابني.

ـ درس الكيمياء الذي تبحث عنه قد ضاع في هذه الثواني الثماني. يمكن أن أرى قِطعًا من النموذج في ذهني، قِطعًا ربما تنتمي إلى فيتامين أو بلاستيك. أقول له:

ـ لو كنت تريد عينة فبوسعي أن أجلبها.

ـ لدينا عينات. ليست هذه هي المشكلة.

ـ إذن لا مشكلة هناك. ابحث عمن يحللها ويفصل القلويد النشط، ثم قم بالتخليق العكسي. شخص لديه وقت وأدوات. أتمنى لو ساعدت، لكن مختبري صار بليون قطعة موضوعة في خزانة أدلة. ويبدو أني نسيت دراساتي العليا بينما كانوا يُجرون لي الإفاقة القلبية التنفسية.

ـ شخص؟ هل تقترح أن نعلن في الجريدة عن هذا الشخص؟

ـ بالتأكيد، الشهادات تتضمن خلفية واسعة في الكيمياء العضوية والإنتاج على نطاق واسع، ألَّا يكون لديه خلل في المخ أو أعداء يهددون حياته. المتهمون يمتنعون.

يضحك وايت، كأنه يستمتع بصحبتي. ويقول:

ـ أنت غير قابل للاستبدال يا إريك. من ضمن ما نسيته هو كم أنك متفرد. كان بوسعك شفاء السرطان، لكننا لحسن حظنا وجدناك أولًا. سوف أفتقدك فعلًا. لم أحسبني سأقول هذا قَطُّ.

ـ أنهِ الأمر إذن.

ـ هلَّا هدأت قليلًا؟ أنت مصاب بالبارانويا حقًّا.

ـ ليست لديك فكرة.

يسأل وايت:

ـ ماذا عن المال؟

ـ ماذا عنه؟

ـ المال ليغطي الأضرار التي سببتها. هذا سيسمح لنا باستئجار رجلك الغامض.

ـ لا يوجد مال.

لا يقول وايت شيئًا. وجهه خالٍ من التعبير ينتظر مني أن أكمل.

ـ لا توجد دعابة كذلك. عندي بعض المال والمشروعات العلمية في غرفتي. مرحبًا بزيارتك.

ـ لا تستفزني يا إريك. لقد انتهت النكتة.

ـ هي لم تبدأ قَطُّ. لقد ضاع المال... كله.

يمد يده إلى منشفة، ويُخرج من جيبه قلمًا، ويناولني الاثنين. يقول:

ـ دوِّن رقم الحساب هنا. هنا، سوف أسدد حساب البار وإيجار الغرفة لباقي الشهر، ولن تراني ثانية.

ـ المال كان في البيت. الآن أنت تفهم. لقد ضاع.

يقول وايت:

ـ احترق.

ـ كان في خزانة تحت الأرضية.

ـ الفدراليون أخذوه.

ـ أوتو أخذه.

ـ مرَّة أخيرة.

ويغتصب ابتسامة، كأنه بائع سيارات تَلقَّى ركلة في ساقه.

أكرر:

ـ أوتو. لقد قدمنا لبعض، هل تذكر؟ مجنون القمار. لو كنت مكانك لعددت المال في كل حقيبة أعطاها لك. اختفى قبل الحريق بأسبوعين. ذهب إلى أوز أولًا ونظف كل شيء. لم أرَه من وقتها. ابحث عنه. يمكن لابنك أن يكون ضيفي، فلْتُبلغه تحياتي.

ـ لديَّ عمل يجب أن أقوم به.

يعيد وايت القلم إلى جيبه ويقف.

ـ دعنا نلتقِ بعد ثلاثة أيام هنا. أنت ظفرت بمرحك، وأرى أن هذا يستغرق وقتًا. لكني واثق من أنك ستحمل حقيبة قماشية كبيرة عندما نلتقي ثانية.

أختار بين عبارتَي «أنت لم تكن تصغي إليَّ» أو «لا بد أن مخك مختل أكثر من مخي»، لكن وايت يوقفني.

ـ لا تقُل شيئًا. لقد فقدت حاسة المرح. مساء الخير يا إريك.

أنهي شرابي ثم أطلب أنسلنجر. انتهت ساعات العمل، لذا من جديد غرقت في بريده الصوتي.

أقول له:

ـ أيًّا كان الأمر، لقد رحلت ومعي الحقيبة. كان معي شريك هو أوتو الذي تركني أنا أتلقى السقطة. لا أعرف باقي اسمه، لكنه

كان هناك يقوم بكل شيء، حتى جردني من مالي ووثب من السفينة. أشُك أن هذا مفيد لك الآن، وأعرف أن الوقت تأخر بالنسبة إلى حالتي، لكن لو وضعت يديك عليه سأوقِّع أي شيء تطلبه، لو كان هذا سيساعدك على دفنه.

كأنك تصحو شاعرًا بالغثيان بعد ليلة من السُّكْر، تلبس ثيابًا لا تعرفها، ودمٌ غريب على قميصك. الفوضى تتبعك عبر طريق لا تذكر أنك تركته. أدخل غرفتي فأجدها كريهة الرائحة. رائحتي الكريهة تفوقت على عطن النزلاء السابقين. رائحة حمض البوريك الزنخة تملأ الجو مختلطة بطبعة من عرق جسدي على الفراش كالكفن، والرائحة حبستها الصحف التي حشرتها في شقوق النوافذ والليف على الأرض. الملصقات المنتزعة من العلب الكرتونية والأوراق الممزقة تغطي جدراني، وهناك عرض للصراصير الميتة من الأرض حتى السقف، ورسوم تشير إلى مخططات نظرية لشرائح التتبع ومقويات الإشارة وأدوات التسجيل. «البلاتيلا ترانسميتوس»[1]، كان هذا يبدو معقولًا وقتها.

---

(١) البلاتيلا ترانسميتوس: اسم لاتيني وهمي كأنه مشتق من مصطلحات علم الحشرات، ومعناه: «الصرصور الناقل للإشارات». (المترجم).

كنت مخطئًا بصدد الحشرات، لكن لم أكن مخطئًا بصدد كوني مراقبًا. هناك من رتب أن تكون كفالتي قليلة وسهلة مقابل التُّهم الموجهة لي. هناك من تأكد من أن المال الذي ضُبطت وهو معي قد عاد. كان لا بد من الحصول عليه.. تقليصه إلى الربع.. ثم حجزه كدليل. لكنهم أعادوا كل دولار منه. ليس لدى وايت ولا أنسلنجر هذا النفوذ، لكن هويل يقدر. يجب أن أخرج من هنا وهم يعرفون هذا. عندما يتكلم شخص «عنهم» فهو يشير إلى هويل سواء قصد أم لا.

عند دخولي سألني شخصان جديدان في اللوبي عن مكان لقاء مجموعة إعادة التأهيل. رجلان ضخمان عضليان يلبسان أحذية ذات عنق. يزعمان أنهما بلغا القاع، وأن المحكمة أمرتهما بالالتحاق ببرنامج تأهيل. كلاهما كان أكثر صحة من نزلاء طابق كامل من نزلاء الفندق. ثم جاء شخص ثالث يتفقد السباكة. كان يذهب ويعود من سيارته «الميني فان»، لكن ثيابه لم تكن متسخة، ويداه لم تكونا مبتلتين. المفتاح الإنجليزي كان بحالته بلا صدأ أو بقايا جير.

حارس العقار بدا ودودًا جدًّا. قال:

ـ هيه، رجل ترك لك هذا.

وناولني ظرفًا أبيض عليه اسمي. كانت يداي ترتجفان، لكني أخذته. ثم جريت إلى غرفتي قبل أن يتبعني السبّاك.

يقول الهمس:

ـ اقفز.

هذه المرَّة بصوت أعلى، وعندما أسمعه ثانية لا يكون همسًا. أبتعد

عن النافذة وأسحب أوراق اللعب وأفرد لعبة أمامي. هنا أسمع دقة على الباب، لكني لا أفزع هذه المرَّة. أعرف هذه الدقة.

ـ لطيف منكما أيها السيدان أن تأتيا.

يخطو جاك وشجرة الفاصولياء إلى الغرفة من جديد، وكأنما هناك من ينتظر ليأخذ قبعتيهما ويقدم لهما البراندي.

يقول جاك في عصبية:

ـ مساء الخير يا سيدي. من الجيد أن نراك مشغولًا إلى هذا الحد. عرفت من ثيابك أن المحاكمة بدأت.

بدأت محاكمتي بذات المنطق الذي تبدأ به طائرة التحليق نحو جبل.

ـ ويبدو أن الأمور ليست على ما يرام.

ـ جاك، لست مستعدًّا اليوم. ماذا تريد؟ أم أنك هنا لتقول إنك أنذرتني؟

ـ كنت سأقول إنك تحسن تعذيب نفسك، وحدك.

ـ شيء كهذا.

يتفحص شجرة الفاصولياء رسومي وتشريحي، ويُدوِّن ملاحظات في مفكرته السوداء، والسماعات مثبتة لأذنه.

ـ كم بقي لك من وقت؟

ـ لا أعرف. ربما غدًا أو بعد أسبوع. ما زالوا يناقشون مصداقية الأدلة. هناك الكثير منها.

ـ ولا تعرف النتيجة؟

يحرك جاك رأسه كأنه يسترضي طفلًا جريحًا.

ـ لا أعرف ما تعنيه.

ـ هل أنت مذنب؟

بهذه المباشرة. أعرف أن جاك يرتقب أن أفشي سري، بينما شجرة الفاصولياء يبحث عن دليل. يريد هويل أن يعرف ما أعرفه. هويل أطلق سراحي. هويل أرسلني إلى ذات الفندق حيث يوجد جاك وشجرة الفاصولياء. وهما قدَّماني إلى راقصة الزجاج التي أعادت إليَّ ذاكرتي.

في اللحظة التالية يتهاوى بيت أوراق اللعب الذي صنعته بنظرية المؤامرة، إذ سقطت فوقه ريشة من الشك. وأدرك أنني مخطئ.

يقول جاك:

ـ أنا نظيف إن كنت تتساءل. يمكن أن أريك.

ـ ليس هذا هو الأمر. لا يهم الآن.

ثم تخرج الكلمات من فمي:

ـ نعم، أنا مذنب.

لم يرتفع ثقل عن كاهلي، ولا أشعر براحة. كأنني اعترفت بقتل «سنووايت».

ـ حسبت أنني تذكرت كل ما جعلني مذنبًا، لكني كنت مخطئًا.

ـ بهذه الطريقة ديزيريه لا يُعتمد عليها دائمًا.

ـ أرجوك!

أقولها وأنا أرفع يدي لأمنع جاك من قول شيء آخر. أريد أن أحتفظ بنعمة الوهم قدر استطاعتي.

ـ قمت بمشروعات مع أبي وأنا صغير.

أجلس على حافة فراشي، وأحاول ترتيب ما أحسبني أعرفه:

ـ تعلمت منه كيف يعمل الكون. لكنه وأمي علَّماني أن أؤمن بالله. لكن هذه الأشياء...

لا أعرف كيف أُكمل. غير واثق مما إذا كان أبي وأمي اللذان أذكرهما وُجدا حقًّا. الظرف الأبيض على فراشي. نسيت أمره، لذا فتحته وأنا أكلم جاك:

ـ ما تعلمته عن الله وما تعلمته عن العلم لا يتفقان، لهذا تصورت أن المكان الذي تلتقي فيه الفكرتان هو الكيمياء، في المخ.

ـ إذن نحن نعرف لماذا تُحاكم.

ـ نعم، أعتقد هذا، لكني أنا نفسي لم أعُد أعرف إن كنت أذكر أسبابي، وهل فعلت أي شيء مع أبي؟ أعتقد أنه مات وأنا صغير. لكني لست واثقًا، ربما ضربني البرق، لكني لست متأكدًا. لم أخبركما بهذا كله؟

أكلم مدمن مخدرات مهذبًا زلِق اللسان مغطى بالقروح الملتهبة، يتكلم مثل الكمبيوتر القاتل في ذلك الفيلم الفضائي، وصديقه شبه المعتم الذي يشبه عصا حية مولعة بموسيقى الجاز.

ـ قلت لك من قبل، نحن الاثنان...

ويشير إلى شجرة الفاصوليا بذراعه المفرودة وكفه المقلوبة إلى أعلى كأنه مرشد سياحي في متحف:

ـ نحن الصديقان الوحيدان لديك.

أفتح المذكرة متوقعًا خطاب تهديد مكونًا من حروف مقصوصة من المجلات، لكني أجد رسالة مكتوبة بحروف كبيرة جميلة:

وجدناها قرب موقع الحريق. ربما تساعدك. القيوط مستريحة.

ن. أنسلنجر

هناك ورقة أخرى خلف المذكرة. إنها صورة لياقة كلب، وهناك خاتم على الصفحة مع رقم دليل ورقم قضيتي. الصورة داكنة مهزوزة، وتفاصيلها ضاعت في النسخ، لكن من الواضح أنها ميدالية في حجم زجاجة ساعة، وقد حُفر عليها اسم «أوتو».

أقول:

ـ أنا فعلًا قد ارتطمت بالقاع.

ـ أرجوك. هذا غير مطلوب.

ـ أنا آسف.

بدأت أثق فيه، في كليهما باعتبارهما صديقَي الوحيدين.

ـ لم أفند الاتهامات قَطُّ. فقط أحاول تذكُّر ما قمت به لأجلب هذه التهم، بصرف النظر عما إذا كنت ارتكبت ذلك أم لا. فكرت أنه ربما لديَّ فكرة عن السبب. لست شخصًا سيئًا. لم أكن أبحث عن المال.

ـ لكن ما زلت تعتقد أنك مذنب؟

ـ نعم، لكن كل ما أذكره خطأ، كل ما يقود إلى مجيئي هنا لم يحدث. قلت إنني كنت أحب. أنت محق. لكن هذا لم يحدث.

يقول جاك:

ـ أعرف ديزيريه. الأمر يشبه أن تقع في الحب كل ليلة ويتحطم قلبك

كل صباح، للأبد مثل برومثيوس [1]، فقط ننسى كم أن ذاكرتنا غير دقيقة. الاحتفاظ بذاكرة طيبة معناه تدمير قدر عظيم من الماضي. يصمت جاك وينظر إلى قدميه، وللحظة لا يوجد صوت سوى شجرة الفاصولياء يخط في مفكرته.

ـ آسف إن كنت أعظ. ليس هذا بالمكان ولا الوقت المناسبين.

ـ انسَ الموضوع.

ـ هل من شيء يمكنني عمله.

ـ أخرِجاني من هنا.

أمزح وأتكلم بجد في الوقت ذاته.

ـ ألا يمكنك الرحيل وحدك؟

ـ هم يراقبونني. أنا أحمل خطر الهرب.

لا يبدو تعبيرٌ على وجه جاك.

أقول:

ـ يمكنك أن تصدقني أو لا تصدقني.

ـ ولو صدقناك، فإلامَ يقودنا هذا؟

لم أفكر جيدًا، لكن الإجابة تندفع إلى ذهني في لمح البصر. أقول له:

ـ العودة إلى المختبر. أوز. ما تَبقَّى منه.

ـ هل تعرف مكانه يقينًا؟

____

(١) برومثيوس: الذي سرق النار فعُوقب بالتمزيق الأبدي بمخالب ومنقار الرخ. وهو رمز للعذاب الدائم في الأساطير الإغريقية. (المترجم).

ـ متأكد. حددوا الموقع أثناء المحاكمة.

ـ ولماذا تذهب إلى هناك؟

ـ لنرى إن كان يبدو كما أتذكره. لأرى إن كان هناك شيء أستطيع تذكره بشكل صحيح.

ـ إذن، فلتذهب.

ـ لا أستطيع الفرار أثناء محاكمتي، سأجعل الأمور أسوأ.

ـ هل يمكن أن تسوء عن هذا؟

جاك ليس على حق فقط، بل هو في صفي، هذه المرَّة.

أقول له:

ـ أريد أن أرى المكان لنفسي، فقط لأتأكد من أن بعض التفاصيل صحيحة.

ـ أنت شرحت هذا، وأنا قلت لك اذهب.

ـ لا أستطيع. هم يراقبونني. أعرف هذا.

ـ سوف نساعدك.

ـ لماذا؟

ـ هل هذا يهمك؟

ـ نعم.

يضم يديه خلف ظهره كأنه أستاذ جامعي مثقف:

ـ دعني أسألك، لو اعتقدت أن كل ما تذكره عن حياتك لم يحدث قَطُّ، وصار بوسعك التأكد من حادثة حقيقية على الأقل لتثبت أن جزءًا ولو كان صغيرًا من ذاكرتك سليم، فهل تهتم بالكيفية أو بمن أراد أن يساعدك أو يوقفك؟

أي شيءٍ كي أجدكِ يا ديزيريه!

ـ لا.

لم أمس مخزوني من المسكنات الذي أخذته من الطبيب، كما أنني لم أمس ما حصلت عليه من «الجلد» من راقصة الزجاج، برغم أني لا أذكر كيف حصلت عليه. آخر كمية من «الجلد» أضعها في جيوبي مع ما وجدت من مال في غرفتي، والذي أخفيته خلف إحدى صور الحشرات. لديَّ من الذكاء ما يسمح بأن أعرف الأماكن التي لن يبحث فيها اللص أثناء غيابي.

ينزع شجرة الفاصولياء السماعات، ويلصق أذنه بالجدار، ويبدو عليه الرضا، كأنما أراحه صوت الطنين الذي أنذرني جاك منه. يرفع يده ويعدُّ بأنامله. خمسة.. أربعة.. ثلاثة... اثنان.. واحد.. ويدق جرس الهاتف.

يقول جاك:

ـ هيا.

ألتقط السماعة وأقول:

ـ انطلق.

أعتقد أنها العادة القديمة. هذا صوت حارس العقار:

ـ آه، مستر أشوورث، أتساءل إن كان ممكنًا نقلك إلى غرفة أخرى. لقد وجدنا خبير إزالة حشرات ليلقي نظرة على المكان.

إذن أنا أنال معاملة خمس نجوم في مقلب نفايات. يظنون أنني غبي. أكرر السؤال كأنما أتأكد من أنني سمعته جيدًا. عندما يسمعني جاك وشجرة الفاصولياء، يشير الأخير إلى معصمه ويرفع إصبعًا.

ـ لا مشكلة. هلَّا أعطيتني ساعة؟

يقول الحارس:

ـ بالطبع. قل لي لو أردت شيئًا.

يريد هويل أن يعرف مكاني. سوف يراقبون كل شيء أفعله. لا يمكن أن آخذ باقي مالي من قفص حارس العقار دون أن أدوس على كل جهاز إنذار في شبكة المراقبين من حولي. هناك نسخة من قواعد الفندق مثبتة على بابي من الداخل، والورقة مصفرة بفعل الزمن. أنزعها بحذر لأنها أقرب شيء إلى الخطابات الرسمية هنا. في أسفل الصفحة الثالثة الخالي أكتب تعليمات تقضي بأن تذهب باقي حاجياتي المحفوظة لدى الحارس، إلى حامل هذه الرسالة، مع خصم الإيجار المستحق في حالة غيابي.

ليس الخطاب ملزمًا قانونيًّا، ولا يوجد ما يرغم الحارس على الاستجابة بدلًا من أخذ مقتنياتي لنفسه، لكن لو استطاع جاك وشجرة الفاصوليا إخراجي من الفندق دون علم هويل، فإنني أدين لهما بنواياي الحسنة. أناول الورقة لجاك، ثم آخذ كيس وسادة ألفُّ فيه فرشاة الأسنان وقميصين نظيفين. إذ أفعل هذا كله ينهمك شجرة الفاصوليا في إغلاق نافذتي والستائر، يشير إلى مقبض الباب فأناوله المفتاح، يدسه في القفل، وبسهولة صادمة ينتزع نهايته، تاركًا أسنانه في اللسان. نغادر نحن الثلاثة الغرفة ٦٢١، ويغلق شجرة الفاصوليا الباب عندما نخرج.

يقول جاك:

ـ اتبعني.

ننزل عبر الدَّرج إلى الطابق الثالث عند غرفة قرب مخرج الحريق.
تقول اللافتة:

سوف يدوي الإنذار.

يقول جاك:

ـ ثمة درجات هناك بدلًا من مخرج الحريق، أسهل وأقل وضوحًا.
فقط علينا أن ننتظر.

ـ ننتظر ماذا؟

ـ سوف يتصلون بك خلال ساعة. لن يكون لديهم خبير إزالة
حشرات مستعد لو كانت شكوكك صحيحة.

ـ أعرف هذا.

ـ اتصلوا بغرفتك ليتأكدوا أنك هناك. سيرون من الشارع أن
نافذتك مغلقة، ويجدون بابك مغلقًا من الداخل.
ويدق جاك على الباب قرب مخرج الحريق.

ـ سيحسبون أنني حبست نفسي بالداخل، أنني انتحرت بقطع
معصمي، أو شيء من هذا القبيل.

ـ بالتأكيد. وما داموا يحسبونك بالداخل تنزف، فلن يبحثوا عنك
في محطة الحافلات. لكن علينا الانتظار حتى يأتوا ويدقوا
بابك.

تفتح امرأة الباب. هي في ارتفاع قامة شجرة الفاصولياء، لكن
لها كتفَي جاك.

تقول:

ـ هو ذا صغيري؟

يخطو شجرة الفاصولياء ويحتضنان بعضهما كأنهما أب وأم يتعانقان. تهمس له، وهو يمسح ظهرها في رقة.

ـ حسبت أنني سمعتكما بالخارج.

ـ هل أيقظناكِ؟

ـ كنت أمارس حياة الأميرة النائمة يا جاك.

وتأخذ يده وتلثمه قبلة ناعمة على شفتيه. أنظر داخل غرفتها. في حجم الخزانة، ولا يوجد بها متسع للفراش. هناك مقعد ومرآة تستند إلى جدار. الأرض والفراش مغطَّيان بأدوات الماكياج والثياب الداخلية والأحذية وأنابيب لونها أسود.

تقول:

ـ أنت جلبت صديقًا.

يقدمها جاك لي:

ـ هذه هي دونا.

أقول:

ـ أنا إريك.

وآمل أن أتجنب أي تحية أكثر حميمية من إعطائها اسمي.

ـ لي الشرف يا إريك. لا بد أنك رقم ٦٢١.

تأخذ يدي بيدها. يدها أكبر من يد جاك، وتبتسم لي بأسنان كالخزف.

يقول جاك:

ـ إريك يحتاج إلى أن يبقى هنا بعض الوقت. ليس أكثر من ساعة.

تداعب عظام ظهر يدي بكفها:

ـ هل كنت سيئًا يا إريك؟

أريد أن يبقى جاك معنا، لكني أجد أن عدم الطلب أكثر حكمة. أقول:

ـ كثير من الناس يعتقدون هذا.

ـ بوسعك طبعًا أن تبقى هنا يا قطرة السكر.

وتخطو دونا جانبًا، ولسعادتي يخطو جاك داخلًا أولًا.

تقول دونا:

ـ جاكي لا يثق بوجودي معك.

ـ لو لم أثق بكِ لما جئت هنا.

يقولها جاك وهو يجلس على المقعد الوحيد، وهذا يترك لي ودونا الفراش.

تقلب دونا عينيها، تكلمني بهمس مسموع:

ـ إنه ذكي جدًّا. هل تعرف أن معه الدكتوراه؟

يقول جاك:

ـ دونا، أرجوكِ!

ـ وقطرة العسل هذه...

وتشير إلى شجرة الفاصولياء:

ـ يقرأ كل كتاب في المكتبة، بدأ من حرف «أ» عندما كان طفلًا، ووصل إلى حرف «ي».

ـ دونا، علينا أن نُدخله. يمكنكِ استخدام فتنتكِ عندما يتوارى عن العيان.

أقنع نفسي بأن بوسعي الوقوف في مكان واحد لساعة. أخطو إلى الأمام، لكن دونا تسد طريقي.

ـ لا أحد يركب مجانًا يا قطرة العسل.

لم تترك يدي بعدُ. تنحني عليَّ، لكني أكثر ذعرًا من أن أنكمش.

ـ أنا لست شاذًّا.

ـ وكذلك أنا يا قطرة العسل.

تحيط شفتاها بشفتَي. ناعمتان كالوسائد، ولهما مذاق اللبان. رائحة أنفاسها كالقرفة، ويداها كيدَي أبي. لا يمكن مقارنة قُبلتها بقُبلتكِ. ما زلت أرى شعرَكِ المشتعل الذي يقولون إنه لم يوجد قَطُّ. أحاول أن أتذكر رائحتكِ، لكني أختنق برائحة القرفة والعطر المغشوش.

تقول دونا:

ـ شخص ما غارق في الحب. إن هذا بادٍ عليك.

يقول جاك:

ـ أسوأ أنواع الحب.

تأخذني دونا إلى غرفتها وتغلق الباب وتزيح مزلاجين، ثم تجلسني على الفراش بجوارها.

تُكرر وهي تنزع جوربيها:

ـ أسوأ نوع.

وتبدأ في برد أظفار قدميها وتقول:

ـ جاكي يعني نوع الحب الذي لا تستطيع تحقيقه.

وترفع حاجبًا نحوي:

ـ هل أنا محقة؟

أقول:

ـ نعم، شيء كهذا.

ـ حبيبتك سجينة، أم هربت؟

وتضع مبرد الأظفار، وتأخذ مجموعة من كرات القطن من الكومود المؤقت وتحشرها بين أصابع قدميها، وتقول:

ـ أم هي شخص اخترعته أنت؟

يقول جاك:

ـ دونا.

صوته الرتيب لا يتغير، لكن هناك انحرافًا بسيطًا في طبقته، كأنها نغمة صفارة كلاب لا أسمعها لكن أعرف أنها موجودة. وهي شديدة الصرامة.

ـ هل نحن متطفلون عليكِ؟

ـ بتاتًا يا جاك.

ـ لأنه لو كنا نضايقكِ يمكننا أن نرحل.

تهز دونا زجاجة من طلاء الأظفار، ثم تضعها جانبًا لتنظر إليَّ في عينَي، ومن جديد تأخذ يدي في كفها العملاقة.

ـ آسفة يا قطرة السكر، لم أُرِد أن أحشر نفسي. لا يزورني كثيرون، أو على الأقل ليسوا من الطراز الذي يريد الاكتفاء بالزيارة. لذا أنسى اللياقة أحيانًا.

أقول:

ـ لا تقلقي. لا مشكلة.

كنت مركزًا عليها، حتى إنني لم ألحظ أن شجرة الفاصولياء ليس معنا.

يقول جاك قبل أن تطلق دونا سراح يدي:

ـ إنه يراقب.

ـ بالخارج؟

ـ لا، هو في الطابق السادس. ما إن يأتوا ليدقوا بابك سينزل. عندما لن تجيب ولن يقدروا على فتح الباب، سيفترضون ما هو أسوأ. سيجرب الحارس مفتاحه، وعندما لا يعمل سيطلب المساعدة، وستتركز كل العيون على ٦٢١. عندما تصل الإسعاف وقوات السوات ويغتصبون بابك، سوف تكون قد رحلت. أفترض أنك ستذهب إلى محطة الحافلات.

ـ أفترض، لكنهم سيبحثون عني هناك.

ـ ليس حتى يكتشفوا رحيلك.

دونا تُمضي الوقت في دهان أظفارها وهي تحكي لنا قصصًا عن شراء الأحذية والسجن. عندما انتهت من قدميها قالت:

ـ انفخ عليهما يا قطرة العسل، فقط قليلًا. لا تقلق، فسأكون مؤدبة. أضع كفي تحت كعبها وأرفع أصابعها، فأجد أن قدمها في حجم زعنفة العوم الصغيرة. أنفخ برقة، فتئن بنعومة.

ـ من العار أن كل الرجال الجيدين محجوزون.

وتلتقط أنبوبًا من حقيبتها، وتأخذ جرعة طويلة وافرة، فيبدو صوت الهسيس كأنه إعصار بعيد يمزق الأفق. لا أعرف كيف يبدو هذا. تقدم لي الغليون، لكني أرفض فتناوله لجاك.

ـ قل لي ما الخطأ يا قطرة السكر؟ من يطاردك؟ وماذا ارتكبته بهذا السوء؟

لا أريد الدخول في هذا، وليس هنا، وليس أمام ما يمكن أن يكون

منتجًا من منتجاتي يتبخر أمامي. لكن شيئًا أخبرني أن عليَّ أن أُظهر بعض العرفان. أقول شيئًا وأرتقب إن كانت أوهامي أعمق مما أعرف. أسألها:

ـ هل جربتِ ديزيريه؟

ذِكر اسمكِ بصوت عالٍ يجعل قلبي يسرع، ومذاق الكهرباء المعدني يحرق لساني.

تقول دونا:

ـ قلت لك إنني لا أمارس هذه الأمور.

يقول جاك:

ـ ليس هذا ما يعنيه.

أُخرج إحدى الحبوب الزرقاء من جيب السترة، وأنا حريص على ألا أُظهر كَم في قبضتي.

أقول:

ـ أعني هذه، «ديزيريه»، «الجلد»، «المهد».

وأُلقي بالقرص الزجاجي في كف دونا العملاقة.

ـ نعم، نعم، جربت، لكن سمعت أنها شحت فجأة. هل معك المزيد؟

أنظر إلى جاك الذي يهز رأسه: لا شكرًا. لكن لا أعرف ما أقول لدونا. تقول:

ـ مقابل ضيافتي لك.

أناولها أربعة أقراص أخرى. تلفها في منديل ورقي وتضعها في صدرها.

ـ لماذا تسأل؟

ـ ماذا لو أخبرتكِ أنني اخترعت هذه الأقراص؟

يسود صمت قبل أن تبدأ دونا في الضحك، ضحكة معدنية مبحوحة لا تناسب صوتها المعسول. تعطيني إشارة انصراف بيدها الملطخة بالطلاء، وتشعل الأنبوب من جديد.

يقول جاك:

ـ أحدهم فعل ذلك، وهذا الشخص محلي، هذا كل ما نعرفه.

أسأله:

ـ إذن تصدقني؟

ـ وهل تصدق أنت؟

يعيد لي السؤال، وهو سؤال عادل.

هناك من يدق الباب.

يقول جاك:

ـ حسب الخطة بالضبط.

تريد دونا جرعة أخيرة، لكن جاك يقف بيننا ويدفعني خارج الباب، بينما يدخل شجرة الفاصولياء. يبقى شجرة الفاصولياء خلفنا، وعلى الأرجح يتقاسم الأنبوب مع دونا.

ـ هأنتذا.

يقف جاك معي عند نهاية الردهة أمام باب الخروج. لو كان هناك صخب على ارتفاع ثلاثة طوابق فهو ليس عاليًا.

ـ محطة الحافلات قريبة، نصف المسافة إلى المسرح وادخل يمينًا. من مصلحتك أن تسرع.

ـ ماذا عن إنذار الحريق؟ سيدوي عند فتح الباب.

يقول جاك:

ـ من فضلك بعض الثقة.

ويفتح الباب بلا صوت سوى صوت المرور في الشارع عصرًا.

ويقول:

ـ أنا سيئ في قول عبارات الوداع.

لا أعرف ما أقول:

ـ أصغِ يا جاك، شكرًا، لقد فعلت لي أكثر من...

يغلق جاك الباب دون احتفاء ولا عواطف. أنظر إلى الباب الرمادي وفي يدي كيس الوسادة الذي يضم حاجياتي. لا صوت سوى صوت نفير السيارات في الشارع، وصوت الحمم من فوق. لا أسمع سرينة ولا هليكوبتر، ولا اسمي من ارتفاع ثلاثة طوابق. في هذه اللحظة هناك من ينقل نداء الحارس المحموم إلى السلطات، والسلطات في قائمة أجور هويل. أهبط في الدَّرج وأتجه إلى موقف الحافلات.

* * *

لا بد أن الرجل في شُباك التذاكر في الثمانين على الأقل. يلبس ربطة عنق وقميص رعاة بقر أزرق. وهناك رقعة ريش بلون الرماد تحيط برأسه المبرقع ببقع كالكبد. لا يمكنه الكف عن الرجفة.

ـ مساء الخير يا سيدي. إلى أين أنت ذاهب؟

لا يعرفون أنني رحلت. محاكمتي مؤجلة، وما زال بوسعي أن أعود غدًا.

أقول:
ـ ليتل روك. الطريق السريع ١٣٨ باتجاه نيفادا. أي شيء في هذا الاتجاه؟

يقول:

ـ نعم يا سيدي، معظم الناس يَعبرون هناك ولا يذهبون هناك. لكنك محظوظ لأن هناك حافلة ستنطلق حالًا.

بعدما حصلت على تذكرتي، أخذت كيس الوسادة إلى متجر الهدايا في المحطة حيث وجدت حقيبة شاطئ قماشية رخيصة وعليها عبارة «هوليوود»، لأستعملها في حمل حاجياتي. عند متجر للمشروبات ابتعت زجاجة ماء وعصير برتقال، لأنني أعرف أن رحلة طويلة في حر الصحراء تنتظرني. أكلت شطيرة سريعة، ثم تبعتها بعلبة لبن وأربعة أقراص مسكنة. النار تعود إلى ظهري، لذا أبتاع كمية من الويسكي.

المحطة خالية باستثنائي وبائع التذاكر. لا أرى رقم حافلتي، ولا يوجد أي إعلان عن الرصيف.

ـ هل من مساعدة يا سيدي؟

يلبس ثياب سائق زرقاء وكابًا، وكأنه خرج حالًا من أحد أفلام الأمان القديمة.

أقول:

ـ لا أجد رصيفي.

يطلب بتهذيب أن يرى تذكرتي.

ـ هذه حافلتي.

ويثقب البطاقة ويكتب على الظرف:

ـ هذا يوم حظك، العربة كلها لك. هل من متاع؟

ـ لا، حقيبتي فقط.

ـ نهاية الممر على اليمين. سنرحل خلال ثلاث دقائق.

ليس الوقت متأخرًا جدًّا. يمكن أن أدفع ثمن القفل المهشم في غرفتي وأعود إلى فندق «طائر النار» لأنهي محاكمتي. هناك احتمال وإن كان واهيًا أن أظفر بفساد الدعوى، أو يرفض القاضي مزيدًا من الأدلة. لا أفعل أي شيء سوى الظفر بنصف يوم من الحرية. أتحرك عبر الممر.

هناك حافلة وحيدة عند الركن، كأنها صُنعت منذ خمسين عامًا، لكن لم تستعمل قَطُّ، النوع الذي يظهر في متاحف السيارات أو الأفلام. الكروم اللامع يضيء في الشمس. ومن الباب المفتوح أشم رائحة الجلد الجديد من المقاعد، كأن الحافلة كلها هبطت من السماء عبر ثقب في الزمن. كلها لي. نظرة أخيرة حولي، لكن لا أرى من يراقبني ولا من يحاول جاهدًا ألا يبدو كذلك. المحطة خالية، لكن لحافلة واحدة.. سائق واحد.. مسافر واحد. أرفع حقيبتي إلى كتفي وأدنو من الرصيف. قبل أن أصعد أرى لافتة الواجهة على الزجاج الأمامي بحروف كبيرة بيضاء على خلفية سوداء. المكتوب هو: «طريق بيربلوسوم»[1].

____

(١) معنى الاسم هو «براعم الكمثرى»، كالتي كان يراها في هلوسته. (المترجم).

لقد تغيَّر ما أحسبني أذكره، لكن ما أريد تذكره لم يتغير. الأسماء والأرقام والاتجاهات والأوقات والمعادلات، كل هذه التفاصيل تنزلق من ذاكرتي كأنها بقع زئبق. تحريك واحدة منها يغير سيمفونية الجميع. أتذكر الانطباعات، أتذكر الصوت والرائحة واللون، وأكثر شيء أتذكره اللمس. صافحت يد أنسلنجر لكن ليست يد موريل. صافحت يد جاك لكن ليست يد شجرة الفاصوليا، برغم أنهما كانا معًا دائمًا. لم أصافح وايت قطُّ، لكن ابنه حملني مرَّة، برغم أنني لم أستعِد أيًّا من هذه الأحاسيس في سريري في «طائر النار». أنتِ فعلتِ ذلك. يداكِ فعلتا ذلك في كل مرَّة. لم أشك قطُّ في كونكِ حقيقية، ولم أحتَج قطُّ إلى أن أبرهن هذا لنفسي أو لأي شخص آخر.

أصحو على امتداد أجدب من الطريق السريع وسط امتداد أجدب من اللامكان. المنظر من نافذتي قد يكون مألوفًا لو كان هناك شيء تتذكره وسط الشجيرات والصبار وخطوط الكهرباء. لو صعد أحدهم

إلى الحافلة وأنا نائم، فلا بد أنه رحل قبل أن أصحو. نتوقف حيث لم تتوقف حافلة أخرى منذ عقود، عند منحنى ترابي يحدده إطاران نصف مدفونين.

يلمس السائق الكاب وأنا راحل:

ـ أمسية طيبة يا سيدي.

ـ نفس الشيء لك.

ينغلق الباب وترحل الحافلة خالية، نظيفة كما ركبتها، تلمع في ضوء الشمس. ظهري إلى الطريق السريع، وأقف عند الإطارات البيضاء. برغم أنني اختلست نظرة إلى البناية خلفي إذ توقفت الحافلة، فأنا خائف من أن أستدير. أمرر إصبعي على أحد الإطارات التي تشققت بفعل الزمن، دافئة لدى اللمس، وألتقط قبضة من الغبار الذي شعرت به بين أناملي. أتذكر كيف وقفت هنا من قبل، والسيارة «الجالاكسي» الحمراء تلتمع في الشمس.

عبر الطريق السريع أرى بقايا ديناصور من الخرسانة أمام حمَّام سباحة فارغ وفندق ملعون، بجوار محطة بنزين مهجورة. أدنو من الديناصور فأجد حديد التسليح ما زال ساخنًا بعد يوم في شمس الصحراء. أمرر أناملي فوق جلده الأخضر وأشعر بالسعادة لأول مرَّة منذ تذكرت وجهكِ.

هذه أول مرَّة يتسق فيها العالم داخل رأسي مع العالم الخارجي. قابلت وايت على بُعد أربعة أميال من هنا. هنا آخر مرَّة رأيت فيها أوتو، وهنا آخر مكان كلمتكِ فيه.

الظلام يحل والمسكنات تفقد مفعولها. يتشقق جلدي عندما

أتحرك. شفتاي تنشقان عند جانبَي الفم، ولا يوجد في المحيطات ماء كافٍ يرويني. ظهري ينزف ولديَّ حمى وعدوى.

تقريبًا كل غرف الفندق مغلقة. الغرف القليلة التي لا تفوح منها رائحة العطن والماء الآسن قد مزقت أثاثها الحيوانات الباحثة عن عش. في الطابق الثاني غرفة ٢٢٩ بها فتحة في الخشب يمكن أن أمد يدي عبرها وأفتح الباب. بالداخل تبدو الغرفة ضيقة، لكنها لم تتعرض لشيء سوى الغبار والإهمال. أغلق الباب وأضع مقعدًا تحت المقبض. أعض على جورب نظيف، وأصب الويسكي على ظهري كله، ثم أرشف ما بقي في الزجاجة لأُسكن الألم، وأدعو الله كي أنام.

٢٨

كل ثانية من حياتي بلا شهود هي ثانية لم تحدث أصلًا. كل شاهد في حياتي قبل إفاقتي في السجن قد تم محوه بثقب أسود حجمه ثماني ثوانٍ، أو يخرج من بقايا مخي المحترقة ليتلاشى. كل ما قبل تلك الثانية مساحة بيضاء ملأتها بكِ. وأنتِ من علمتِني كيف أملأ تلك الثقوب. لا أعرف إن كنت أنا مخترع العقار الذي اخترعكِ، أم أنني اخترعتكِ أولًا وجاء العقار بعدها. فقط أعرف أنني وقعت في الحب مع لحظة وقوعي في الحب، وأردت أن تبقى تلك اللحظة إلى الأبد، على حساب كل اللحظات التالية. لو خلقتكِ من لا شيء فلربما أنا إله، لكنني أريد «المزيد»، لذا ربما أنا الشيطان.

٭ ٭ ٭

تبدو كابينة الهاتف بالضبط كما في ذاكرتي. زجاج جديد وكروم لامع كأنه بُني هذا الصباح. هناك حرارة. وبعد عدة أرباع أسمع صوت جرس.

ـ أنسلنجر.

ـ أيها المفتش.

يسمع صوتي من ثَمَّ يكلم الجالسين في الغرفة دون أن يغطي السماعة قائلًا:

ـ إنه على الخط.

أقول:

ـ شكرًا.

ـ على أي شيء؟

ـ على أنك لم تعاملني كأبله، كأنني مجنون. من المفترض أن تلعب اللعبة بشكل عابر وتُظهر أنك مندهش، بينما تشير إلى طاقم العمل كي يتابعوا المكالمة، وترسل دودة شريطية تتسلل داخل أذني.

ـ أعرف أنك مجنون يا إريك، لكني أعرف كذلك أنك لست أبله.

ـ لكنك تقتفي أثر المكالمة برغم هذا؟

ـ نعم. هل ترغب في أن توفر عليَّ هذا الجهد؟

ـ لِمَ أفعل ذلك؟

يقول:

ـ لأنك تجعل موقفك أسوأ. لقد فررت من محاكمتك، وقد أصدر القاضي عليك حكمًا غيابيًا.

ـ لو أخبرتك من أين أتكلم أيها المفتش فلن تصدقني.

أصوات مكتومة في الخلفية وصوت أوراق، ويغمغم أنسلنجر شكرًا لأحدهم عنده.

يقول:

ـ أنا أعرف بالفعل.

الوقت.

ـ إذن تعرف كذلك أنك كذبت عليَّ؟

ـ أنا لا أكذب أبدًا.

ـ قلتَ إن هذا الهاتف تالف.

ـ قلتُ إن الخط مقطوع. لم تكن في أفضل حالاتك عندما اتصلت من هناك آخر مرَّة.

شمس الصحراء تحرق جبهتي، لكن سحب العاصفة تتحرك من بعيد. سحابة سوداء سوف تغطي طريق «بيربلوسوم» عند الغروب.

ـ يجب أن تعود يا إريك، أم أن عليَّ المجيء للظفر بك؟

ـ نعم.

ـ لماذا؟

سيمفونية الدم تعزف في أذني، الأفكار تتشكل وأنا أُملي نوتة ذاكرتي الموسيقية نغمة نغمة.

ـ توتاج حقيقي.

ـ تأخر وقت هذا يا إريك.

ـ تعالَ خذني وسترى بنفسك.

ـ هل هو هناك؟

ـ ليس بعد. سيأتي مع أبيه. أنا مدين لهما بشيء لا أقدر على سداده، ولن يتركاني لو كنت خالي الوفاض. غالبًا أنت آخر شخص أكلمه.

ـ هكذا تريد الأمر؟ ماذا عن الانتظار حتى نصل؟

ـ ليس بوسعهما معرفة أنك قادم. عليك أن تراهما.

ـ أصدقك يا إريك.

ـ لا، أنت لا تصدق.

ـ إريك.

أقول:

ـ أنا قتلت شخصًا.

أشعر كأني تلقيت ضربة على عنقي عندما قلت هذا. لا يهمني
من يصل أولًا: الشرطة أم المنظمة. الاعتراف يغمر قلبي بالراحة،
ويفيض من عينَي إلى يدَي فالسماعة. آخر قطعة لغز تجد مكانها.
أحبكِ يا دي.

أقول:

ـ لم أكن واقفًا بسيارتي هنا عندما أشعلت الحريق. وايت أعادني
إلى هنا في آخر أسبوع قضيته في المختبر.

ـ وماذا كانت تفعله سيارتك هناك؟

ـ أعرتها، أعرتها لشخص ما، وكانت هي قادمة لتأخذني.

من جديد أشعر بالضربة في عنقي. أضغط السماعة لكتفي،
وأتنفس محاولًا جعل حنجرتي تنفتح.

ـ من هي؟

ـ لا أستطيع ذكر اسمها.

ـ جرب.

ـ لا أستطيع.

ـ لقد فتشنا كل شيء يا إريك، لا أثر لأحد هناك، فقط الكلب، أوتو.

ـ الحر كان كفيلًا بأن يذيب الثلج كذلك. أوتو كان كلبها. كانت سيارتي معها، وقد قادتها لتعود بنا. سمعتها بالخارج فحسبت أن هناك هجومًا، ولذا أشعلت النار بنفسي.

ـ أنت اعترفت يا إريك، ليس لهذا أهمية الآن، لكني أسجل المكالمة.

ـ لقد اعترفت بالقتل.

ـ إريك، ابقَ حيث أنت، فنحن قادمون إليك.

ـ لن أذهب إلى أي مكان.

السحابة السوداء أقرب، وقد صارت الصحراء شبه مظلمة تحتها.

ـ أيها المفتش.

ـ أنا هنا يا إريك.

ـ أنا آسف عما قلته... بصدد ابنتك.

ـ نسيت كل هذا.

ـ شيء أخير، أنت قادم إلى هنا، وستجد وايت وابنه. إنهما خطِران، لذا هاتِ أكبر عدد من الرجال تقدر عليه. وايت جاء بي إلى هنا. هو حقيقي. هي جاءت بسيارتي، وهي حقيقية. سوف تصدقني عندما تأتي هنا.

ـ سأفعل. فقط ابقَ حيث أنت يا إريك.

ـ عليَّ أن أدخل. هناك عاصفة قادمة. ربما فاضت الطرق أيها المفتش. قل لرجالك أن يكونوا حذرين.

ـ أُقدر هذا يا إريك.

ـ الوقت.

وأضع السماعة. عادة قديمة.

طلبت الاستعلامات، وجعلت المحول يوصلني ببار فورد. أجاب

«لو». لا خطأ في صوته.

ـ مانهاتن وايت.

ـ من هذا؟

ـ ليس مهمًّا... أريد أن تنقل رسالة إلى مانهاتن وايت.

ـ لا أعرف ما تتكلم عنه.

ـ معي ديزيريه، وماله.

ساد الصمت ما عدا الموسيقى في الخلفية.

أقول:

ـ لقد ظفرت بانتباهك الآن.

ـ سأنقل رسالتك. أين أنت؟

ـ قل لمانهاتن وايت إنني في الفندق بجوار محطة البنزين

المهجورة قرب طريق أوز.

ـ أي شيء آخر؟

ـ قل له أن يُسرع.

* * *

لو أردت تصديق أن «الجلد» كان من اختراعي، والدليل على أنني
تنفست، فأنا أعتقد أني ابتلعت كل ما تَبقَّى من راقصة الزجاج، وهذا
يعني أنني ابتلعت كل ما بقي منه في أي مكان. لا شيء أعمله الآن

٢٥٣

سوى أن أنتظر الشهود المتعارضين على حياتي، أنسلنجر ومانهاتن وايت، أنتظر أن يصلا ويقف كل منهما شاهدًا على الآخر. لو ظللت واعيًا بحيث أتحمل تبعات أفعالي، فعلى الأقل سأعلم أن أفعالي كانت حقيقية وأن لها تبعات، برغم أن حياتي كلها لن تمثل أكثر من قرقعة استاتيكية في سيمفونية الانفجار الأعظم. لو كانت أفعالي حقيقية، فكذلك ذكرياتي. ولو كانت هذه حقيقية، فإن ما قمت به جعلني أرى الرب، ولا أخشى أن أنزلق مثل حياتي في حفرة الأرنب السوداء ذات الثماني ثوانٍ.

العاصفة المقبلة من طائرات الهليكوبتر الصامتة تحرك جدارًا من الريح عبر الصحراء. تنفث سحبًا عظيمة من الرمال في الهواء، وأسمع كل حبة تصطدم بأخرى، تتدافع في عاصفة كهربائية، بينما الذكريات التي ظفرت بها تجلب معها ذكريات أخرى إلى الصحراء. الظلال النازفة في كابينة الهاتف والديناصور تتوهج بالأحمر والأزرق في ضوء البرق البعيد. تتواثب ظلالها فأَعُدُّ.. ألف.. ألفان.. ثلاثة.. وهكذا. لكن جند العاصفة ما زالوا بعيدين. يتوهج الأحمر والأزرق بلا توقف، صامتًا إلا من صوت عواء القيوط تحمله سحب الغبار.

أرى وجهكِ وقد تقلص من الألم، كما أراه في كل مرَّة أؤذيكِ فيها، لكن في هذه المرَّة هو متقلص كآخر علامات الألم قبل أن يشتعل شعركِ الناري حقًّا، وقبل أن يُحيل تنفسكِ المحتضر رئتيكِ بلاستيك.

تضرب رائحة المطر الأسفلت تحت، وصوته يضرب على سقف الموتيل كبليون جرادة هبطت في آنٍ واحد. تضرب الأسقف

المغطاة بالحصى، وتبحث عن فرصة مواتية. تبحث في الشقوق عن علامات تدلها عليَّ. وهذه المرَّة هي لا تتحرك على حدود بصري. إنها تَسبح في مكان مكشوف عبر ساحة السيارات، ينيرها البرق الأحمر والأزرق. جيوش منها أكثر طولًا مني بدروعها الحشرية السوداء والعيون التلسكوبية. تختلس النظر عبر شقوق الخشب. لا أرى أنسلنجر ولا وايت بعدُ، لكني أبتعد عن النافذة لأن الرجال الحشرات سوف يجدونني حالًا، وأنا أُفضل قضاء هذه الدقائق الأخيرة معكِ لا معهم.

آخر مرَّة سمعت فيها الرعد كان هذا أنتِ تدقين باب مختبر أوز، تبحثين عن أوتو وعني. حسبتكِ إلهًا وتصرفت بخرق. كنت وحدي متيقظًا لعدة أيام، وكان آخر اتصال بشري لي هو ركوب السيارة الطويل الهادئ البارد مع مانهاتن وايت، الذي تركني في مختبر أوز حتى أنهيت العمل الذي كُلفت به. لو صعدت إلى أعلى الدرجات، وفتحت الباب الأمامي، وخطوت إلى العاصفة الخيالية، لكان بوسعي بدلًا من ذلك أن أغيب بين ذراعيكِ أنا وأوتو، ولَمَا حدث شيء من هذا كله. كنا سننطلق بالسيارة «الجالاكسي» بعيدًا، وكنتِ ستظلين حية.

هذه المرَّة هو الرب، أعرف هذا لأن الموتيل يهتز كما اهتز بيتنا وأنا صبي. زجاج النوافذ يترجرج بفعل جند السماء الذين يحتلون ممرات الحديقة. الضوء الأزرق والأحمر يتوهج بسرعة بحيث يستحيل العد، لكني أحاول. ألف.. ألفان.. ألفان... ثلاثة آلاف.. أربعة آلاف.. ثم ينفجر الرعد فيلقي بباب في الطابق السفلي ليتهشم. أعرف هذا الصوت

جيدًا جدًّا. أسمع اسمي وسط نغمات الصراخ المتنافرة. ثم يتهشم باب ثانٍ وثالث مغادرين الإطارات، وتهتز غرفتي بغضبة الجنود. لقد احتجزهم باب القبو منذ زمن بعيد، لكن أبواب الموتيل لا تقدر حتى على احتجاز متسلل مثلي.

تتشابك أناملكِ الجافة مع أناملي، ويتساقط شلال النار من شعركِ على كتفي، ويسيل على صدري وظهري، بينما تلمس أنفاسكِ عظمة ترقوتي، ويمتزج جلدكِ بجلدي. قلبانا يدقان فيحتكان ببعضهما. أسمع الباب ٢٣٣ يُنتزع من مفصلاته بحذاء جندي ذي عنق، ولا أعتقد أن هناك صوتًا أعلى، لكن من جديد يدوي الرعد وينفجر الباب ٢٢٥ وصوته أعلى. إنهم قريبون. ذبابات النار تحلِّق عبر شقوق الجدران، والخشب الذي يغطي النوافذ، والنقاط الحمراء الوهاجة خارج مجال إبصاري لكنها لم ترَني بعد.

صدركِ يلمس ظهري، وشفتاكِ مدفونتان في عنقي، وكفَّاكِ المفتوحتان على معدتي. كنتِ حقيقية. ولو كان بوسعي أن أجعلكِ غير حقيقية وأوفر عليكِ هذا الألم لفعلت. يحطم الجنود الباب ٢٢٧، وأقسم أنهم ركلوه إلى مؤخرة الغرفة لأنني أسمعه يضرب مرآة الحمَّام. أنتظر الهزيم التالي، لكنه يغيب في الضوضاء البيضاء للعاصفة، وهنا في لحظة تقتحم قبضة السماء غرفتي، ويتناثر زجاج مهشم من نافذة الحمَّام، وتحلِّق ذبابة نار راقصة على الجدار أمامي، تاركة نقطة تتبع حمراء في سحابة الغبار في الهواء... ثم الباب... بابي... والصوت الذي أخشاه منذ صحوت منذ أيام، تبتعد الذبابات فارة من جدار من المطر والدخان والضوضاء، بينما يندفع الرجال الحشرات

ذوو الدروع السود أو جنود السماء، سمِّهم ما شئت، والبلل يتساقط منهم بفعل السحب العاصفة التي هبطوا منها، وهم يدفعون سربًا من ذبابات النار إلى غرفتي، وفي هذه المرَّة يلتقي السرب فوق جسدي ويبقى. في الثانية الأخيرة لي، يتدفق آخر الأدلة في مجرى دمي، وفي اللحظة التي سبقت إغلاق الجنود لكوني الخاص، تبطئ الساعة الرملية الخاصة بي حتى تصير همسًا. وصار بوسعي أن أبقى هنا بجوارِكِ لأراقب ضوء الشمس يذوي أيامًا كاملة.

كلمة المترجم

ولد كريج كليفنجر في عام ١٩٦٤ في دالاس بولاية تكساس، وتربى في جنوب كاليفورنيا، حيث درس الإنجليزية في جامعتها. وهو حاليًّا يقيم في سان فرانسيسكو، وله كتابان شهيران هما: «دليل البهلوان» و«دير مافوريا».

صُنفت كتاباته باعتبارها تندرج تحت أدب النيونوار (Neo-noir)، وهو مصطلح سينمائي فضفاض أصلًا يشير إلى الصحوة الجديدة للفيلم الأسود (Film noir) البوليسي المفعم بالظلال والغموض، حيث هناك مجرم ومفتش بوليس لا يقِل شرًّا عنه. هنا تدخل المجال تيمات جديدة تناسب العصر، مثل مشكلات الهوية وتعقيدات الذاكرة ومشكلات التكنولوجيا وتأثيرها على المجتمع. بعض النقاد يرون أن هذا تعقيد للأمور أكثر مما تحتمل.

امتدحه كُتَّاب آخرون ينتمون إلى عالمه مثل: تشاك بولانيك صاحب «نادي القتال»، وإيرفنج ولش صاحب «مراقبة القطارات».

في كتابه الأول «دليل البهلوان» الذي صدر في عام ٢٠٠٢، يحكي

عن مزور محترف يُعتقل بعدما تعاطى جرعة مخدرات شبه قاتلة، وأثناء حواره مع الطبيب النفسي نعرف قصته الحقيقية. تُرجمت القصة إلى خمس لغات، وجرى الإعداد لتقديمها في فيلم سينمائي كان مفترضًا أن يُعرض في عام ٢٠١١.

في الكتاب الثاني «ديرمافوريا» الذي صدر في عام ٢٠٠٥، لا يبتعد كليفنجر كثيرًا عن عالم المخدرات. ديرمافوريا لفظة مختلقة تحمل معنى الحالة النفسية التي يخلقها «الجلد». هنا نقابل «إريك أشوورث» الكيميائي العبقري شبه المجنون، الذي لا يمكن الاستغناء عنه في سوق المخدرات لأنه ابتكر مخدرًا فعالًا اسمه «الجلد» أو «اللمسة» أو «المهد». تبدأ القصة بهذا الكيميائي فاقد الذاكرة بعد حريق أطاح بمختبره، ويبدو أنه فقد معلوماته الكيميائية. لكن أحدًا لا يصدق هذا أو يجازف بتصديقه. رجال الشرطة يحاصرونه بأسئلتهم، والمحامي ينصحه بالصمت، ورجال شبكة المخدرات يلاحقونه. لكنه يملك بصيصًا واحدًا من عالمه القديم: اسم فتاة تُدعى «ديزيريه». وعن طريق هذا البصيص يحاول استرجاع القطاع الذي احترق في ذاكرته.

معظم الرواية هلوسة تتداخل مع الواقع بشكل محير وأستاذي، بحيث إنك لا تعرف أبدًا أين تبدأ الحقيقة وأين تنتهي. ومن حين إلى آخر ينزلق وننزلق معه إلى جنون البارانويا الكامل. خذ الحذر في التعامل مع الزمن، فبعض الأحداث الساخنة تمت في الماضي، وبعض الذكريات هي الحاضر ذاته. كأداة لتسهيل القراءة يستعمل المؤلف الفعل المضارع في كل أحداث حاضرة، ويستعمل الفعل الماضي في كل ذكرى. لاحِظ كلامه عن الحشرات التي تملأ غرفته،

وكيف يخلط بين مفهوم الحشرات ومفهوم أجهزة التنصت لأن الكلمة الإنجليزية واحدة (bugs). لذا يقوم البطل بتشريح الحشرات التي يجدها بحثًا عن أسلاك ودوائر متكاملة، بل إنه يقوم بطلائها بطلاء الأظفار ليميزها. وهو يلتقط النمط الشفري المميز لصوت صراصير الحقل التي يعتقد أنها تنقل أخباره إلى زعيم شبكة المخدرات. هناك كذلك الخلط اللغوي المحير بين مفهوم أجهزة التنصت والديدان الشريطية، حيث تنتقل أجهزة التنصت بالطعام غير الصحي، وتحتاج إلى أدوية للتخلص منها. تبلغ الهلوسة ذروتها عندما ترسم الحشرات بأجسادها جزيئات المركب الكيميائي الذي أرهقه البحث عنه، وقد أعطت لونًا خاصًا لذرات الأكسجين والنيتروجين. قد يكون كل شيء هلوسة، وقد يكون كل شيء حقيقيًا. لا تثق بأحد على الإطلاق، فهو ليس كما يبدو. هل ديزيريه عرَّافة أم راقصة ستربتيز أم عقار مخدر؟ هل وايت وهويل وتوتاج لهم وجود؟ دعك من الصدمة الكبرى بصدد أوتو والتي ستعرفها في نهاية القصة. المؤلف لا يقدم أجوبة مريحة، بل يريد أن يترك القارئ يتساءل. لا شك في أن الرجل بارع، ويستطيع أن يقودنا إلى حيث يريد بالضبط.

من الواضح تمامًا أن المؤلف ملم بالمخدرات بشدة، وهو لا يتعامل معها بالطريقة البوليسية المعتادة، بل من خلال مفهوم كيميائي معقد. تخليقها.. تأثيرها.. الإتجار فيها. لا بد أن هذه الرواية اقتضت بحثًا مدققًا، كما أنه على علم بآليات هذا العالم السفلي، والمختبرات السرية التي تعمل في الظل في بقاع نائية في الصحراء، مع إجراءات أمن شديدة التعقيد يصعب اختراقها بالفعل.

يقول المؤلف إن الكُتَّاب الذين أثروا فيه هم: جيم تومسون، وإدجار آلان بو، وكوبو آبي، وسيث مورجان، وجون أوبرايان. ويؤكد أن قصصه ليست ترجمة شخصية لحياته.

عن طريقته في الكتابة، يقول إنه يضع على مكتبه مذكرة تقول: «هذه قصتك الأخيرة». يفسر ذلك بأنه لا يملك مهنة أخرى، ولكن لديه فقط قصة واحدة أخيرة، لذا يجب أن تكون متقَنة. يقول إنه يكتب بلا توقف ودون أن ينتظر للتفكير، يكتب نحو عشرين ألف كلمة قبل أن تبدأ القصة تتشكل في ذهنه، هنا يتوقف ويبدأ في البحث ورسم الخطط. أغلب ما يكتبه في تلك المرحلة لن يرى النور أبدًا، لكنه يجعله يمشي في الاتجاه الصحيح.

يعترف أن رواية «ديرمافوريا» أرهقته فعلًا، وقد تخلص من المسودة الأولى وبدأ من الصفر، وكان يكتب بعض الفصول بلا ترتيب.

يقول موقع المؤلف إن الإعداد يتم لتحويل هذه القصة إلى فيلم سينمائي بدورها، وإن لم توجد بيانات عنها في المواقع السينمائية، فلعلهم عدلوا عن المشروع لصعوبته.

أحمد خالد توفيق

ترجمات الكرمة

١. صونيتشكا – لودميلا أوليتسكايا. ترجمها عن الروسية: عياد عيد.

٢. سالباتييرًّا – بيدرو مايرال. ترجمها عن الإسبانية: مارك جمال.

٣. أصوات المساء – ناتاليا جينزبورج. ترجمتها عن الإيطالية: أماني فوزي حبشي.

٤. النورس جوناثان ليفنجستون – ريتشارد باخ. ترجمها عن الإنجليزية: محمد عبد النبي.

٥. جاتسبي العظيم – ف. س. فيتزجرالد. ترجمها عن الإنجليزية: محمد مستجير مصطفى.

٦. الاعتداء – هاري موليش. ترجمتها عن الهولندية: أمينة عابد.

٧. صباح ومساء – يون فوسه. ترجمتها عن النرويجية: شرين عبد الوهاب وأمل رواش.

٨. الإوزَّة البريَّة – أوجاي موري. ترجمها عن اليابانية: ميسرة عفيفي.

٩. عشيق الليدي تشاترلي – د. هـ. لورانس. ترجمها عن الإنجليزية: أمين العيوطي.

١٠. الوعد – فريدريش دورِنمات. ترجمها عن الألمانية: سمير جريس.

١١. طيف ألكسندر ولف – جايتو جازدانوف. ترجمها عن الروسية: هفال يوسف.

١٢. رسائل إلى شاعر شاب – راينر ماريا ريلكه. ترجمها عن الألمانية: صلاح هلال.

١٣. قلب الظلمات – جوزيف كونراد. ترجمتها عن الإنجليزية: هدى حبيشة.

١٤. تقرير موضوعي عن سعادة مدمن المورفين – هانس فالادا. ترجمه عن الألمانية: سمير جريس.

١٥. أرض البشر – أنطوان دو سانت اكزوبيري. ترجمها عن الفرنسية: مصطفى كامل فودة.

١٦. ملحمة أسرة فورسايت: صاحب الملك – جون جالزوردي. ترجمها عن الإنجليزية: محمد مفيد الشوباشي.

١٧. اعتراف منتصف الليل – جورج دوهاميل. ترجمها عن الفرنسية: شكري محمد عياد.

١٨. الأمريكي الهادئ – جراهام جرين. ترجمها عن الإنجليزية: شوقي جلال ومحمود ماجد.

١٩. الأمير الصغير – أنطوان دو سانت اكزوبيري. ترجمها عن الفرنسية: محمد سلماوي.

٢٠. أربطة – دومينيكو ستارنونه. ترجمتها عن الإيطالية: أماني فوزي حبشي.

٢١. مليون نافذة – جيرالد مُرْنين. ترجمها عن الإنجليزية: محمد عبد النبي.

٢٢. البحيرة السوداء - هيلا هاسه. ترجمتها عن الهولندية: أمينة عابد.

٢٣. حلم - أرتور شنيتسلر. ترجمها عن الألمانية: سمير جريس.

٢٤. حرائق صغيرة في كل مكان - سيليسْت إنْج. ترجمتها عن الإنجليزية: سها السباعي.

٢٥. مذكرات شرلوك هولمز - آرثر كونان دويل. ترجمها عن الإنجليزية: أمين سلامة.

٢٦. كتاب المقبرة - نيل جايمان. ترجمها عن الإنجليزية: أحمد خالد توفيق.

٢٧. نحن نعرف ما سيأتي - كريستا فولف. ترجمها عن الألمانية: صلاح هلال.

٢٨. ظلام مرئي: مذكرات الجنون - وليام ستايرون. ترجمها عن الإنجليزية: أنور الشامي.

٢٩. المنزل الريفي (هواردز إند) - إ. م. فورستر. ترجمها عن الإنجليزية: محمد مفيد الشوباشي.

٣٠. اعتراف - ليف تولستوي. ترجمها عن الروسية: الأرشمندريت أنطونيوس بشير.

٣١. جسور مقاطعة ماديسون - روبرت جيمس والر. ترجمها عن الإنجليزية: محمد عبد النبي.

٣٢. الحرب والتربنتين - ستيفان هيرتمانس. ترجمتها عن الهولندية الفلامندية: أمينة عابد.

٣٣. سولاريس - ستانيسواف لَم. ترجمها عن البولندية: هاتف جنابي.

٣٤. الاعتذار - إيف إنسلر. ترجمته عن الإنجليزية: سها السباعي.

٣٥. شخص نعرفه - شاري لابينا. ترجمتها عن الإنجليزية: منى عبد الغني.

٣٦. خلف هذه الأبواب - روث وير. ترجمتها عن الإنجليزية: إيناس التركي.

٣٧. احتضان - كلير كيجن. ترجمها عن الإنجليزية: أنور الشامي.

٣٨. اترك العالم خلفك - رمان عَلم. ترجمتها عن الإنجليزية: سها السباعي.

٣٩. بندقية صيد - ياسوشي إينويه. ترجمها عن اليابانية: ميسرة عفيفي.

٤٠. لن نقدم القهوة لسبينوزا - آليتشه كابالي. ترجمتها عن الإيطالية: أماني فوزي حبشي.

٤١. سأبقى هنا - ماركو بالزانو. ترجمتها عن الإيطالية: أماني فوزي حبشي.

٤٢. نادي القتال - تشاك بولانيك. ترجمها عن الإنجليزية: أحمد خالد توفيق.

٤٣. ديرمافوريا - كريج كليفنجر. ترجمها عن الإنجليزية: أحمد خالد توفيق.

٤٤. المولود من ذي قبل - خوان خوسيه ساير. ترجمها عن الإسبانية: محمد الفولي.

٤٥. ثلاثية - يون فوسه. ترجمتها عن النرويجية: شرين عبد الوهاب وأمل رواش.